DIE WELT VON
BLOOMSBURY

PAMELA TODD

DIE WELT VON BLOOMSBURY

nicolai

SEITE 1: *Virginia Woolf im Haus am Tavistock, 1939. Virginia und Leonard Woolf bewohnten die beiden oberen Etagen des Hauses; die Verlagsräume der Hogarth Press lagen im Untergeschoß*

SEITE 2: *DER TORWEG von Duncan Grant, 1929*

SEITE 6: *PORTRÄT VON LYTTON STRACHEY von Vanessa Bell, 1912*

Titel der Originalausgabe: Bloomsbury at Home

Aus dem Englischen von Erica Ruetz

Satz: LVD GmbH, Berlin
Druck und Verarbeitung: Egedsa, Spanien
ISBN 3-87584-807-1

INHALT

BIOGRAPHISCHE SKIZZEN

ANREP, Boris (1883–1969), russischer Mosaikkünstler. Gestaltete Fußböden in der Tate Gallery und der Bank of England. Auf dem Bodenmosaik in der Eingangshalle der National Gallery sind die Mitglieder der Bloomsbury-Gruppe als Götter und Göttinnen dargestellt.
1918 Heirat mit Helen Maitland. Ihre Kinder Anastasia und Igor besuchten für einige Zeit die Schule, die Lytton Stracheys Schwester Marjorie Strachey im Winter am Gordon Square und im Sommer in Charleston eingerichtet hatte.

ANREP, Helen (1885–1965), Freundin von Duncan Grant, Geliebte von Henry Lamb, Ehefrau von Boris Anrep. Lebte nach der Trennung von ihrem Mann von 1926 bis 1934 mit Roger Fry zusammen. Sie kam oft nach Charleston und wurde von Vanessa und Duncan gemalt.

BAGENAL, Barbara, geb. Hiles (1891–1984), studierte mit Dorothy Brett und Dora Carrington zusammen an der Slade School of Art in Chelsea, London. Sie hatte vielfältige Bindungen an die Bloomsbury-Gruppe: Half den Woolfs in den Anfangstagen der Hogarth Press und war ein halbes Jahrhundert lang häufiger Gast in Ham Spray und Charleston. Lebte mit Clive Bell zusammen – während der letzten beiden Jahrzehnte seines Lebens.

BELL, Clive (1881–1964), Kunstkritiker, Sohn wohlhabender Grubenbesitzer. Besuchte gemeinsam mit Virginia und Vanessas Bruder Thoby das Trinity College in Cambridge. 1907 Heirat mit Vanessa Stephen. Die beiden Söhne, Julian und Quentin, wurden 1908 bzw. 1910 am Gordon Square geboren. Clive Bell hatte etliche Liebschaften, flirtete mit Virginia und lebte ab 1914 mit Mary Hutchinson zusammen, blieb jedoch weiterhin mit Vanessa Bell verheiratet und teilte Charleston mit ihr.

BELL, Julian (1908–1937), ältester Sohn von Vanessa und Clive Bell. Lehrte von 1935 bis 1937 an der National University in Wuhan. Arbeitete im Spanischen Bürgerkrieg als Krankenwagenfahrer und wurde am 18. Juli 1937 von einem Geschoß getötet.

BELL, Quentin (1910–1996), jüngster Sohn der Bells. Maler, Bildhauer, Keramiker, Professor für Kunstgeschichte an der Universität Sussex, Verfasser mehrerer Studien und Monographien, unter anderem der preisgekrönten Biographie seiner Tante Virginia Woolf.

BELL, Vanessa, geb. Stephen (1879–1961), Virginia Woolfs ältere Schwester, Malerin, Textil- und Buchdesignerin. Dekorierte Keramik, Kacheln und Möbel; rief den »Friday Club« für junge Künstler ins Leben und war Kodirektorin der Omega-Werkstätten. Sie heiratete 1907 Clive Bell und hatte mit diesem zwei Söhne. Nach einer Liebesaffäre mit Roger Fry lebte sie mit Duncan Grant in Suffolk, Sussex, London und Frankreich. Am 25. 12. 1918 Geburt der gemeinsamen Tochter Angelica.

BIRRELL, Francis (1889–1935), kam 1909 durch Cambridge und Lytton Strachey in den Kreis. Eng befreundet mit David Garnett, mit dem er von 1919 bis 1924 gemeinsam eine Buchhandlung in der Taviton Street 19 (der heutigen Gerrard Street) führte.

BOULESTIN, Marcel, eröffnete 1925 sein eigenes französisches Lokal am Leicester Square (im Jahr darauf bezog er größere Räume in der Southampton Street), das zum Stammlokal der Bloomsbury-Gruppe und der Redaktionsmitglieder der *Vogue* wurde.

BOXALL, Nelly (1889–1935), arbeitete von 1916 an zusammen mit ihrer Freundin Lottie Hope als Köchin und Dienstmädchen für die Woolfs, gelegentlich aber auch für Vanessa Bell, Roger Fry und Gerald Duckworth.

BRENAN, Gerald (1894–1987), junger Autor, Freund von Ralph Partridge. Verliebte sich in Dora Carrington, mit der er auch nach ihrer Heirat in Briefkontakt blieb. Zog in ein abgelegenes spanisches Dorf, wo ihn die Carrington, Ralph Partridge, Lytton Strachey und später auch die Woolfs besuchten.

BRETT, Dorothy (1883–1977), Tochter des Lord Esher. Studierte an der Slade School of Art zusammen mit Dora Carrington, durch die sie Mark Gertler, Lytton Strachey, D. H. Lawrence und Lady Ottoline Morrell kennenlernte. Kurzfristig Hauptmieterin von Maynard Keynes' Haus in der Gower Street, in dem sie Zimmer an die Carrington, Katherine Mansfield und John Middleton Murry vermietete.

BRITTAIN, Nellie, als Mädchen bei Vanessa angestellt, reiste außer Grace Germany 1921 mit nach St. Tropez.

CARRINGTON, Dora de Houghton (1893–1932), Malerin, Studienkollegin von Barbara Bagenal, Dorothy Brett und Mark Gertler an der Slade School. Kompliziertes Privatleben; zog 1917 mit Lytton Strachey, der sich zu ihrem Ehemann Ralph Partridge hingezogen fühlte, nach Ham Spray. Seinen Tod im Jahr 1932 konnte sie nicht verwinden; nahm sich kurze Zeit später das Leben.

COLEFAX, Lady Sibyl (1875–1950), Dame der Gesellschaft, fasziniert von Virginia Woolf. Hielt hof im Argyll House. Leonard hielt sie für »eine schamlose Prominentenjägerin«. Sie umgab sich gern mit Größen aus Literatur, Kunst und Politik. Arnold Bennett, George Moore und Max Beerbohm zählten ebenso zu ihren Gästen wie Lord Balfour, Neville Chamberlain und Winston Churchill. Als sie beim Wall Street Crash ihr Vermögen eingebüßt hatte, verlegte sie sich im Alter von Mitte Fünfzig auf Inneneinrichtungen; 1938 gründete sie zusammen mit John Fowler die bis heute blühende Firma Colefax and Fowler.

DAVIDSON, Angus (1898–1980), Freund von Duncan Grant. Arbeitete ab 1924 für ein paar Jahre bei der Hogarth Press, bevor er Literatur- und Kunstkritiker und bedeutender Übersetzer italienischer Literatur wurde. Häufig in Charleston zu Gast.

DIAGHILEW, Serge Pawlowitsch (1872–1929), russischer Impresario. Brachte zwischen 1911 und 1921 sein Russisches Ballett nach London. Lady Ottoline Morrell gab Partys für ihn, Maynard Keynes heiratete Lydia Lopokowa, die Primaballerina.

DUCKWORTH, George Herbert (1868–1934), Virginia Woolfs älterer Halbbruder. Fühlte sich nach dem Tod der Mutter dazu verpflichtet, sich um die Erziehung der vier Halbgeschwister zu kümmern. Für diese aber war er der Repräsentant eben jener snobistischen und prätentiösen Gesellschaft, der die Stephens nach dem Tod ihres Vaters zu entkommen suchten. Virginia deutete in ihren Briefen und in einem Vortrag vor dem Memoir-Club an, daß er sie in ihrer Kindheit und Jugend sexuell belästigt habe.

DUCKWORTH, Gerald (1870–1937), Georges jüngerer Bruder. Gründete 1898 seinen eigenen Verlag, in dem zwei der Romane von Virginia Woolf erschienen sind.

DUCKWORTH, Stella (1869–1897). Halbschwester und Ersatzmutter der Geschwister Stephen. Im Jahr 1896 heiratete sie Jack Hills und starb wenig später an einer Bauchfellentzündung.

ELIOT, Thomas Stearns (1888–1965), Nobelpreisträger, Dichter und Dramatiker, dessen erste Gedichtsammlung *Poems* 1919 bei der Hogarth Press erschien. 1923 kam dort auch *The Waste Land* heraus. War oft bei den Woolfs in Monk's House zu Gast. Von 1925 bis zu seinem Tod Direktor des Verlags Faber & Faber.

EVEREST, Louie (geb. 1912), trat 1934 ihre Stelle als Hauswirtschafterin bei den Woolfs an. 1962 heiratete sie Konrad Mayer, sorgte aber weiter für Leonard Woolf bis zu seinem Tod im Jahr 1969 .

FARRELL, Sophia, Köchin der Familie Stephen. Zog mit an den Gordon Square; nach Vanessas Heirat ging sie mit Virginia und Adrian an den Fitzroy Square. Sie war noch ein Kind des alten Klassensystems; verließ Virginia, um im wesentlich konventionelleren Heim von George und Margaret Duckworth zu arbeiten.

FORSTER, Edward Morgan (1897–1970), Romancier und Literaturkritiker. Gehörte durch seine Studienzeit in Cambridge auch zu den intimsten Freunden der Stephens, lebte aber meistens bei seiner Mutter in Surrey. Gast in Charleston und im Monk's House. Reiste viel durch Italien und Griechenland. Virginia legte großen Wert auf sein Urteil über ihre Romane.

FRY, Roger Eliot (1866–1934), Kunstkritiker und Maler, stammte aus einer Quäkerfamilie. Stieß spät zum Bloomsbury-Kreis, hatte dort aber großen Einfluß. Kenner italienischer Alter Meister und ein begeisterter Anhänger der französischen Moderne. Veranstaltete 1910 und 1912 zwei große Ausstellungen der Nachimpressionisten in London. 1912 Liebesaffäre mit Vanessa Bell, später eng mit ihr befreundet. 1912 Eröffnung der Omega-Werkstätten. Von 1926 bis zu seinem Tod lebte er mit Helen Anrep zusammen in Bloomsbury.

GARNETT, Angelica Vanessa, geb. Bell (geb. 1918), Malerin, Autorin der Erinnerungen *Deceived with Kindness* (dt: *Freundliche Täuschungen*), Tochter von Vanessa Bell und Duncan Grant. Kam am ersten Weihnachtstag in Charleston zur Welt und wuchs in Unkenntnis ihrer Abstammung auf. Gegen den Willen ihrer Mutter heiratete sie 1942 David Garnett, den früheren Geliebten ihres Vaters Duncan Grant, und hatte mit diesem vier Töchter.

GARNETT, David, »Bunny« (1892–1981), Romancier, schrieb u.a. *Aspects of Love* und *Lady into Fox*. Ab 1915 Geliebter von Duncan Grant, lebte während des Ersten Weltkriegs mit Duncan und Vanessa in Suffolk und Sussex in einer *ménage à trois*. Bei der Geburt von Angelica Bell, die er später heiratete, war er zugegen. Eröffnete mit Francis Birrell zusammen eine Buchhandlung. Eng mit Dora Carrington befreundet deren Briefe und Tagebücher er 1970 herausgab.

GERMANY, Grace (1904–1983). Kam mit sechzehn als Hausmädchen zu Vanessa. Ein großes, lebhaftes, anpassungsfähiges Mädchen, das laut Quentin Bell »auf das Liebenswürdigste mit den Marotten von Künstlern und deren Freunden umgehen konnte«. Fungierte als Kinderschwester in Charleston ebenso gern wie als hervorragende Köchin in London oder Südfrankreich. Auch nach ihrer Heirat blieb sie (bis 1970) als Haushälterin in Charleston; ihr Mann, Walter Higgens, arbeitete als Gärtner.

GERTLER, Mark (1892–1939), begabter Maler, ständiger Gast bei Lady Ottoline auf Garsington, gelegentlicher Besucher bei den Woolfs in Asheham. Gequält von seiner unerwiderten Liebe zu Dora Carrington, die er beim Studium an der Slade School kennengelernt hatte. Als die Carrington zu Lytton Strachey zog, griff er diesen auf offener Straße an. Als sie Ralph Partridge heiratete, kaufte er sich ein Gewehr, benutzte es aber nicht. Heiratete 1930 Marjorie Hodgkinson. 1939 Selbstmord nach dem Scheitern der Ehe.

GRANT, Duncan James (1885–1978), Maler, einziges Kind von Major Bartle Grant, dem Bruder von Lady Strachey. Mit Vanessa Bell und Roger Fry zusammen Direktor der Omega-Werkstätten. Zentrale Gestalt in der Bloomsbury-Gruppe; wegen seines attraktiven Äußeren anziehend u. a. für Lytton Strachey, Maynard Keynes, Adrian Stephen, David Garnett und Vanessa Bell, die 1914 mit ihm zusammenzog und in London, Charleston und Südfrankreich dafür sorgte, daß er sich seinen Neigungen und seiner Malerei widmen konnte. Er wohnte bis an sein Lebensende in Charleston.

HUTCHINSON, Mary (1889–1977), verheiratet mit Sir John Hutchinson; durch ihren Cousin Lytton Strachey und Duncan Grant in Bloomsbury eingeführt. Clive Bell verliebte sich etwa 1914 in sie und hatte zehn Jahre lang ein von ihrem Ehemann geduldetes Verhältnis mit ihr. Vanessa Bell porträtierte sie mehrfach. *Fugitive Pieces*, eine Geschichtensammlung aus ihrer Feder, erschien in der Hogarth Press.

HUXLEY, Aldous (1894–1963), Schriftsteller, Essayist, Kulturkritiker. Liebling von Lady Ottoline, deren Lebensstil er in seinem satirischen Schlüsselroman *Chrome Yellow* verspottet. Bei Lady Ottoline in Garsington lernte er seine Frau, Maria Nys, eine belgische Emigrantin, kennen.

JOHN, Augustus (1878–1961), gefeierter Maler, Liebhaber von Lady Ottoline Morrell. 1907 Bekanntschaft mit Duncan Grant in Paris.

KENNEDY, Richard (geb. 1912), kam 1928 als Lehrling zu den Woolfs in die Hogarth Press und schrieb ein amüsantes Buch über seine Lehrzeit am Tavistock Square: *A Boy at the Hogarth Press*.

KEYNES, John Maynard (1883–1946), Volkswirtschaftler, Schüler in Eton und am King's College, Cambridge, später Fellow des King's College. 1911 zog er zu Adrian und Virginia in ihr Haus am Gordon Square 46, das er später von Clive und Vanessa übernahm. Lebte vor seiner Ehe mit der Ballerina Lydia Lopokowa zeitweilig mit Duncan Grant zusammen. Beteiligte sich an den Unterhaltskosten für Charleston, wo er seine Streitschrift *The Economic Consequences of the Peace* (dt: *Die wirtschaftlichen Folgen des Friedensvertrages*) verfaßte.

LAMB, Henry (1883–1960), Maler, enger Freund von Lytton und Lady Ottoline. 1905–1908 Mitglied in Vanessas Freitagsclub.

LAWRENCE, David Herbert (1885–1930), Schriftsteller. Hatte ein nicht ganz ungetrübtes Verhältnis zur Bloomsbury-Gruppe, vor allem zu deren homosexuellen Mitgliedern. Mit seiner Frau Frieda allerdings häufiger Gast auf Garsington. Lady Ottoline war über ihre Darstellung als Hermione in seinem Roman *Women in Love* zutiefst gekränkt.

LEHMANN, John (1907–1987), Dichter, Studienkollege von Julian Bell in Cambridge. Arbeitete 1931–1932 bei der Hogarth Press, dann wieder von 1938–1940, als er sich als Partner in den Verlag einkaufte. In seinen Erinnerungen *Thrown to the Woolves* beschäftigt er sich mit seiner Zeit am Tavistock Square.

LEHMANN, Rosamund (1905–1990), Schriftstellerin. Ältere Schwester von John, enge Freundin von Lytton Strachey und der Carrington. Mit ihrem Mann Wogan Philipps häufig in Ham Spray zu Besuch. Ihren ersten Roman *Dusty Answer* bewunderte Virginia besonders.

LOPOKOWA, Lydia (1892–1981), Tänzerin in Diaghilews Russischem Ballett. Maynard Keynes heiratete sie 1925. Vanessa war anfangs gegen die Verbindung, die sich aber als dauerhaft erwies. Die Keynes ließen sich am Gordon Square und in Tilton nieder, einem Bauernhaus in der Nähe von Charleston.

MACCARTHY, Desmond (1877–1952), Literaturkritiker und Lektor. Seine Frau Mary Warre-Cornish war weitläufig mit den Stephens verwandt, er selbst kannte die Familie lange vor dem Tod von Sir Leslie. Ab 1920 Herausgeber des *New Statesman*, Gründungsmitglied des Memoir-Club.

MACCARTHY, Mary Josefa, »Molly« (1882–1953), 1909 Heirat mit Desmond MacCarthy. Hoffte, ihr Mann würde durch den Memoir-Club beflügelt, endlich einen Roman zu schreiben, was er nie tat.

MANSFIELD, Katherine (1888–1923), Schriftstellerin, in Neuseeland geboren, siedelte 1908 nach London um. Ihr Roman *Prelude* war eine der ersten Veröffentlichungen der Hogarth Press. In Virginias Bewunderung für die Autorin mischte sich stets auch Neid. Eng befreundet mit D. H. Lawrence und seiner Frau Frieda, lebte Katherine Mansfield einige Zeit mit den beiden und ihrem Mann John Middleton Murry in einer Art Modellkommune in Zennor in Cornwall. Sie starb an Tuberkulose.

MARSHALL, Frances (1900-?), in Bloomsbury geboren; Schulkameradin von Lytton Stracheys Schwester Julia. Nach dem Abschluß in Cambridge arbeitete sie für David Garnett in seiner Buchhandlung in der Taviton Street. Dora Carringtons Ehemann Ralph Partridge verliebte sich in sie und zog 1926 mit ihr zusammen an den Gordon Square. Beliebt bei allen Mitgliedern des Bloomsbury-Kreises, besonders bei Clive Bell. Nach dem Tod von Lytton Strachey und Dora Carrington zog sie mit Ralph Partridge nach Ham Spray. 1933 Heirat mit Ralph, 1935 Geburt des Sohnes Lytton Burgo. In zahlreichen Büchern, unter anderem *A Pacifist's War* und *Memories* beschreibt sie ihr Leben in Bloomsbury.

MARTIN, Olive, half bis etwa 1930 Dora Carrington bei der Hausarbeit in Ham Spray.

MORRELL, Lady Ottoline Violet Ann, geb. Cavendish-Bendick (1873–1938), Gönnerin und Förderin der Künste, Gastgeberin. 1902 Heirat mit Philip Morrell, 1915 bis 1927 lebten sie in Garsington Manor bei Oxfordshire, zeitweilig am Bedford Square. Ihre extravaganten Feste und ihre exzentrische Erscheinung wurden zur Legende. Affären mit Roger Fry, Henry Lamb, Augustus John und Bertrand Russell.

MORRELL, Philip (1870–1943), Abgeordneter der Liberalen von 1906–1918. Ehemann von Lady Ottoline Morrell. Während des Krieges bot er Kriegsdienstverweigerern Zuflucht auf Garsington.

MORTIMER, Raymond (1895–1980), Kritiker, Autor und enger Freund von Clive Bell. Häufig in Charleston zu Besuch. Duncan und Vanessa dekorierten 1925 seine Londoner Wohnung.

PARTRIDGE, Ralph (1894–1960), Absolvent von Christ Church in Oxford, während des Krieges Major. Lernte im Sommer 1918 Dora Carrington kennen, freundete sich auch mit Lytton Strachey an und lebte in einer freundschaftlichen *ménage à trois* mit den beiden zusammen, die erst ins Wanken geriet, als er Dora Carrington heiratete. Zwei Jahre später verliebte er sich in Frances Marshall, mit der er die Woche über in London lebte. Die Wochenenden verbrachte er bei Dora und Lytton in Ham Spray. Den ersten Selbstmordversuch von Dora Carrington konnte er verhindern; als sie sich am 11. März 1932 erschoß, war er in London.

PLOMER, William (1903–1973), Romancier und Dichter. In Südafrika aufgewachsen, siedelte er 1929 nach Bloomsbury über. *Turbott Wolfe*, sein erster Roman, erschien bei der Hogarth Press. Freundete sich mit den Woolfs an, wurde Cheflektor bei Jonathan Cape, schrieb u. a. ein Opernlibretto für Benjamin Britten; der Text von *Gloriana* basiert auf Lyttons *Elizabeth and Essex*.

RUSSELL, The Hon. Bertrand Arthur William, »Bertie« (1872–1970), Philosoph, Nobelpreisträger, lehrte am Trinity College, Cambridge. 1909 Liebesaffäre mit Lady Ottoline Morrell.

RYLANDS, George Humphrey Wolferstan, »Dadie« (1902 bis 1999), arbeitete von Juli bis Dezember 1924 bei der Hogarth Press, 1927 Fellow am King's College, Cambridge. Zeitweilig wohnte er am Gordon Square über Vanessa und Dun-can, wo er einige der wildesten Feste von Bloomsbury veranstaltete.

SACKVILLE-WEST, Victoria Mary, »Vita« (1892–1962), Schriftstellerin, einziges Kind von Lord Lionel Sackville-West und Lady Victoria. Aufgewachsen auf Schloß Knole. 1913 heiratete sie Sir Harold Nicholson, lebte lange Zeit mit ihm in Persien, später auf Long Barn und schließlich auf Sissinghurst Castle in Kent. Virginia Woolf lernte sie 1922 kennen, 1925 wurden sie Freundinnen. Die Hogarth Press veröffentlichte von 1924 an insgesamt dreizehn Bücher von ihr, die meist zu Bestsellern wurden. Sie inspirierte Virginia zu *Orlando*.

SICKERT, Walter Richard (1860–1942), bedeutender Maler. Eine der einflußreichsten Persönlichkeiten der modernen britischen Kunst. Besaß vor Duncan Grant das Atelier in der Fitzroy Street. Gründer der Fitzroy Group und der Camden Town Group. Nach einem gelungenen Abend bei Clive Bell schrieb Virginia *Walter Sickert: A Conversation*.

STEPHEN, Adrian Leslie (1883–1948), Virginia Woolfs jüngerer Bruder, mit dem sie am Fitzroy Square 29 den Jour fixe am Donnerstag ins Leben rief. 1914 Heirat mit Karin Costelloe. Beide Ehepartner arbeiteten als Psychoanalytiker.

STEPHEN, Julia Princep (1846–1895), in Kalkutta geboren, Mutter von Virginia, Vanessa, Thoby und Adrian. Sie war eine bemerkenswerte Schönheit. Aus ihrer ersten Ehe mit Herbert Duckworth entsprangen drei Kinder: George, Stella und Gerald. Sie verwitwete 1870 und heiratete 1878 Leslie Stephen. Beträchtliche Energie verwendete sie darauf, ihrem Ehemann ein angenehmes Leben einzurichten, kümmerte sich aber auch um Arme und Kranke. Am 5. Mai 1895 starb sie an Influenza.

STEPHEN, Laura Makepeace (1870–1904), einziges Kind von Sir Leslie Stephen und seiner ersten Frau, Harriet Thackeray (Tochter von W. M. Thackeray). Laura, die zunächst mit ihren Halbgeschwistern am Hyde Park Gate aufwuchs, litt an einer Geisteskrankheit und kam als Erwachsene in ein Heim.

STEPHEN, Leslie (1832–1904), Fellow von Trinity Hall, Cambridge, Geistlicher, Verfasser des monumentalen *Dictionary of National Biography*. Vater von Virginia Woolf und ihrer Schwester Vanessa, Vorbild für den selbstsüchtigen Mr. Ramsay in *To the Lighthouse*. Seine erste Frau starb plötzlich. Drei Jahre später heiratete er Julia Duckworth, die selbst drei Kinder mit in die Ehe brachte, aus der dann noch vier weitere Kinder hervorgingen.

STEPHEN, Thoby (1880–1906), ältester, besonders geliebter Bruder von Virginia Woolf und ihrer Schwester Vanessa. Besuchte das Trinity College, Cambridge, wo seine Freundschaft mit Leonard Woolf, Lytton Strachey, Saxon Sydney-Turner, Clive Bell, Desmond MacCarthy und Maynard Keynes begann. Starb 1906 nach einer Griechenlandreise an Typhus.

STRACHEY, Alix (1892–1973), heiratete Lyttons Bruder James, studierte Psychologie in Wien und Berlin und wurde (gemeinsam mit James) Übersetzerin der Werke Sigmund Freuds. Freuds Werke erschienen in der Hogarth Press. Alix und James Strachey lebten im Haus Gordon Square 41, das sie teilweise an Freunde vermieteten, unter anderem an Frances und Ralph Partridge.

STRACHEY, Lytton (1880–1932), entstammte einer ähnlichen Familie wie der der Stephens. Kritiker und Biograph, Verfasser von *Eminent Victorian*. Student am Trinity College, Cambridge, exzentrischer Freund von Thoby Stephen und Leonard Woolf. Nach Thobys Tod enger Freund Virginias. Machte ihr im Februar 1909 einen Heiratsantrag, den er am folgenden Tag zurückzog. Trotz seiner homosexuellen Vorlieben ging er einen lebenslangen Bund mit Dora Carrington ein und lebte mit ihr in Tidmarsh und Ham Spray House bei Hungerford. Starb am 21. Januar 1932 an Magenkrebs.

STRACHEY, Marjorie (1882–1964), jüngste von Lyttons fünf Schwestern. Lehrerin und Schriftstellerin, deren Bücher bei der Hogarth Press erschienen. War in Bloomsbury sehr beliebt. Unterrichtete an einer privaten Schule, die sie am Gordon Square 51 unterhielt. Im Sommer zog die Schule nach Charleston um, wo der Unterricht im Garten stattfand.

SYDNEY-TURNER, Saxon (1880–1962), Zeitgenosse und Studienfreund von Thoby Stephen und dessen Freunden in Cambridge. Staatsbeamter im Finanzministerium. Opernliebhaber; begleitete 1909 die Geschwister Stephen zu den Wagnerfestspielen nach Bayreuth. Liebte Barbara Bagenal, konnte sie aber nicht erobern.

WOOLF, Leonard Sidney (1880–1969), Schriftsteller, drittes von neun Kindern eines jüdischen Rechtsanwalts. Studierte am Trinity College, Cambridge, lernte dort Thoby Stephen und 1904 durch ihn die Schwestern Virginia und Vanessa Stephen kennen. Im gleichen Jahr ging er als britischer Staatsbeamter nach Colombo. Sein Roman *The Village in the Jungle* spiegelt seine sieben dort verbrachten Jahre wider. Auf einem längeren Heimaturlaub verliebte er sich in Virginia und quittierte den Staatsdienst, um sie heiraten zu können. In den folgenden neunundzwanzig Ehejahren kümmerte Leonard sich ebenso um Virginias instabilen Gesundheitszustand wie um das Gedeihen der Hogarth Press, die er gegründet hatte, um Virginia eine Ablenkung von zu viel intellektueller Arbeit zu bieten. Hinterließ außer zwei Romanen ein beträchtliches Œuvre journalistischer und politischer Schriften, am bekanntesten blieb wohl die fünfbändige Autobiographie, die er nach dem Tod seiner Frau verfaßte. Entwickelte sich im Monk's House zum leidenschaftlichen Gärtner.

WOOLF, Adeline Virginia (1882–1941), zweite Tochter von Sir Leslie Stephen. Eine der größten Autorinnen des zwanzigsten Jahrhunderts. Wie auch ihre Schwester Vanessa erhielt sie keine offizielle Ausbildung und konnte im Gegensatz zu ihren Brüdern nicht studieren, was sie ihr Leben lang bedauerte. Entschied sich früh für eine schriftstellerische Laufbahn; ihr erster Roman, *The Voyage Out* (dt. *Die Fahrt hinaus*) erschien allerdings erst, als sie dreiunddreißig Jahre alt war. Ihre geistige Gesundheit war immer gefährdet, besonders als ihre Eltern starben und wann immer sie einen Roman fertigstellte. Nach Beendigung ihres Romans *Between the Acts* ertränkte sie sich im Fluß Ouse. Wenn es ihr gutging, war sie eine brillante Unterhalterin, die »das Leben verschönerte«. Nigel Nicholson schrieb: »Wenn ich von ihr wieder fortging, hatte ich immer ein Gefühl, als hätte ich zwei Gläser erstklassigen Champagner getrunken.« Und Dora Carrington schrieb an Gerald Brenan: »Ich finde immer noch, daß sie zu den wenigen Menschen gehört, die in diesem Leben gekannt zu haben ein ungeheures Glück bedeutet. Ich bin sicher, daß es seit Beginn der Welt nur wenige Frauen gegeben hat, die ihr an Witz, Charme und einer ganz raren Schönheit gleichkommen.«

HÄUSER UND ORTE

Virginia und Vanessa

Hyde Park Gate 22: Erste Adresse der Geschwister Stephen von 1878–1904. Überragt noch immer seine Nachbarn in der engen Sackgasse in Kensington. Das Haus befindet sich in Privatbesitz. Eine blaue Gedenktafel erinnert an Virginias Vater, Sir Leslie Stephen.

Gordon Square 46: Von 1904–1907 Adresse von Vanessa, Thoby, Adrian und Virginia Stephen in Bloomsbury. 1907 bis 1916 erstes eheliches Domizil von Vanessa und Clive Bell, dann Wohnsitz von Maynard Keynes und ab 1925 von Maynard und Lydia Lopokowa. Heute gehört es zum Birbeck College der Universiät in London; blaue Gedenktafel für Maynard Keynes; lediglich der Garten im Gordon Square ist für die Öffentlichkeit zugänglich.

Fitzroy Square 29: Von 1907–1911 lebten Virginia und Adrian dort. Heute Bürogebäude, das nachts eindrucksvoll beleuchtet wird; blaue Gedenktafel für Virginia Woolf.

Brunswick Square 38: Das Haus, das Adrian und Virginia 1911–1938 mit Duncan Grant, Maynard Keynes und Leonard Woolf teilten. Es wurde abgerissen und durch einen Neubau ersetzt.

Clifford's Inn 13: Von 1912–1914 wohnten die Woolfs in ihren ersten Ehejahren dort in einer kleinen Wohnung. Der Garten ist für die Öffentlichkeit zugänglich.

Hogarth House, Paradise Road, Richmond: 1915–1924 Privathaus des Ehepaars Woolf. Gab dem 1917 von ihnen gegründeten Verlag den Namen; heute in privatem Besitz.

Fitzroy Street 8: Beherbergte 1929–1940 die Ateliers von Vanessa und Duncan; im Krieg zerbombt.

Tavistock Square 52: 1924–1939 Verlagsgebäude der Hogarth Press und Wohnhaus der Woolfs; abgerissen, auf dem Grundstück stehen heute Teile des Tavistock Hotels.

Mecklenburgh Square 37: 1939–1940 Virginia Woolfs letzte Adresse in Bloomsbury. Das Gebäude wurde im Zweiten Weltkrieg von einer Bombe getroffen.

Weitere Adressen:

Bedford Square 44: 1905–1915 das erste große, elegante Haus in Bloomsbury, das Philip und Ottoline Morrell bewohnten; heute ein Bürohaus.

Gower Street 10: 1928–1938 Philip und Ottoline Morrells zweites Haus in Bloomsbury. Heute im Besitz des Birkbeck College, London University; blaue Gedenktafel für Lady Ottoline Morrell, Gastgeberin und Förderin der Künste.

Gower Street 3: Das Haus, das Maynard Keynes an Dorothy Brett vermietete, die es »Die Arche« nannte und 1916–1917 Zimmer an Katherine Mansfield, John Middleton Murry und Dora Carrington vermietete. Heute beherbergt es das Bloomsbury Centre for European Study Programmes und eine Firma mit dem Namen Small World.

Fitzroy Square 21: 1909–1911 Atelier und Wohnung von Duncan Grant und Maynard Keynes; heute Sitz der Vertretung von Mosambik.

Fitzroy Square 33: 1913–1919 Adresse der Omega-Werkstätten; heute London Foot Hospital und School of Podiatric Medicine.

Bernard Street 48: Das Haus, in dem Roger Fry 1926–1934 mit Helen Anrep zusammenlebte; inzwischen abgerissen.

Brunswick Square 27: 1929–1939 Londoner Adresse von E. M. Forster; inzwischen abgerissen.

Gordon Square 41: Wohnhaus von James und Alix Strachey, die zu unterschiedlichen Zeiten Zimmer und ganze Stockwerke an Lytton Strachey, Dora Carrington und Lydia Lopokowa vermieteten. 1926–1930 hatten Ralph Partridge und Frances Marshall eine Wohnung in diesem Haus.

Gordon Square 42: Von 1920 an Wohnhaus von Oliver, Ray und Julia Strachey.

Gordon Square 50: 1920–1939 Adresse von Adrian und Karin Stephen, später von Clive Bell; blaue Gedenktafel: »Hier und in den Nachbarhäusern lebten in der ersten Hälfte des zwanzigsten Jahrhunderts etliche Mitglieder der Bloomsbury-Gruppe, unter anderem Virginia Woolf, Clive Bell und die Stracheys.«

Gordon Square 51: Von 1919 an Wohnhaus von Lady Strachey und ihrer Familie. Ging in den sechziger Jahren in den Besitz des Birbeck College, London University über; blaue Gedenktafel für Lytton Strachey.

Landhäuser:

Littel Talland House, Firle, Sussex: 1911–1912 Virginia Woolfs erstes Landhaus in Sussex; heute in Privatbesitz und nicht zugänglich. Vanessa und Duncan Grant sind nebeneinander auf dem Dorffriedhof von Firle beigesetzt.

Asheham House, Firle, Sussex: 1912–1919 Virginias zweites Haus in Sussex. Sie teilte die Miete erst mit Vanessa, bewohnte das Haus später mit Leonard. 1994 trotz heftiger Proteste von der Firma Blue Circle Industries abgerissen, um ihre Müllhalde vergrößern zu können.

Charleston Farmhouse, Firle, Sussex: Von 1916 bis 1961 Landsitz von Vanessa Bell und ihren Kindern Quentin, Julian und Angelica und (bis 1978) von Duncan Grant. Clive Bell (der auch eine eigene Bibliothek dort hatte) und Maynard Keynes, der sich anfangs an den Kosten beteiligte, hatten eigens ihnen vorbehaltene Zimmer.
Charleston kann zu folgenden Öffnungszeiten besichtigt werden: April bis Oktober mittwochs bis sonntags von 14 bis 18 Uhr,

außerdem am »Bank Holiday«-Montag. Von Mitte Juli bis Ende August zusätzlich mittwochs bis samstags ab 11 Uhr vormittags. Die Küche ist nur donnerstags und freitags geöffnet. November und Dezember sind einige Räume an Wochenenden von 14–17 Uhr zu besichtigen. In einer Scheune befinden sich ein Laden und ein Besucherzentrum. Informationen über das Charleston Arts Festival und die Charleston International Summer School unter 00 44 13 23 81 12 65.

Monk's House, Rodmell, Sussex: Landhaus der Woolfs von 1919 bis 1941; Leonard lebte nach Virginias Freitod noch weitere 28 Jahre lang darin. Heute von einem Kustos des National Trust bewohnt; vom 1. April bis 31. Oktober Mittwoch und Samstag nachmittags ab 14 Uhr geöffnet.

Tilton, Bauernhaus: Ein paar hundert Meter weiter oben am Zufahrtsweg nach Charleston. Ab 1925 Landsitz von Maynard und Lydia Keynes; heute im Privatbesitz von Robert Skidelsky, Maynard Keynes' Biographen, nicht zu besichtigen.

The Mill House, Tidmarsh, Berkshire: 1917–1924 Haus von Dora Carrington und Lytton Strachey. Ralph Partridge stieß später dazu; sie hatten sehr oft Gäste aus Bloomsbury; heute in privatem Besitz.

Ham Spray House, Wiltshire: Dora Carrington, Lytton Strachey und Ralph Partridge lebten zwischen 1924 und 1932 gemeinsam dort; von 1932 bis 1960 bewohnte Ralph das Haus mit Frances Partridge; heute in privatem Besitz.

Talland House, St. Ives, Cornwall: Zwischen 1882 und 1894 alljährliches Sommerdomizil für die Familie Stephen; heute in Ferienappartements aufgeteilt.

Garsington Manor, Oxfordshire: 1915–1927 Landsitz von Philip und Lady Ottoline Morrell; heute in privatem Besitz, Besichtigung nach Vereinbarung.

Wissett Lodge, Wissett, Suffolk: Bauernhaus, in das Vanessa, Duncan und Bunny Garnett sich zurückzogen, um sich der 1916 eingeführten Wehrpflicht zu entziehen. Heute in Privatbesitz.

Sissinghurst Castle, Kent: 1930–1962 Landsitz von Vita Sackville-West und Sir Harold Nicholson. Beim Kauf waren Gebäude und Garten in desolatem Zustand. Mit Geschick, Geschmack und Phantasie setzten die Nicholsons die Gebäude instand und schufen den weltbekannten Garten, der heute vom National Trust verwaltet wird. April bis Mitte Oktober dienstags bis freitags von 13 bis 18.30 Uhr und an den Wochenenden von 10 bis 18.30 Uhr geöffnet.

ZEITTAFEL

1878 Am 26. März Eheschließung Leslie Stephen und Julia Duckworth.

1879 Am 30. Mai Geburt von Vanessa Stephen.

1880 Am 8. September Geburt von Julian Thoby Stephen
Am 25. November Geburt von Leonard Woolf.

1882 Am 25. Januar Geburt von Adeline Virginia Stephen.

1883 Am 27. Oktober Geburt von Adrian Leslie Stephen.

1895 Am 5. Mai Tod von Julia Stephen (im Alter von 49 Jahren). Virginia hat ihren ersten Nervenzusammenbruch.

1896 Vanessa nimmt Zeichenunterricht an der Schule von Sir Arthur Cope, R. A.

1897 Eheschließung von Stella Duckworth, der Halbschwester der Stephens, mit Jack Hills; hundert Tage später stirbt sie an Bauchfellentzündung.

1899 Clive Bell, Lytton Strachey, Saxon Sydney-Turner und Thoby Stephen beziehen zusammen das Trinity College, Cambridge.

1900 Vanessa und Virginia Stephen lernen beim Maiball des Trinity College die Freunde ihres Bruders kennen, darunter auch Leonard Woolf.

1901 Vanessa geht auf die Royal Academy School.

1902 Duncan überredet seine Eltern, ihn auf die Westminster Art School gehen zu lassen; Leslie Stephen wird am 26. Juni zum Knight Commander of the Bath ernannt.

1904 Virginia veröffentlicht ihren ersten Essay. Sir Leslie Stephen stirbt am 22. Februar; Virginia hat am 10. Mai ihren zweiten Nervenzusammenbruch. Die Geschwister Stephen reisen auf den Kontinent. Clive Bell führt sie in Paris herum und zeigt ihnen Rodins Arbeiten. Am 17. November ißt Leonard bei Vanessa und Virginia Stephen zu Abend; am Tag darauf reist er nach Ceylon ab.

1905 Thoby richtet donnerstags seinen Jour fixe am Gordon Square ein; Anfänge der »Bloomsbury-Group«. Vanessa stellt zum erstenmal aus, gründet den Freitagsclub und lernt Duncan Grant kennen, Lytton Stracheys Cousin.

1906 Am 20. November stirbt Thoby Stephen nach einer Griechenlandreise mit 26 Jahren an Typhus. Vanessa nimmt am 22. November Clives dritten Heiratsantrag an. Desmond MacCarthy heiratet Mary (»Molly«) Warre-Cornish. Duncan studiert an der Académie Julian in Paris.

1907 Am 7. Februar heiraten Clive und Vanessa im St. Pancras Registry Office, Bloomsbury, und fahren auf Hochzeitsreise nach Paris. Sie nehmen ihren Jour fixe wieder auf, an dem unter anderem Lady Ottoline Morrell und Augustus John teilnehmen. Die Schauspielgesellschaft trifft sich am Gordon Square 46.

1908 Am 4. Februar Geburt von Julian Bell am Gordon Square 46. Clive und Vanessa nehmen Virginia mit auf eine Italienreise nach Perugia und Siena; nach einer Woche in Paris kehren sie im Oktober zurück.

1909 Am 17. Februar macht Lytton Strachey Virginia einen Heiratsantrag, der angenommen wird, aber er ändert seine Meinung. Duncan mietet ein Studio am Fitzroy Square 21.

1910 Roger Fry wird in Bloomsbury eingeführt; organisiert seine erste Nachimpressionisten-Ausstellung in den Grafton Galleries, London. Quentin Bell wird am 19. August am Gordon Square geboren. Virginia beteiligt sich am »Dreadnought-Streich« und kommt in die Schlagzeilen.

1911 Vanessa hat während einer Türkeireise mit Clive und Roger Fry eine Fehlgeburt. Roger pflegt sie, sie beginnen ein Liebesverhältnis. Virginia und Adrian mieten Haus Nr. 38 am Brunswick Square und vermieten Zimmer an Maynard Keynes, Duncan Grant und Leonard Woolf. Vanessa und Virginia mieten Asheham House in Sussex.

1912 Leonard macht Virginia im Januar seinen ersten Heiratsantrag. Im Mai willigt sie ein; am 10. August heiraten sie. Die zweite Nachimpressionisten-Ausstellung wird eröffnet; Künstler der Bloomsbury-Gruppe stellen ebenfalls dort aus.

1913 Roger eröffnet die Omega-Werkstätten am Fitzroy Square 33. Virginia versucht zum erstenmal, sich das Leben zu nehmen. Vanessa verliebt sich in Duncan.

1915 Vanessa beginnt ein Verhältnis mit Duncan. Lady Ottoline und Philip Morrell erwerben Garsington Manor in Oxfordshire. Virginia und Leonard ziehen ins Hogarth House, Richmond. Virginias erster Roman, *The Voyage Out* (dt. *Die Fahrt hinaus*) erscheint. Zweiter Selbstmordversuch.

1916 Die Musterungen beginnen. Lytton und Leonard aus gesundheitlichen Gründen dienstuntauglich. Vanessa wohnt mit Duncan und David Garnett im Wissett Lodge in Suffolk; später Umzug nach Charleston, Firle, Sussex.

1917 Im Juli erste Veröffentlichung der Hogarth Press, Richmond – *Two Stories: The Mark on the Wall and Three Yews*. Lytton Strachey und Dora Carrington richten sich in Tidmarsh, Berkshire, ein.

1918 Am 11. November Waffenstillstand. Angelica, die Tochter von Vanessa und Duncan, wird am Weihnachtstag in Charleston geboren. Lytton veröffentlicht *Eminent Victorians*.

1919 Die Omega-Werkstätten werden geschlossen. Die Woolfs kaufen Monk's House, Rodmell, für 700 Pfund. Maynard Keynes schreibt in Charleston die *Economic Consequences of the Peace*. Die Hogarth Press veröffentlicht Virginia's *Kew Gardens* mit einem Holzschnitt von Vanessa.

1920 Erstes Treffen des Memoir-Club. Lytton, Ralph und Dora Carrington besuchen Gerald Brenan in Yegen, Südspanien.

1921 Vanessa, Duncan und die Kinder in La Maison Blanc, St. Tropez.

1922 Vanessa hat eine Einzelausstellung in der Independent Gallery. Im Dezember lernt Virginia Vita Sackville-West kennen.

1924 Lytton Strachey pachtet Ham Spray House bei Hungerford, Wiltshire, für sich selbst, Ralph und Dora Carrington. Virginia und Leonard ziehen nach Bloomsbury zurück: sie mieten Tavistock Square 52 für zehn Jahre.

1925 *Mrs. Dalloway* erscheint im Mai. Im August bricht Virginia in Charleston zusammen und bleibt monatelang krank. Maynard Keynes heiratet Lydia Lopokowa.

1926 Vanessa wird Gründungsmitglied der London Artist's Association.

1927 *To the Lighthouse* erscheint im Mai. Vanessa und ihre Familie beziehen die Villa Corsica in Cassis. Vanessa benutzt ihr Atelier, das neben Duncans am Fitzroy Square No. 8 liegt, als *pied à terre*.

1928 Virginia reist mit Vita Sackville-West durch Frankreich. *Orlando* erscheint im Oktober; Virginia hält vor den Frauencolleges zwei Vorträge, aus denen später *A Room of One's Own* entsteht. Vanessa schließt einen Zehnjahresvertrag für La Bergère bei Cassis ab: Charleston in Frankreich entsteht.

1931 Am 8. Oktober erscheint *The Waves* (dt. *Die Wellen*).

1932 Am 21. Januar stirbt Lytton im Alter von 52 Jahren. Dora Carrington begeht am 11. März aus Kummer Selbstmord.

1934 Roger Fry stirbt im Alter von 67 Jahren.

1935 *Freshwater*, Virginias einziges Theaterstück; es basiert auf der Lebensgeschichte ihrer Großtante, der viktorianischen Photographin Julia Margaret Cameron. Die Woolfs unternehmen eine Europareise.

1938 John Lehmann übernimmt Virginias Anteile an der Hogarth Press.

1939 Am 3. September Kriegserklärung Großbritanniens gegen Deutschland. Leonard und Virginia ziehen an den Mecklenburgh Square. Virginia lehnt die Ehrendoktorwürde der Universität Liverpool ab.

1940 Vanessa und Duncans Studios in der Fitzroy Street werden mitsamt einem Großteil der frühen Arbeiten von Vanessa durch eine Brandbombe zerstört. Das Haus der Woolfs am Mecklenburgh Square bekommt einen Bombentreffer ab; die Hogarth Press wird nach Letchworth ausgelagert. Sie ziehen sich ins Monk's House zurück; Vanessa und Duncan gehen nach Charleston.

1941 Virginia beendet *Between the Acts* (dt. *Zwischen den Akten*) und fällt in eine tiefe Depression. Am 28. März ertränkt sie sich in der Ouse. Ihr Leichnam wird erst drei Wochen später gefunden.

1942 David (»Bunny«) Garnett heiratet Angelica Bell; Vanessa und Duncan bleiben der Hochzeit fern.

1959 Werkschau von Duncan Grant in der Tate Gallery.

1961 Vanessa stirbt im Alter von 81 Jahren in Charleston.

1969 Leonard Woolf stirbt im Alter von 89. Seine Asche wurde – wie die Virginias – unter den Ulmen im Garten von Monk's House verstreut.

1978 Duncan stirbt im Alter von 91 Jahren. Er wurde neben Vanessa auf dem Friedhof von Firle beigesetzt.

EINLEITUNG

»Ein unbekanntes Zimmer zu betreten ist immer ein Abenteuer, da die Biographien und Charaktere seiner Besitzer ihre Atmosphäre hineindestilliert haben, und sobald wir hineingehen, brandet eine neue Welle der Gefühle gegen uns an.«

Virginia Woolf, *Street Haunting*

»Orte erklären Menschen«, hat David Garnett einmal gesagt; die schlichte Feststellung ist der Ausgangspunkt für dieses Buch. Es befaßt sich mit einer Gruppe von geistreichen, lebhaften, ungewöhnlich begabten Schriftstellern und Künstlern, die in der ersten Hälfte des zwanzigsten Jahrhunderts zueinanderfanden. Die Geschichte beginnt im viktorianischen London, zu einer Zeit, als die Rocksäume noch bis zum Boden reichten, und endet nach zwei Weltkriegen in der Ära des Minirocks. Eine Tonspur dazu müßte mit dem unschuldigen Glockenbimmeln des Muffinverkäufers einsetzen; mit dem wütenden Gebrüll des stockenden Londoner Stadtverkehrs hätte sie zu schließen. Big Ben würde die Stunden schlagen. Mancherorts wäre das Dröhnen von Kampfflugzeugen am Himmel hörbar. Es gäbe Musik und Gelächter, vor allem aber Gespräche.

LINKS:
DAS GARTENZIMMER
von Vanessa Bell

Lebensläufe und Orte geben die Einteilung in Kapitel vor, in deren Mittelpunkt jeweils bestimmte Menschen und Schauplätze stehen. Wir folgen den Spuren von Virginia Woolf und ihrer Schwester, der Malerin Vanessa Bell, denen ihrer Ehemänner Leonard Woolf und Clive Bell sowie ihrer Freunde und Geliebten, darunter Lytton Strachey, Dora Carrington, Roger Fry, Duncan Grant, David Garnett, Lady Ottoline Morrell und Ralph und Frances Partridge. Wir begleiten sie in die Londoner Häuser, die sie häufig gemeinsam bewohnten, ziehen mit ihnen hinaus in die englische Landschaft und schließen uns ihnen auf ihren gemeinsam unternommenen Ferienreisen ins Ausland an. Sie waren Schriftsteller und Maler am Schnittpunkt einer neuen Bewegung, sie waren entschlossen, die beklemmenden Konventionen ihrer viktorianischen Erziehung über Bord zu werfen und ihre eigenen Ideale zu verwirklichen. Die Gegenden und Häuser, in denen sie dies taten, trugen dazu bei, diesen neu entstehenden Vorstellungen von Kunst und Leben eine Gestalt zu geben. Der Landsitz Charleston in Sussex, fast ein halbes Jahrhundert lang das Zuhause von Vanessa Bell und Duncan Grant, wurde zum Inbegriff dieser neuen Lebensart.

Größtenteils privilegiert und wortgewandt, waren die Mitglieder der Bloomsbury-Gruppe selten aus finanziellen Gründen gezwungen, Zugeständnisse zu machen, was ihren Lebensstandard anging. Diese kühne Unabhängigkeit – ganz besonders seitens der Frauen – muß im kulturellen Kontext des frühen zwanzigsten Jahrhunderts gesehen werden.

Es gibt etliche Hinweise darauf, daß Virginia Woolf viel Sinn für Scherze, Streiche und Späße hatte. Als sie pechschwarz geschminkt und in Männerkleidern erster Klasse nach Weymouth reiste, um dort als vorgeblicher »Kaiser von Abessinien« von einem Leutnant protokollarisch begrüßt und zu einer Besichtigung auf das Kriegsschiff »H. M. S. Dreadnought« eskortiert zu werden, brach sie weit mehr als ein Tabu. Der »Dreadnought-Streich«, wie der Vorfall von der Presse genannt werden sollte, brachte Virginia tagelang in die Schlagzeilen und führte zu einer Anfrage im Oberhaus. Duncan Grant, eines der fünf mitreisenden »Delegationsmitglieder«, mit einem Turban auf dem Kopf und in einen bestickten Kaftan gehüllt, wurde von ein paar Marineoffizieren besonders betreut. Wenn wir seiner scherzhaften Schilderung der Ereignisse Glauben schenken dürfen, scheint er sich bestens amüsiert zu haben. Virginia brach ein weiteres Tabu (und brachte ihren spießigen, lästigen Halbbruder George Duckworth an den Rand der Verzweiflung), als sie unverheiratet und ohne Anstandsdame ihr Haus am Brunswick Square mit einer Gruppe von Freunden teilte, die allesamt Männer waren.

Virginia war Zeugin einer Zeit großer sozialer Unruhe. In einem berühmten Satz nennt sie »etwa den Dezember 1910« als den Moment, in dem das Klassensystem ins Wanken geriet. Große viktorianische Familien wie die, in die Vanessa und Virginia hineingeboren worden waren, mußten nun ohne die gewohnten Heerscharen von Köchen, Zofen und Hilfsdienern auskommen. Das brachte eine Lockerung der alten, lästigen Benimmregeln mit sich, und Virginia und Vanessa machten sich eifrig daran, die neugewonnene Freiheit zu erkunden; zuerst im Haus am Gordon Square, das sie mit ihren Brüdern teilten, und später in den verschie-

Virginia und Vanessa 1892 beim Cricket in St. Ives. Das Ferienhaus der Familie hatte einen Tennisplatz und einen terrassierten Garten: viel Platz für Spiele. Die Zeit in Talland House wird von Virginia Woolf in ihrem Roman To the Lighthouse *von 1927 verarbeitet*

denen Haushalten, die sie sich mit Ehemännern oder Liebhabern einrichteten. Um diesen magnetischen Kern von »zwei schönen jungen Frauen mit eigenem Haus« bildete sich nach und nach jener Kreis, den wir heute als Bloomsbury-Gruppe kennen.

»Was war Bloomsbury?« fragt Clive Bell etwas kokett in seinem Buch *Old Friends*, und ganz gewiß ist in der Vergangenheit heftig darüber debattiert worden, wer dazu gehörte und wer nicht; aber wie man die Karten auch mischen mag, immer kommt Clive ins Spiel, eine Bildkarte, ein Bube vielleicht, ein geistreicher, lebhafter Bonvivant und unverbesserlicher Frauenheld, der nicht nur mit dem Gedanken spielte, die Schwester seiner Frau ins Bett zu kriegen, sondern kurz nach der Geburt seines zweiten Sohnes auch noch ganz offen die Beziehung zu einer ehemaligen Geliebten wiederaufnahm. Selbst nach heutigen Maßstäben wäre eine solche Lebensführung ziemlich unkonventionell, nach den damaligen Wertvorstellungen war sie skandalös. Und doch bot die Ehe von Virginia und Leonard Woolf genügend Raum für Virginias leidenschaftliche Liebe zu Vita Sackville-West, für ihre Anfälle von Wahnsinn und die Anforderungen der Hogarth Press, der so viele Werke der Mitglieder der Gruppe ihren Weg in die Öffentlichkeit verdanken. Sie lebten und liebten innerhalb eines nur scheinbar lockeren Arrangements, tatsächlich aber in einem recht engmaschigen Netz von Beziehungen, das

Drei Hauptfiguren von Bloomsbury: Lytton Strachey, Duncan Grant und Clive Bell, 1922 in Charleston

auch eine Reihe von Dreierbeziehungen zuließ. Duncan Grant zeugte Vanessas drittes Kind in der Zeit, als er mit ihr und seinem homosexuellen Geliebten David »Bunny« Garnett in Sussex zusammenlebte. Viel später heiratete Bunny dieses Kind, da war er fünfzig und sie fünfundzwanzig. Lytton Strachey fand in Tidmarsh und Ham Spray die Art von Häuslichkeit, die ihm am meisten entgegenkam: Er lebte zusammen mit Dora Carrington, die ihn anbetete, und ihrem Mann Ralph Partridge, den wiederum Lytton liebte. Maynard Keynes, Liebhaber sowohl von Duncan als auch von Lytton, brachte 1925 das zarte Gleichgewicht der Gruppe sehr ins Wanken, als er versuchte, seine Frau, die Ballerina Lydia Lopokowa, in den Kreis einzuführen. Der unverheiratete Saxon Sydney-Turner gehörte ebenso zu den Gründungsmitgliedern wie Desmond und Molly MacCarthy. E. M. Forster bewegte sich eher an der Peripherie des Kreises, spielte aber, darüber ist man sich einig, eine beachtenswerte Rolle. Roger Fry war ein ziemlich später, aber einflußreicher Zugang; andere schillernde Figuren, wie etwa Lady Ottoline Morrell, verweigern die zahme Rolle hinter den Kulissen und schießen wie Kometen über die Bühne des Geschehens. Festzustellen bleibt, daß sich diese außergewöhnliche Runde von Persönlichkeiten jeglicher Kategorisierung entzieht. Auch heute würden Menschen, die sich weigern, in den Krieg zu ziehen, die das Establishment ablehnen und formellen Ehrungen ausweichen – Duncan verweigerte 1950 den britischen Staatsorden CBE, und Virginia ließ sich weder zum *Companion of honour* küren, noch nahm sie die Ehrendoktorwürde der Universität von Manchester an – in keine Schublade passen.

»Warum nennst du mich Bloomsbury?« wollte Virginia einmal von Ethel Smyth wissen. »Ich sage schließlich auch nicht Chelsea zu dir.« Man weiß, daß Virginia sich ihr Leben lang gegen die allgemeine Verwendung dieses Namens wehrte, obwohl sie ihn als Kürzel führte. Was sie verständlicherweise störte, war die weitverbreitete Benutzung eines Begriffs, mit dem sich im Laufe der Zeit zunehmend Negatives verband. Im Gegensatz zu Clive Bell gab sie aber nie vor, den Ausdruck nicht zu kennen. In dem »Old Bloomsbury« gewidmeten Kapitel ihrer Memoiren *Moments of Being* (dt. *Augenblicke*) freute Virginia sich auf die noch zu schreibende Geschichte von Bloomsbury. – »Welches Sujet eignete sich besser für Lyttons nächstes Buch?« schrieb sie und befand, daß Lady Ottoline ein ausschließlich ihr gewidmetes Kapitel verdiene – »und sei es nur im Anhang«.

Inzwischen gibt es unzählige Bücher über Bloomsbury und etliche Wälzer zum Thema Lady Ottoline. Woher rührt diese andauernde Faszination? Zweifellos hat es in erster Linie wohl mit dem Werk zu tun, das sie hinterlassen haben; nicht nur mit den Gemälden und Romanen, die unsere Ansichten über die literarische Gattung des Romans und unsere Auffassungen von Kunst so grundlegend verändert haben, sondern auch mit den Aufsätzen, den Memoiren, den Tagebüchern und dem bemerkenswerten Strom angeregter Korrespondenz. All das bildet das Vermächtnis von Bloomsbury, das wiederum zur Legende geworden ist. Man denke nur: Ein Brief, der vor zehn Uhr morgens aufgegeben wurde, konnte noch am Abend des gleichen Tages bei seinem Empfänger draußen auf dem Lande eintreffen. Und postwendend kam die Antwort zurück – mal voll von Klatsch, mal geschwätzig, mal geistreich, mal respektlos rührend oder maliziös.

War es einmal in Mode, Bloomsbury herabzuwürdigen oder gar seine Existenz in Frage zu stellen, so gilt die Bewegung heute als bedeutender Teil des britischen Nationalerbes, der mit den Landsitzen und Häusern für die Nachwelt erhalten werden soll. 1982 wurde Monk's House, der Landsitz der Woolfs, durch den National Trust als Denkmal der Öffentlichkeit zugänglich gemacht. Die stets klammen Räume von Charleston sind säuberlich restauriert und kunstvoll mit reizenden Beweisstücken für die Anwesenheit seiner früheren Bewohner dekoriert worden: Ein aufgeschraubter Füllhalter, ausgedrückte Farbtuben, eine halbgeleerte Flasche Gilbey's Dry Gin sind so arrangiert, daß man glauben mag, die Bewohner seien nur kurz ausgegangen und kämen alsbald zurück. Die Schauplätze von Bloomsbury sind mit blauen Erinnerungstafeln übersät. Manche Straßen haben sich in den letzten fünfzig Jahren kaum verändert, auch wenn der offene Fischstand auf der Marchmont Street, der, wie Virginia fand, aussah wie »das heutige Paris«, einem Fotoladen gewichen ist und Virginia sich kaum über die Hamburger Bar im Russell Hotel freuen würde, die ihren Namen trägt.

Mit Hilfe der Tagebücher, Memoiren und Berichte, die uns die Bewohner und ihre Gäste hinterlassen haben, möchte dieses Buch hinter die Fassaden blicken. Noch einmal sollen die Häuser und Lieblingsplätze von Bloomsbury aufgesucht

werden. Das Buch will die »schwierigen Gesprächspausen« am Gordon Square einfangen und dem Wirbel der gesellschaftlichen Ereignisse auf Lady Ottolines Garsington nachspüren, und es will uns nach Monk's House in ein Wochenende auf dem Lande bei Virgina und Leonard Woolf versetzen oder nach Charleston zu Vanessa und Duncan. Heutzutage, in einer Zeit, die uns keinerlei Einschränkungen in Geschmack und Ausstattung von Wohnräumen und Häusern setzt, fällt es vielleicht schwer zu verstehen, wie beeindruckend in seiner radikalen Unkonventionalität ein Haus wie Charleston im Jahr 1916 gewirkt haben muß. Ebenso das ungewöhnliche Verhalten zweier junger, alleinstehender Frauen um die Jahrhundertwende, von denen eine die Kunstschule besuchte und die andere für Zeitungen schrieb und an einem College für Arbeiter unterrichtete.

»Komfort war Nebensache in den Häusern von Bloomsbury«, erinnert sich Frances Partridge, »Schönheit war viel wichtiger, aber es gab gute französische Küche, fast immer Wein zum Essen, selbstgebackenes Brot und hausgemachte Marmeladen (Virginia Woolf konnte beides sehr gut zubereiten). Im Winter setzte die Kälte einem manchmal zu, und die Leitungen in den Badezimmern mußten in alte Zeitungen gewickelt werden, aber man fand hervorragende Bibliotheken, die schönsten Gespräche, die ich je gehört habe, und viel Heiterkeit.«[1]

Die Häuser von Vanessa verströmten eine besonders anziehende Atmosphäre. »Ich habe selten etwas mehr genossen als den Aufenthalt bei Dir, und ich begreife noch immer nicht ganz, wie Du das alles schaffen konntest. Man gerät in einen Zustand der Zufriedenheit«, schrieb Virginia an ihre Schwester und fügte hinzu: »Ich habe von Lytton gehört, der das gleiche empfindet und sagt, daß er auf immer bei Dir wohnen möchte.« In ihrem sehr aufschlußreichen Buch *Deceived with Kindness* (dt. *Freundliche Täuschungen*) schwärmt Angelica vom Leben in Charleston; es sei wie vom »Glanz eines immerwährenden Sommers erleuchtet« gewesen. Vanessa gelang es, einen häuslichen Rahmen zu schaffen, in dem beide Gruppen von Künstlern, die Maler und die Schriftsteller, glücklich zusammenleben konnten. Ihre Mutter war stets eine »hervorragende, wenn auch etwas formelle Gastgeberin«, so liest man. »Die Getränke, für die Clive sorgte, flossen reichlich; das Essen war schlicht, aber saftig und appetitlich. Vor den Mahlzeiten roch immer das ganze Haus köstlich nach knusprigem Schweinebraten, schmorendem Rindfleisch oder nach einer von Grace' unnachahmlichen Suppen.«

Das Essen und all die angenehme Erregung, die damit verbunden sein kann, spielten eine große Rolle in den frühen Kinderjahren der Geschwister Stephen. Die Sommer ihrer Kindheit verbrachten sie damals in St. Ives in Cornwall in einem großen Haus an der Bucht. Mit Sack und Pack, Zofen, Köchinnen und Haustieren zogen sie alljährlich für drei Monate an diesen schönen Ort. Wenn Gäste da waren, ließen die Kinder, deren Zimmer direkt über der Küche lagen, einen Korb an einer Schnur hinunter. Sie hofften, die Köchin würde sich gnädig erweisen und ihnen etwas von den Köstlichkeiten, die für das Dinner der Erwachsenen gedacht waren, hineinlegen. Da die Köchin oft mehr als fünfzehn Personen zu verköstigen hatte, konnte es aber ebenso passieren, daß sie die Schnur durchschnitt. »Ich erinnere mich noch an das Gefühl des schweren Korbes und der

DIE KÜCHE
von Duncan Grant, um 1906

leichten Schnur«, erzählt Virginia von damals.[2] Ihr Roman *To the Lighthouse* (dt. *Zum Leuchtturm*), in dem Mrs. Ramsay über ihr wunderbar duftendes *boeuf en daube* wacht, hat das Haus und die Gegend berühmt gemacht.

Man versammelte sich gern in großer Runde, und auch die köstlichen Mahlzeiten in Cornwall prägten die Kinder in ihrer Lebensart. Virginia erinnerte sich an die lebenden Hummer, die die Köchin aus dem Ort mitbrachte, an die Hühner, die frische Milch und die Eier von den Bauernhöfen der Umgebung oder an den aufregenden Moment, wenn die Fischer einen riesigen, zappelnden Heringsschwarm in die randvollen Boote hievten. Ihre späteren Reisen ins Ausland inspirierten sie nicht nur zu neuen künstlerischen Ideen und andersartigen Lebensweisen – auch die Kunst zu kochen entfaltete sich durch Einflüsse aus der Fremde.

Die meisten Mitglieder der Bloomsbury-Gruppe führten Doppelexistenzen – sie genossen ein Leben auf dem Lande und eins in der Stadt; ihre gegenseitige großzügige Gastfreundschaft machte es möglich. Ihre Gefühlswelt speiste sich aus gemeinsamen Interessen; es wurde getratscht, und man teilte die gleichen Vorlieben, was Literatur, Kunst, Design und den feinen Klassenunterschied betraf. Sie alle hatten »bürgerliche Konventionen erduldet« und über Bord geworfen, und wenn Vanessa wie »eine alte Glucke zwischen Enten, Hühnern und Kindern« in Charleston leben und »nie wieder anständige Kleider anziehen« wollte, so war das für Virginia eher ein Anlaß, Vanessas Lebensweise zum Gegenstand eines amüsanten Briefs an einen ihrer adligen Freunde zu machen, als ihre Schwester zu zensieren.

Man traf sich oft. Es gab in London Partys im kleinen, intimen Kreis, große Künstlerfeste und lange gemeinsame Wochenenden auf dem Lande, wo »Nessa« am Teetisch präsidierte und Virginia, von einem großen Sonnenhut beschattet, gemütlich in einem Korbsessel saß, Clive neckte und die Gesellschaft unterhielt. Alle vergnügten sich bei den verschwenderischen Festen von Lady Ottoline auf Garsington oder im Argyll House bei Lady Colefax und tratschten anschließend darüber. Man erfreute sich in Dora Carringtons Küche in Tidmarsh, wo Enten und Hühner frei in den Zimmern herumliefen und die Anstandsregeln etwas gelockert werden konnten, an so schlichten Genüssen wie getoasteten Muffins mit hausgemachter Marmelade.

Konnten sie nicht zusammensein, so sehnten sie sich nach einander. »Mal abgesehen von Liebschaften, wen sähest du jetzt am liebsten da unten in der Einfahrt auftauchen?« erkundigte sich Lytton Strachey einmal bei Clive Bell – und gab gleich selbst die Antwort: »Natürlich Virginia.«

Die Mitglieder der Bloomsbury-Gruppe lebten in einer Zeit umfassender gesellschaftlicher und damit zwangsläufig auch kulinarischer Veränderungen im England des beginnenden zwanzigsten Jahrhunderts, was sowohl in ihrem Lebensstil als auch in ihren Werken Niederschlag fand. Die Tagebücher und Briefe von Virginia Woolf sind gespickt mit Beschreibungen vollendeter Dinners und spontaner Abendgesellschaften, und in den Romanen *Mrs. Dalloway* und *To the Lighthouse* finden sich denkwürdige Schilderungen von Mahlzeiten. Vanessa Bells Gemälde THE NURSERY TEA und THE KITCHEN sind eine glanzvolle Hommage an die Häuslichkeit. Oder man denke an Duncan Grants Porträt der Helen Anrep, das sie im Speisezimmer von Charleston in einer gewaltigen Suppenschüssel rührend zeigt, ein Zeugnis von manifester Freundschaft. Helens Sohn Igor, der von seinem zwölften Lebensjahr an, als seine Mutter den russischen Mosaikkünstler Boris Anrep verließ, um mit Roger Fry zusammenzuleben, in Bloomsbury aufwuchs, berichtete: »In Bloomsbury war es selbstverständlich, daß man gut aß – meistens französisch.« In dem heute beinahe vollständig untergegangenen England von Bloomsbury gab es ausgedehnte Frühstückszeremonien, sogenannte Malerei-Mittagessen, Nachmittagstees um vier und Dinners, für die man sich umkleidete. Das frische Gartengemüse, Spargel oder Artischocken, wurde körbeweise mit dem Nachtzug in die Stadt geschickt; vor allem aber beschäftigte man ausreichend Personal, das kochte, putzte und die Kinder hütete. Die Frauen von Bloomsbury beteiligten sich vielleicht gelegentlich, die Männer »halfen«, wie Igor mir erzählte, »nie beim Abwasch«.

Die Behauptung, das Leben würde jedes Talent verkümmern lassen, trifft auf die Bloomsbury-Gruppe nicht zu. Vielmehr brachte das ungewöhnliche, erfüllte und vielseitige Leben, das ihre Mitglieder führten, deren künstlerisches Schaffen erst zu voller Blüte. Den Schauplätzen nachzuspüren, an denen solch außergewöhnliches Leben stattfand, das hat sich dieses Buch zur Aufgabe gemacht.

INTERIEUR MIT DUNCAN GRANT von Vanessa Bell, 1934. Duncans Privatleben war kompliziert. Vanessa sorgte für die Heiterkeit und Ordnung, die er zum Malen brauchte

1. LONDON

DIE ANFÄNGE VON BLOOMSBURY

VOR DEM KRIEG

»Meine erste Erinnerung an den Stadtbezirk von Bloomsbury«, schrieb Vanessa Bell später, »zeigt mir ein abgelegenes, melancholisches, nebliges Viertel voller Plätze und mich selbst im Abendkleid, wie ich in einer Droschke sitze, die in einem alptraumartigen Versuch, das Haus Nummer 24 am Bedford Square zu finden, einen Platz nach dem anderen durchquert. Ich sollte zum Dinner zu den Protheros … sie galten als exzentrisch, weil sie in Bloomsbury wohnten, zumindest bei all unseren Freunden, die in Kensington, Bayswater und vielleicht noch in Chelsea, Westminster oder Mayfair lebten. Mein Droschkenkutscher aus Kensington kannte den Weg nicht, und ich kam viel zu spät«[1].

Zu jener Zeit lebte Vanessa zusammen mit ihren Brüdern Thoby und Adrian, ihrer Schwester Virginia und den beiden Halbbrüdern George und Gerald Duckworth im Hause ihres Vaters in Hyde Park Gate. Die Nummer 22 ist ein großer Kasten, den Virginia immer als zu hoch und viel zu eng empfand, da er bis zum Bersten mit Familienmitgliedern und einer großen Dienerschaft – sieben Angestellte wohnten im Haus, dazu kam noch eine ganze Reihe von Tageshilfen – angefüllt war. Das weiße Gebäude, das planlos und viele Male aufgestockt und mit Anbauten versehen worden war – immer dann, wenn Virginias Mutter meinte, die

Die junge Vanessa Stephen im Jahr 1905; in diesem Jahr hielt Clive Bell zum erstenmal um ihre Hand an. 1907, unmittelbar nach dem Tod des geliebten Bruders Thoby, willigte sie in seinen dritten Heiratsantrag ein

LINKS: *GORDON SQUARE 46, eins der wichtigsten Häuser in Bloomsbury. Vanessa Bell malte diesen Blick aus ihrem Fenster im Jahr 1911. Damals lebte sie hier mit Ehemann Clive und den Söhnen Julian und Quentin, die beide in diesem Haus zur Welt kamen*

Virginia mit ihrem Vater, Sir Leslie Stephen, 1902. Virginia verehrte ihren Vater und fühlte sich ihm intellektuell verbunden, sah aber auch seine Schattenseiten und sein tyrannenhaftes Wesen

Familie würde mehr Platz brauchen –, überragt seine Nachbarn an der engen Sackgasse in Kensington: ungeschlacht und, wie man sich vorstellen kann, mit seinen sieben Stockwerken, für die es um die Jahrhundertwende keinen Lift gab, höchst unpraktisch. »Dunkelheit und Stille waren für mich die Hauptmerkmale des Hauses am Hyde Park Gate«, erinnerte sich Vanessa.[2] Es hatte drei WCs, eine Menge kleiner, »merkwürdig geschnittener« Schlafzimmer, ein einziges Bad für alle, unter dem Dach ein großes Arbeitszimmer, wo ihr Vater an seinem großangelegten *Dictionary of National Biography* arbeitete, einen düsteren Salon mit angebautem Speisezimmer. Im Untergeschoß lagen die Küche und der Aufenthaltsraum für das Personal, der von einem kleinen Gaslicht erhellt wurde. Es mußte immer brennen, weil ein Vorhang von wildem Wein jedes natürliche Licht aussperrte. Vor allem Vanessa litt unter der Dunkelheit im Haus, weil die »dumpfen blauen Wände« das Licht absorbierten. In Virginias Augen war das Gebäude »übervoll von Szenen des Familienlebens – grotesken und tragischen, von den heftigen Emotionen der Jugend, von Rebellion, Verzweiflung, berauschendem Glück, ungeheurer Leere ...«[3] Es gab keinen Strom, und die Düsternis der Räume wurde noch dazu durch das rote Samtmobiliar und die dunklen Hölzer, die im Gaslicht schwarz schimmerten, unterstrichen. Der Vater der Mädchen, Sir Leslie Stephen, war ein ältlicher, schwerhöriger, schwieriger und launischer Mann, zu dessen extremem Egoismus ein Hang zur Melancholie kam. Dieser Gemütszustand verstärkte sich, nachdem im Jahr 1895 zuerst die Mutter und kurz darauf, nur wenige Monate nach ihrer Heirat mit Jack Hills, auch die Halbschwester Stella gestorben war.

Die Last der Haushaltsführung oblag nun Vanessa, die die Wutanfälle ihres Vaters zu fürchten lernte, besonders dann, wenn sie sich gemeinsam über die Haushaltsbücher setzten. Diese wöchentliche Tortur führte »fast immer zu Gestöhn, Geseufz und schließlich zu Zornesausbrüchen.« »Unglücklich und ziemlich verängstigt« stand sie dann vor ihm und wartete stumm darauf, daß er mit seiner Schimpfkanonade zum Ende käme und den Scheck unterzeichnete.[4]

An der Oberfläche verlief ihr Alltag nach dem im viktorianischen England üblichen Muster, darunter aber verbarg sich ein reiches Potential künstlerischer Kreativität und eine differenzierte Gefühlswelt. Nach dem Frühstück bestand Vanessas erste Aufgabe darin, Sophie Farrell, der Köchin der Stephens, Anweisungen für das Dinner zu geben. Sophie hatte fast zwanzig Jahre lang das Regiment in der Küche geführt und ließ Vanessa wenig Entscheidungsfreiheit. »Ich hatte kaum Einfluß auf unsere Ausgaben«, schreibt sie in ihrem autobiographischen Buch *Life at Hyde Park Gate*. »Das äußerste, was man zur Sparsamkeit beitragen konnte, war der Hinweis, daß Erdbeeren vielleicht noch etwas teuer oder Weißfisch etwas günstiger als Lachs wären. Aber es hätte niemand für möglich gehalten, daß Sahne rationiert oder etwas anderes als das Beste verwendet würde.«[5] Nach der üblichen Unterhaltung mit Sophie in der dunklen Küche radelte sie gewöhnlich mit wehendem langem Rock und einem großen, weichen Hut, »der an der zugigen Kreuzung in der Nähe der South Kensington Station davonfliegen wollte«, die Queen's Gate hinunter zu Mr. Copes Kunstschule.[6] In jenen Tagen gab es nicht viel Verkehr, so daß allenfalls ein rasch um die Ecke biegender Metzger- oder Bäckerkarren Vanessas Gefühl von Freiheit und Flucht einschränken konnte. Wenn es regnete, fuhr sie mit dem Bus. Beide Schwestern bezeichneten sich selbst als »Busexpertinnen« und fanden es nicht unter ihrer Würde, in der Öffentlichkeit zu essen. Auf dem Heimweg von der Schneiderin machten die Mädchen einmal bei einem ABC halt und aßen dann fröhlich »die Hefestückchen, als … [sie] oben im Bus die Oxford Street hinunterfuhren«[7].

Die Halbbrüder George und Gerald verließen früh das Haus, um ihren Geschäften in der City nachzugehen, Bruder Adrian war in der Schule und Thoby in Cambridge. Virginia verbrachte also die Vormittage allein in ihrem Zimmer und bereitete sich auf ihre zweimal pro Woche stattfindende Griechischstunde vor, während unten die Dienerschaft geräuschvolle Vorkehrungen für das Mittagessen traf oder die Messingpfosten des Treppengeländers polierte. In *Moments of Being* (dt. *Augenblicke*), ihrer Autobiographie, liefert Virginia viel später eine anthropologische Studie ihrer viktorianischen Familie, die sich »wie Wilde, die, wie ich annehme, irgendeinen Baum oder Herd haben, um den sie sich versammeln«, im Haus ihres Vaters um den ovalen Teetisch geschart hätte. Von Virginia und Vanessa erwartete man, daß sie sich dort ab halb fünf Uhr nachmittags aufhielten und die Aufsicht über den alten Messingteekessel mit dem verblassenden Rosenmuster

DAS SCHLAFZIMMER, GORDON SQUARE
von Vanessa Bell, 1912

führten, die rosafarbenen Muschelteller mit den braunen Gewürzkuchen herumreichten und höfliche Konversation mit einer Phalanx von ältlichen Tanten und verstaubten *hommes de lettres* führten, die täglich ihrem Vater die Aufwartung machten. In ihrem Roman *The Years* (dt. *Die Jahre*) ruft Virginia die exquisite Langeweile dieser Nachmittage in Erinnerung. Auf die Teezeremonie folgte das Ritual des Umkleidens für das Dinner um halb acht: Bevor die Mädchen ihre tief ausgeschnittenen Kleider anzogen, mußten sie sich in ihren zugigen Zimmern über Waschschüsseln Hals und Arme säubern. Nicht selten bestand ihr Halbbruder George Duckworth darauf, sie zu einer jener Abendgesellschaften mitzunehmen, die sie eher fürchteten, da beide Mädchen trotz ihrer Schönheit bei solchen Gelegenheiten nicht zu »glänzen« verstanden. In seinen Erinnerungen *Men and Memories* beschreibt William Rothenstein die beiden Stephen-Schwestern als zwei stille, anmutige, ganz in Weiß gekleidete Mädchen. Sie hätten immer bedrückt gewirkt und schienen sich unbehaglich zu fühlen. Dem gesellschaftlichen Ehrgeiz des Halbbruders vermochten sie nie zu entsprechen, und sie fürchteten seine überschwenglichen »brüderlichen« erotischen Nachstellungen, mit denen die Abende gewöhnlich endeten. Die Schwestern waren wenig geneigt, sich an der schillernden Oberfläche der Gesellschaft mit trivialer Zerstreuung zu begnügen; sie suchten wirkliche Anregungen und tiefgründige Gespräche.

Rechts: *INTERIEUR AM GORDON SQUARE*
von Duncan Grant, 1915. David Garnett nannte Duncan einen »reinen Künstler, und nichts als das«

»Wenn man den Platz heute sieht, ist er keineswegs der reizvollste der Bloomsbury Squares. Er hat weder die Vornehmheit des Fitzroy Squares noch das Imposante des Mecklenburgh Squares … Doch ich kann euch versichern, daß er im Oktober 1904 der schönste, der reizvollste, der romantischste Platz der Welt war.«

Virginia Woolf, *Moments of Being*

Ebenbürtige Gesprächspartner fanden sie erst nach dem Tod ihres Vaters im Jahr 1904, als sie mit den Freunden ihres Bruders Thoby bekannt wurden. Zu diesem Zeitpunkt hatten sie die »sattrote Düsternis« des Hauses Hyde Park Gate gegen »Licht und Luft« von Bloomsbury eingetauscht. Vanessa, mit ihren damals 25 Jahren die Älteste, entdeckte das Haus am Gordon Square und organisierte den Umzug. Ihre Wahl fiel auf Bloomsbury wegen der Nähe zur Slade School of Art in der Gower Street und weil die Gegend weit genug von Kensington entfernt lag und die nötige Distanz zu den Duckworth' und der »guten Gesellschaft« herstellte. »Obwohl wir in unserer Vorstellung ein ungewöhnliches, beunruhigendes Bild von Bloomsbury hatten, ließen wir dennoch nicht von unserem Vorhaben ab«, beschrieb Vanessa später die Situation.

Virginia, die sich von ihrem ersten Nervenzusammenbruch nach dem Tod ihres Vaters erholte, empfand Bloomsbury als Befreiung. Auf sie wirkte das Haus am Gordon Square romantisch, aufregend, schön. Der Verkehrslärm faszinierte sie. Gern stand sie am hohen, georgianischen Wohnzimmerfenster der Nummer 46 und betrachtete die riesigen, massigen Bäume in der Mitte des Platzes. Die beiden Schwestern genossen nun voller Seligkeit das neue Gefühl von Weite, die das Haus ihnen bot. Hier gab es einen großen Doppelsalon, für jede ein kleines Wohnzimmer und je ein Arbeitszimmer im unteren Stock. Sie verzichteten auf verschlungene Tapetenmuster des Arts-&-Crafts-Künstlers William Morris und tünchten die Wände einfach weiß.

»Wir waren intensiv mit Experimenten und Reformen beschäftigt. Wir waren entschlossen, ohne Damastservietten auszukommen ... wir waren entschlossen, zu malen, zu schreiben, nach dem Abendessen Kaffee statt um neun Uhr Tee zu trinken. Alles mußte neu, alles mußte anders sein. Alles wurde ausprobiert.«[8]

Und so begann eine Zeit, in der die beiden jungen Frauen versuchten, die althergebrachten Dinners und Tanzveranstaltungen mit intellektuellen Inhalten zu füllen. Virginia bewegte sich in einem schwindelerregenden Reigen von Kunstvorträgen, Einladungen zum Tee, von Mittagessen und Tanzabenden; die Liste adliger Namen war lang. Lady Margaret Duckworth, Georges neue Frau, stellte den Schwestern ihr neues Automobil zur Verfügung, um Antrittsbesuche zu machen; doch sie vergaßen sogar ihre Visitenkarten zu Hause. Später im Laufe des Tages ging es weiter zum Morley College in der Waterloo Road; dort unterrichtete Virginia eine Klasse mit Arbeitern und Arbeiterinnen in griechischer Mythologie.

Zu Hause konnte es gut sein, daß sie auf Clive Bell traf und sich mit ihm bis ein Uhr nachts in ein Gespräch über die Natur des Guten verstrickte. Clive war einer der Studienfreunde von Thoby aus Cambridge, die sich von März 1905 an donnerstags nach dem Dinner bei ihnen einfanden. Vanessa und Virginia hatten von Thoby schon viel über diese jungen Männer gehört, und als es »dann läutete und diese ›erstaunlichen Burschen‹«, wie Thoby sie beschrieben hatte, »hereinkamen, zitterten Vanessa und ich natürlich vor Aufregung. Es war spätabends und das Zimmer voller Rauch; Rosinenbrötchen, Kaffee und Whisky standen überall herum – wir trugen keine weißen Seidenkleider und keine Seeperlen, wir hatten uns gar nicht umgezogen. Thoby machte ihnen die Tür auf, und herein kam Sydney-Turner, kam Bell, kam Strachey«[9].

Serviert wurde wenig außer einer neuen Gesprächskultur, die den üblichen Small talk hinter sich ließ und statt dessen Raum für »schwierige« Schweigemomente gab, die in großartige intellektuelle Dispute über gewichtige abstrakte Gegenstände mündeten. Anstandsregeln waren außer Kraft gesetzt. Im Vergleich zu den Sitten im Haus am Hyde Park Gate hatten diese jungen Männer wahrlich keine Manieren. Statt etwa Virginia ein Kompliment über ihr Kleid zu machen, lobten (oder kritisierten) sie ihre Argumentationsweise – und ihr gefiel das außerordentlich. Sie schätzte diese jungen Männer wegen ihrer intellektuellen Kühnheit, nicht um ihrer Erscheinung willen. In *Moments of Being* gesteht sie: »Wenn ich mich im Zimmer von No. 46 so umschaute, dachte ich – bitte verzeiht, was ich jetzt sage –, daß ich noch nie so schmuddelige, so jeder physischen Schönheit entbehrende junge Männer gesehen hätte wie Thobys Freunde.«[10] Henry James, der alte Freund ihres Vaters, teilte diese Ansicht, als er zweien der neuen Bekannten in Rye begegnet war: »Bedauerlich! Bedauerlich! Wie konnten Vanessa und Virginia sich nur solche Freunde anschaffen? Wie konnten Leslies Töchter sich nur mit jungen Männern wie diesen einlassen?«

Saxon Sydney-Turner, eins der ersten und doch am wenigsten bekannten Mitglieder der Gruppe, mit Clive Ball an der Studland Bay

Doch das kümmerte Leslies Töchter wenig. Sie waren nicht mehr an den Teetisch gefesselt, und bald ließen sie mitsamt den Konventionen auch etliche alte Freunde hinter sich. Für sie war der Umzug nach Bloomsbury ein einschneiden-

Die brave Studioaufnahme von Vanessa aus dem Jahr 1907 gibt keinerlei Hinweis auf den freien Geist hinter der ebenmäßigen Fassade

der und unwiderruflicher Bruch. Vanessa besuchte für einige Zeit die nahe Slade School of Art, Virginia begann für eine Reihe seriöser Zeitungen Rezensionen zu schreiben. Sie waren jung, unabhängig und entschlossen, ihren eigenen Weg im Leben zu gehen, so daß sie in den engen Gesellschaftskreisen, aus denen sie ausbrachen, für ziemliches Aufsehen sorgten.

Clive Bell, damals ein junger Kunsthistoriker, der um Vanessa warb, erinnert sich daran, wie »diese beiden schönen, begabten und vollkommen unabhängigen jungen Frauen mit eigenem Haus bald die Mitte eines Rades bildeten, in dem Thobys Cambridger Studienfreunde etwa das waren, was ich die Speichen nennen würde.[11]« Eine der »Speichen« war der exzentrische Lytton Strachey, eine große, extrem dünne Gestalt mit langem, herabhängendem Schnurrbart und ausgefallenen Ansichten, der »plötzlich mit seiner hohen Stimme irgendeine Bemerkung machte, die unglaublich amüsant oder vernichtend sein konnte – oder es kam nichts.[12]«

Lytton hatte etwa den gleichen familiären Hintergrund wie die Stephens. Sein Elternhaus, Lancaster Gate Nummer 69, das sein Vetter Duncan Grant als »riesiges, kuppelüberspanntes Gebäude im italienischen Stil« beschreibt, lag ganz in der Nähe vom Hyde Park Gate. Bemerkenswert waren seine langen, schönen Hände und eine besondere Eigenart, die bald als »Strachey-Stimmlage« bekannt wurde: Er gab seine witzigen Bemerkungen mit einer Stimme zum besten, die tief unten ansetzte und in einem Quieken endete. Er war es auch, der sich über jedes etwa noch vorhandene Tabu hinwegsetzte: Als er eines Abends im Salon der beiden Schwestern einen Fleck auf Vanessas weißem Kleid entdeckte, erkundigte er sich frech und lautstark: »Sperma?« Es gab eine Pause – dann brachen alle in begeistertes Gelächter aus. Lyttons Scherz, ein Vorbote für eine bis dahin nie gekannte sexuelle Offenheit, mag für die jungen Frauen einen Augenblick der Befreiung markiert haben: Von diesem Moment an konnte man in ihrem Haus über alles sprechen.

Bald darauf ereignete sich eine Tragödie. Nach einer Griechenlandreise im Jahr 1906 wurden Vanessa und Thoby sehr krank. Vanessa erholte sich wieder, aber Thoby, erst sechsundzwanzig Jahre alt, starb am 20. November an Typhus. Vanessa war tief verstört. Virginia suchte einen Ausweg in der Verdrängung; sie schickte der Reisebegleiterin Violet Dickinson noch Wochen nach Thobys Tod muntere Bulletins über die Genesung des Patienten. Das letztlich unumgängliche Einge-

»Seine [Lyttons] große Wahrhaftigkeit und sein gnadenloser Spott über alles Falsche zwang andere, ebenso ehrlich zu sein, und zeigte [uns] eine Welt, in der man sich nicht mehr davor fürchten mußte, zu sagen, was man dachte; sicher der erste Schritt hin zu allem, das wertvoll und interessant sein könnte.«

Vanessa Bell, *Notes on Bloomsbury*

ständnis der Wahrheit brachte sie aus ihrem ohnehin gestörten seelischen Gleichgewicht. Nicht zum erstenmal rettete sie sich aus ihrer familiären Situation in den Wahnsinn. Als sie genesen war, hatte ihre Schwester Vanessa Clives dritten Heiratsantrag angenommen.

Vanessa

und Clive heirateten am siebten Februar 1907 im Standesamt von St. Pancras, Bloomsbury. Vanessas Halbbruder George Duckworth, dessen junge Ehefrau die Stieftochter der Herzogin von Carnarvon war, bot dem Brautpaar in der Absicht, die Feierlichkeiten etwas respektabler zu gestalten, die Kutsche der Carnarvons an. Der Kutscher aber, der sie vom Standesamt abholen sollte, war wohl noch nie zuvor an einem so gewöhnlichen Ort gewesen und fand den Weg nicht, so daß sie ihren Zug in Paddington verpaßten. Vermutlich war es der einzige Zug, bemerkte Vanessa traurig, den Clive je verpaßt hatte. Sie fuhren nach Wales und Paris auf Hochzeitsreise und kehrten dann ins Haus am Gordon Square zurück, das ihr Ehedomizil werden sollte. Virginia und ihr Bruder Adrian richteten sich in einem neuen Haus am nahen Fitzroy Square ein.

Der Fitzroy Square war ein einst prachtvolles Ensemble von Häusern mit edlen klassizistischen Fassaden von Robert Adam (das heute sehr schön restauriert ist). Für eine Jahresmiete von 120 Pfund schlossen Virginia und Adrian einen Fünfjahresvertrag für Nummer 29 ab, einen hübschen stuckverzierten Ziegelbau. Innen war das Gebäude etwas heruntergekommen; es gab zwar Strom, aber ein Bad mußte erst installiert werden. George Bernhard Shaw hatte hier mit seiner Mut-

Virginia Stephen

GORDON SQUARE
von Duncan Grant, 1920 (1945 überarbeitet).
Im Februar 1920, nach einer Vernissage mit Bildern von Duncan notierte Virginia in ihr Tagebuch: »Duncans Bilder … kreisten in meinem Kopf wie der Weißwein, den ich getrunken hatte; so wunderschön, so entzückend, so leicht zu bewundern.«

ter bis zu seiner Heirat im Jahr 1898 gewohnt, aber der einstige Glanz war schnell verblaßt. Clive betrachtete den Umzug als Erweiterung ihres gemeinsamen Kreises, da es nun zwei »Salons« in Bloomsbury geben würde. Vanessa und er gaben »kleine Gesellschaften« und benutzten ihre »schöne braune Tischwäsche und ihr wunderbares Tafelsilber aus dem achtzehnten Jahrhundert« im Haus am Gordon Square, das zum Treffpunkt für Vanessas neuen Freitagsclub wurde, während Virginia und Adrian weiterhin an den Donnerstagen Gäste empfingen. Alle Berichte stimmen darin überein, daß es Virginia gefiel, ihren eigenen Hausstand zu haben. Vanessa beobachtete im Wesen ihrer Schwester spürbare Veränderungen. Durch ihre neue Rolle als Gastgeberin wuchs ihr Selbstvertrauen, sie verströmte Heiterkeit und beteiligte sich intensiv an den geistreichen Gesprächsrunden.

Mit zunehmendem Geschick machte Virginia sich an die Haushaltsführung. In einem scherzhaften Brief an ihre Freundin Violet Dickinson schildert sie das so: »Du solltest Dir mal meine morgendlichen Dialoge anhören – was für eine Erfindungsgabe, welche Umsicht, welche Findigkeit und welchen Mut ich zeige! Zu hohe Ausgaben! Was kostet das Pfund Kalbskotelett? Wo ist das zweite Bein des Huhns von gestern?«[13]

Sophie Farrell, die treue Köchin der Familie, beurteilte Virginias praktische Fähigkeiten allerdings anders; sie blieb nicht bei Vanessa und Clive im Haus am Gordon Square, sondern hielt es für besser, mit Virginia und Adrian umzuziehen: »Miß Virginia ist so ein zerfahrenes Ding; sie würde es nicht merken, wenn sie verkauft würde – sie weiß nicht mal, was sie auf dem Teller hat.« Hier am Fitzroy Square – am bohemienhafteren, auch Fitzrovia genannten Ende von Bloomsbury, wo die Maler Sickert und Henry Lamb ihre Ateliers hatten – lernten sie Duncan Grant gut kennen. Der Platz hatte bessere Tage gesehen, die großen Häuser waren langsam verkommen und beherbergten inzwischen Büros, Pensionen und kleine Werkstätten. Im Haus Nummer 21, auf der Straßenseite, wo auch Virginia und Adrian wohnten, hatte Duncan zwei Räume im zweiten Stock, die er als Atelier nutzte. »Das einzige Relikt einstiger Größe«, erinnerte er sich, »war ein Büttel mit Zylinder und Frack mit Messingknöpfen, der um den Platz marschierte und die Kinder zur Ordnung rief. Die Stephens waren die einzigen Menschen, an die ich mich erinnern kann, die hier ein ganzes Haus bewohnten, komplett mit der Köchin, Sophie Farrell, ihrem Mädchen, Maud, einer Türglocke und einem

Hund namens Hans. Zwischen Adrian Stephen und mir entspann sich eine enge Freundschaft, und ich mußte nur ans Fenster im Erdgeschoß klopfen, um eingelassen zu werden. ›Dieser Mr. Grant kommt wohl überall rein‹, sagte Maud einmal zu Virginia.«[14]

Sein Bild von Ordnung und Wohlstand entspricht jedoch nicht ganz den Tatsachen. Das Haus am Fitzroy Square war ein ungezwungenes, um nicht zu sagen, unordentliches Haus. Adrian und Virginia zogen sich nicht zum Dinner um, das aus »Hering und Kutteln« bestehen konnte, der Hund hatte notorisch unsoziale Angewohnheiten, und die Dienerschaft – »Ich weiß gar nicht, wieso wir sie haben« – hatte alle Hände voll zu tun, mit den vielen Besuchern fertig zu werden.

Auf Duncan wirkten Virginias Räume am lebendigsten. Sie waren angefüllt mit Bücherstapeln, sie hatte ein Stehpult, an dem sie bis zu zweieinhalb Stunden täglich schrieb. Virginia behauptete, sie stehe, um es Vanessa gleichzutun, die sich über die langen Stunden an der Staffelei beklagte. Vielleicht aber entsprach diese Haltung am besten ihrer rastlosen Energie. Virginia schrieb damals Buchrezensionen und arbeitete an ihrem ersten Roman, *The Voyage Out* (dt. *Die Fahrt hinaus*), bis zu dessen Fertigstellung noch sieben Jahre vergehen sollten.

Die Donnerstagabende fanden im Arbeitszimmer im Erdgeschoß statt, und »dort war es«, erinnerte sich Duncan Grant später, »wo das, was später im guten wie im bösen ›Bloomsbury‹ genannt wurde, zum Leben erwachte«.

Ab etwa zehn Uhr abends trafen, wie er berichtet, die ersten Gäste ein, »dann kamen in Abständen bis etwa Mitternacht immer noch mehr«. Saxon Sydney-Turner kam meist als erster und ging, allem sanften Spott zum Trotz, gegen zwei oder drei Uhr morgens als letzter nach Hause. Außer Whisky, Rosinenbrötchen, Kakao und anregender Konversation wurde nicht viel geboten, aber dieser nächtliche lebendige Ort erregte bald die Aufmerksamkeit von Lady Ottoline Morrell, die mit ihrem Mann Philip, einem liberalen Parlamentsabgeordneten, in einem großen, eleganten Haus am nahen Bedford Square lebte. Als sie eines Donnerstag abends mit Ehemann, ihrem Liebhaber Augustus John und dessen Frau im Schlepptau bei ihnen hereinrauschte, begann ein neues Kapitel in der Geschichte Bloomsburys. »Wir haben soeben eine wundervolle Lady Ottoline Morrell kennengelernt«, schrieb Virginia an Madge Vaughan und fügte hinzu, diese habe »den Kopf einer Medusa, aber sie ist dennoch sehr schlicht und unschuldig, und sie ist eine Anbeterin der Künste.«

Ottoline machte sich sofort ans Werk. Gleich am nächsten Morgen schrieb sie an Virginia und erkundigte sich nach allen Namen und Adressen von Virginias »wunderbaren Freunden«, worauf ständige Einladungen zu ihren eigenen Donnerstagabenden am Bedford Square folgten.

Bloomsbury lebte von der Korrespondenz, und Ottoline mit ihren bunten Gewändern, ihrem luxuriösen Lebensstil und ihrem markanten Profil wurde oft recht maliziös in den vielen Briefen porträtiert, die sich die Freunde schrieben. Ihre Furcht vor dem Mittelmäßigen und ihre exaltierte Sehnsucht nach einem grandiosen Leben unter faszinierenden, intellektuell anregenden Menschen machte sie immer wieder zum Gespött bei eben jenen, die sie zu sich einlud. Sie

LADY OTTOLINE MORRELL von Simon Bussy. Lady Ottoline hielt am Bedford Square einen noch bedeutenderen Salon als auf ihrem Landsitz Garsington. Leonard Woolf spottete: »Er existierte in vier Formen. Man wurde vielleicht zum Lunch eingeladen, zum Tee, zum Dinner oder zu einer Abendgesellschaft nach dem Dinner, letztere konnte sehr groß oder ziemlich klein ausfallen. Bei all diesen Veranstaltungen enthielt der Pudding mit Sicherheit Pflaumen, verdienstvolle oder weniger verdienstvolle Persönlichkeiten, und der Sinn des Puddings lag, wie mir schien, weniger in seinem Nährwert als in den Pflaumen: je größer, desto besser. Im Pudding der Gesellschaft schätze ich Pflaumen nicht besonders.«

hatte einen hochentwickelten Sinn für Theatralik und war voller grandioser Ideen. »Das Konventionelle bedeutet Sterben«, vertraute sie 1907 ihrem Tagebuch an, »das Leben muß die Grenzen durchbrechen, die die Welt setzt.«

»Wie alle unbeschäftigten Menschen«, schrieb Virginia, »legt sie sehr großen Wert auf eine erlesene Umgebung. Sie tut ihr möglichstes, um auf ihre Schönheit aufmerksam zu machen, als wäre sie ein kostbares Stück, das sie zufällig in einem düsteren Florentiner Gäßchen entdeckt hatte«.[15] Virginia war jedoch hinreichend fasziniert, daß sie ihren Freund Rupert Brooke (der einst sie – zum Nacktbaden – überredet hatte) dazu brachte, sie bei ihrem ersten Besuch am Bedford Square zu begleiten, wo sie sich sofort in einem »ungewöhnlichen Strudel« wiederfand, der »solch zusammengewürfelte Stöckchen und Strohhalme für einen Augenblick zusammenwirbelte«[16]. Ottoline war eine kraftvolle, beherrschende Person, lieber Gastgeberin als Gast; sie freute sich daran, den geräumigen, in Gelb und Grau gehaltenen Salon im ersten Stock ihres Hauses am Bedford Square mit Schriftstellern, Künstlern und Politikern zu füllen. Dort, in einem Meer von Blumen und umgeben von modernen Bildern, die sich von den blassen Wänden besonders gut abhoben, wurde getratscht, Kammermusik gehört oder getanzt. Ottoline war groß, barfuß maß sie über 1,85 Meter. Allerdings war sie selten barfuß, sondern meistens in scharlachroten, hochhackigen Schuhen anzutreffen, die zu ihrer exotischen Aufmachung paßten, an die sich Vanessas Sohn Quentin Bell als »großartig, aber schlampig« erinnerte.

Allmählich vermischten sich die Kreise. Im Sommer des Jahres 1909 begleiteten Ottoline und ihr Mann die Stephens auf einen Künstlermaskenball in den Botanischen Garten. Die Einladung war ganz nach Ottolines wild-romantischem Geschmack: Zum vorabendlichen Dinner bei Clive und Vanessa Bell am Gordon Square erschien sie in langem, schwarzem Taftkleid mit einer schwarzen Spitzenmantilla. Philip trug einen zu ihrem Kostüm passenden schwarzen Höflingsanzug aus Samt. Ottoline konnte ihre Enttäuschung über Virginias hastig zusammengestoppeltes Kleopatra-Kostüm, über Adrians angedeutete Kardinalsrobe und Vanessas Pierrot-Gewand, das, wie sie fand, Vanessas »madonnenhafter Schönheit« keineswegs gerecht wurde, nur schlecht verhehlen. Obwohl sie selbst einen diskreten kleinen Flirt mit dem Maler Augustus John hatte, fand sie das Treiben auf der Party geschmacklos. Ihrem Tagebuch vertraute sie an, daß sie gezwungen war, sich mit ihrem schwarzen Schal zu verhüllen, um die »melancholische Enttäuschung angesichts prassender englischer Künstler« zu verbergen.

Obwohl sie längst nicht so reich war, wie andere glaubten, bemühte sich Ottoline ständig darum, jungen Künstlern und Schriftstellern zu helfen. Sie gehörte zu den Gründungsmitgliedern der Contemporary Art Society, und Roger Fry schätzte ihre Meinung hoch genug, um sie im Jahr 1910 auf seinen »Fischzug« nach Paris mitzunehmen, wo er seine erste Nachimpressionisten-Ausstellung für die Grafton Gallery zusammenstellte. Sie kaufte viele Bilder von Duncan Grant und machte tiefen Eindruck auf Mark Gertler, als sie mit einem lilafarbenen Federhut in seinem Dachatelier in Spitalfields auftauchte. Der mittellose junge Maler erregte ihr Interesse; er wurde nach Garsington Manor, ihr Haus in Oxfordshire, eingeladen. Und für geraume Zeit – bis er in Ungnade fiel – war er regelmäßiger Gast bei ihren Partys in London, auf denen sie junge Maler wie Duncan Grant, Mark Gertler, Epstein oder Frederick Etchells mit aufstrebenden Ballettänzern wie Diaghilew und Nijinski zusammenbrachte.

Ottolines Partys bewegten sich auf einem deutlich anderen Niveau als die Dramenlesungen bei Clive und Vanessa am Gordon Square oder Virginias Donnerstage im ersten Stock am Fitzroy Square, wo, wie Ottoline sich erinnerte, »langbeinige junge Männer in langen Korbstühlen saßen, Pfeife rauchten und mit atemloser Stimme fast unhörbar leise über Dinge sprachen, die ich aufregend und beunruhigend fand«[17]. Mag sein, daß es Virginia an Ottolines Großspurigkeit

FREDERICK UND JESSIE ETCHELLS IM STUDIO von Vanessa Bell, 1912. Der Maler Frederick Etchells und seine ebenfalls malende Schwester Jessie gehörten Vanessas Freitagsclub an und zu den ersten Besuchern in Asheham. Frederick Etchells war außerdem Gründungsmitglied der Omega-Werkstätten

»Vanessa Bell habe ich im Herbst 1913 bei einer der Donnerstagsgesellschaften in ihrem Haus am Bedford Square kennengelernt ... Viele von uns, die wir zu diesen Festen gingen, waren sehr vom Russischen Ballett beeinflußt; oft gingen wir direkt von Covent Garden zu Ottoline. Philip Morrell spielte das Pianola für uns, und wir haben alle wild miteinander getanzt – vielleicht immer noch unter dem Einfluß des Balletts. Es waren großartige Zusammenkünfte. Wir hatten lange Diskussionen, endlose Streitgespräche und ungeheuren Spaß.«

Barbara Bagenal, *Recollections of Virginia Woolf*

mangelte und sie auch nie die geniale Fähigkeit ihrer Schwester erreichte, ihre Umgebung zu gestalten – sie war entschlossen, dem Haus am Fitzroy Square ihren eigenen Stempel aufzudrücken. Sie hängte rote chinesische Brokatvorhänge vor die hohen Fenster und legte einen grünen Teppich in den Salon, wo sie auch das von Watts gemalte Porträt ihres Vaters aufhängte und das alte Pianola aufstellte, auf dem Adrian so gern spielte. Für Virginia waren »ein Hausmädchen, Teppiche, Kaminfeuer« Pracht genug, aber natürlich konnten Konversation und Kakao, die sie ihren Gästen bot, einem Vergleich mit Lady Ottolines illustren Vergnügungen nicht standhalten.

So fand sich etwa der aufstrebende junge Schriftsteller David Garnett bei einer Abendeinladung zu Lady Ottoline am gleichen Tisch mit D. H. Lawrence und E. M. Forster. Garnett berichtet, wie man sich nach dem Dinner zu einem kurzen klassischen Konzert einfand, bevor die Teppiche aufgerollt wurden und Philip Morrell ein Pianola attackierte. Inzwischen hatte Lady Ottoline von zwei Hausmädchen einen riesigen Koffer hereintragen lassen, aus dem sie nun Phantasiekostüme an die immer noch hereinströmenden Gäste verteilte. Augustus John führte einen spanischen Tanz auf; Duncan Grant, der sehr behende und immer zu Späßen aufgelegt war, fühlte sich durch sein ungarisches Kostüm zu Temperamentsausbrüchen angeregt, während Lytton Strachey sich mit seinem Bruder James und seiner Schwester Marjorie in einem zierlichen höfischen Menuett drehte. Sogar Bertrand Russell wurde zum Mitmachen überredet. Auf Lady Ottolines Partys konnte es wild, aufregend und lustvoll zugehen. Die jüngeren Gäste schmuggelten manchmal Flaschen mit hinein und betranken sich; der Anblick von Paaren in leidenschaftlicher Umarmung war nichts Ungewöhnliches.

ÄPFEL von Vanessa Bell, um 1916

Die Bloomsbury-Gruppe bildete sich in einer Zeit des gesellschaftlichen Umbruchs, den Virginia auf etwa 1910 datiert. Die neue, zwanglose und unkonventionelle Lebensform fand ihren Ausdruck auf vielerlei Weise: Die Männer sprachen sich jetzt mit ihren Vornamen statt, wie bisher üblich, mit Nachnamen an, die jungen Frauen lebten ohne Anstandsdamen. Die lästigen Regeln der viktorianischen Etikette bei jeder Art von Einladung, die lange als Stütze der etablierten Gesellschaftskreise funktioniert hatten, wurden gelockert oder ganz aufgegeben. Es war ein berauschender Zustand, eine Zeit, in der »alles zu neuem Leben zu erwachen schien – eine Zeit, in der prickelnde Aufregung, neue Beziehungen, neue Ideen, andersartige und intensive Gefühle auf einen eindrangen«[18].

Die neuen Ideen wirkten sich nicht nur auf Kunst und Literatur aus; sie beeinflußten auch die Politik. Virginia, die sich von jeher für die Rechte der Frauen eingesetzt hatte, entschloß sich im Jahr 1910, den Suffragetten ihre Dienste anzubieten. »Wäre es von Nutzen, wenn ich einen oder zwei Nachmittage in der Woche Umschläge für die Adult Suffragists adressierte?« fragte sie am ersten Tag des neuen Jahres in einem Brief an Janet Case. »Ich weiß nichts über die Sache. Vielleicht könnten Sie mir ein Flugblatt zusenden oder mir die Adresse des Büros geben. Ich könnte weder die Bücher führen noch argumentieren oder öffentlich sprechen, aber ich könnte, wenn das etwas nützt, die niedrigeren Arbeiten erledigen. Neulich abend haben Sie mich mit der Ungerechtigkeit des derzeitigen Standes der Dinge so sehr beeindruckt, daß mir Handeln notwendig scheint.«[19]

Im Jahr 1911 zogen Virginia und Adrian wieder um. Auch die neue Wohnung am Brunswick Square Nummer 38 lag in Bloomsbury, aber die Wohnform, die

JOHN MAYNARD KEYNES von Gwen Raverat. Über Maynard, der in Bloomsbury eine wichtige Rolle spielte, spottete Virginia: »Auch er war in Eton und Cambridge gewesen. Seitdem war er an so vielen großen Dingen beteiligt, daß wir, wenn er seine Einladungen vor unserer Nase herunterrasseln würde, vom Klirren der Adelskronen fast taub und vom Glitzern der Diamanten geblendet wären.«

Virginia sich dafür ausgedacht hatte, löste im alten Familienkreis weitere Schockwellen aus: Virginia wollte das Haus zusammen mit Freunden bewohnen – sie alle waren männlichen Geschlechts – und sich mit ihnen die Miete teilen. Die Köchin Sophie Farrell spielte bei diesem Vorhaben eine ebenso unverzichtbare Rolle wie das Hausmädchen Maud, da Virginia ihren Mitbewohnern auch Mahlzeiten anbieten wollte. Selbstverständlich galt dieses frühe Kommunenexperiment in der damaligen Zeit als ausgesprochen anstößig, so daß ihr Halbbruder George »den weiten Weg von der Charles Street« auf sich nahm, um sich bei Vanessa über das unziemliche Verhalten der unverheirateten Schwester zu beschweren, die Zimmer an einen Haufen Junggesellen vermietete. Vanessa nahm seine Sorgen auf die leichte Schulter: Im Falle eines Falles sei ja das Waisenhaus bequem zu erreichen.

Unbeeindruckt von Georges Mißfallensäußerungen, bezog Virginia den zweiten Stock im Haus Nummer 38, überließ Adrian die erste Etage und vermietete das Erdgeschoß als *pied-á-terre* an Maynard Keynes, der Duncan mitbrachte. Blieben ein Schlafzimmer und ein Wohnzimmer unter dem Dach. Virginia vermietete

sie an einen von Thobys besten Freunden, der gerade den Staatsdienst in Ceylon beendet hatte. Er hieß Leonard Woolf. Sie legte die Bedingungen schriftlich fest (»Adrian und ich halten 35 Shilling pro Woche für angemessen«) und setzte ihn davon in Kenntnis, womit und zu welchen Zeiten die robuste Sophie ihn beköstigen würde: »Die Mahlzeiten bestehen aus Tee, Eiern mit Speck, Toast oder Brötchen zum Frühstück, Fleisch, Gemüse und Dessert zum Lunch, Tee und süßen Brötchen zum Tee, Fisch, Fleisch, Dessert zum Dinner. Es ist grundsätzlich nicht möglich, zusätzlich zu den Bewohnern Gäste zu verköstigen.«[20]

Ein Frühstück kostete einen Shilling, ein Mittagessen zwei, für ein Abendessen wurde eine halbe Krone berechnet. Jeder Bewohner trug monatlich sieben Shilling

AUF DEM DACH, BRUNSWICK SQUARE 38 von Duncan Grant, 1912. Das Bild in pointillistischer Technik zeigt Virginia, Adrian und Leonard beim Sonnenbad auf dem Dach des Hauses, das sie von 1911 bis 1912 mit Maynard Keynes und Duncan Grant teilten

Virginia Stephen und Leonard Woolf in Sussex, kurz nach ihrer Verlobung; aufgenommen von Virginias Halbbruder George Duckworth

und Sixpence zum Lohn der Dienerschaft bei; Virginia sammelte die Mieten persönlich ein, und das bis kurz vor ihrer Hochzeit.

Im Haus ging es von Anfang an außerordentlich gesellig zu. »Die Besucher kommen in einem ziemlich starken Strom hier an«, schrieb Maynard Keynes. In ihren *Notes on Bloomsbury* erinnert sich Vanessa, »daß zu allen möglichen Tag- und Nachtstunden Feste stattfanden. Zimmer wurden ausgestaltet, Menschen für ihre Porträts in Positur gebracht, Champagner (den Maynard, der die Hälfte der Zeit über in Cambridge war, unvorsichtigerweise unverschlossen gelassen hatte) herbeigeschafft, um die Zeit bei den morgendlichen Sitzungen zu verkürzen – alles brodelte vor Aufregung …«. Es gab ein ziemliches Hin und Her zwischen Gordon Square und Brunswick Square. An Sommerabenden versammelte man sich im stillen, an einen Friedhof grenzenden Garten und trank Maynards Champagner. Bei kühler Witterung traf man sich in einem der Räume, die Duncan ausgemalt hatte. Auf eine gewölbte Wand in Maynards Zimmer hatte er ein großes Bild mit Szenen aus dem Londoner Leben gemalt, ein anderes, auf dem Tennisspieler zu sehen waren, entstand in Adrians Zimmer. Die Sujets entstammten seiner unmittelbaren Umgebung: Duncan mußte nur aus dem Fenster sehen, um eins der Doppelmatchs beobachten zu können, die während des ganzen Sommers auf dem Tennisplatz in der zentralen Grünfläche des Brunswick Square ausgetragen wurden. Bedauerlicherweise haben die Wandgemälde und das ganze Haus die Bomben des Zweiten Weltkriegs nicht überstanden.

Ende Januar 1912 – Leonard Woolf hatte sich in Virginia verliebt – machte er ihr einen Heiratsantrag. Erst am 29. Mai nahm sie den Antrag an, und es sollte noch einige Monate dauern, bis die beiden am 10. August 1912 (im gleichen Standesamt, das auch Vanessa und Clive schon aufgesucht hatten) heirateten. Diesmal wurde die Kutsche der Carnarvons nicht benutzt; die Hochzeitsgesellschaft bestand aus Vanessa, George und Gerald Duckworth, Duncan Grant, Roger Fry, Saxon Sydney-Turner, Tante Mary Fisher und Frederick Etchells. Virginia war dreißig Jahre alt; ihr erster Roman war noch nicht erschienen.

Die Woolfs wohnten zu Beginn ihrer Ehe außerhalb von Bloomsbury in einer kleinen Wohnung im Haus Clifford's Inn Nummer 13, nahe dem Gericht. Dieser Teil der Stadt ist außerordentlich geschichtsträchtig, und Virginia genoß es, im London von Boswell und Dr. Johnson, von Pepys und Shakespeare zu leben. Beide Ehepartner standen am Anfang einer schriftstellerischen Laufbahn. Virginia arbeitete an *The Voyage Out*, und Leonard schrieb an *The Wise Virgins*, seinem zweiten Roman. Abends aßen sie Steak oder *spareribs and kidney pie* im Cock in der Fleet Street, dem Stammlokal von Journalisten aus den nahe gelegenen Redaktionen und von Rechtsanwälten aus dem Temple. Leonard Woolf beschrieb das holzgetäfelte Lokal mit den Nischen als »… richtige alte Stadtschänke« und empfand es als großen Tag, als Henry, der »unglaublich ehrfurchtgebietende, langsame und unerschütterliche Oberkellner«[21], der schon 1912 einer untergegangenen Epoche anzugehören schien, sie als Stammkunden anerkannte.

In jenem Winter wurde zu Ehren von Roger Frys bahnbrechender Nachimpressionisten-Ausstellung auf Crosby Hall ein Maskenball veranstaltet, bei dem eine Gruppe von Gästen, unter denen sich Vanessa und Clive, Virginia, Adrian, Duncan und Roger und James Strachey befanden, »mehr oder weniger« als Gestalten aus Gauguin-Bildern verkleidet auftrat. Sie hatten sich mit »Eingeborenenstoffen«

»Mein lieber Duncan,

das Gerücht erreicht mich, daß Du vielleicht zur Hochzeit kommst. Ich fände es sehr schön, wenn Du kämst – aber ich will Dir jetzt schnell sagen, daß wir am Samstag – übermorgen – drankommen. Um 12.15 Uhr in der St. Pankras Town Hall, falls Du irgendwelche Gedanken dazu hast . . .«

Brief von Virginia Woolf an Duncan Grant, 8. August 1912

RAUM IN DER ZWEITEN NACHIMPRESSIONISTEN-AUSSTELLUNG
von Roger Fry, 1912. Roger hatte Leonard Woolf gebeten, als Sekretär der Ausstellung zu arbeiten. In seiner Autobiographie erinnert er sich an die großen Massen, die jeden Tag herbeiströmten, um ihn und all die Cézannes, Picassos und Matisses' mit brüllendem Gelächter zu überschütten

drapiert, die Vanessa bei Burnett's aufgetrieben hatte, und trugen nicht viel außer ein paar leuchtenden Blumen, ein paar Perlen und einer großzügigen Schicht brauner Schuhcreme auf Armen und Beinen. Es überrascht nicht, daß ihr Auftritt zunächst für eine Unterbrechung der Festlichkeiten sorgte. Vanessa bemerkte den entsetzten Ausdruck im Gesicht einer würdevollen Dame beim Anblick dieser »Schamlosigkeit« und überlegte, ob »Rogers Ruf als respektabler Kritiker, der schon wegen seiner Begeisterung für die Nachimpressionisten ins Wanken geraten war, nun einen weiteren Schlag erlitt«[22]. Nach dem anfänglichen lähmenden Schweigen brachen die Ballbesucher jedoch in spontanen Applaus aus.

Vanessas Interesse an Rogers Ruf war mehr als beiläufig; sie hatte während einer Türkeireise im Jahr zuvor eine heimliche Affäre mit ihm begonnen. Sie verliebten sich ausgerechnet am Krankenlager, als es Roger und nicht Clive gewesen war, der Vanessa nach einer schweren Fehlgeburt hingebungsvoll gesund pflegte.

ROGER FRY von Vanessa Bell. Es ist denkbar, daß Vanessa seine große Liebe war; jedenfalls kam er schlecht darüber hinweg, daß Duncan an seine Stelle trat. »... Oh, Nessa, es war schön, unser kleines Eheleben, und nur du allein konntest es zustande bringen«, scherzte Roger 1912 in einem Brief

Roger Fry war älter als die anderen und betrat die Bühne von Bloomsbury später, machte aber mit seiner enormen Energie und seiner Begeisterungsfähigkeit schon bald tiefen Eindruck. Er war sehr verliebt in Vanessa, und um ihr möglichst nahe zu sein, überredete er Clive, für einen Sommermonat ein unweit von seinem eigenen Anwesen in Guildford gelegenes Haus zu mieten. »Wie es arrangiert wurde, weiß ich nicht mehr genau«, schrieb Vanessa später. »Ich glaube nicht, daß Clive viel dafür übrig hatte. Aber Roger besorgte uns ein Haus mit Garten am Fluß, und irgendwie klappte es ...« Der Fluß erwies sich als Segen, da in jenem Jahr eine Rekordhitze herrschte, und die Engländer, wie Vanessa schreibt, »unmoralisch wurden, und alle waren faul und glücklich, wenn sie an einem kühlen Platz nichts tun konnten, und nachts sind wir mit Booten gefahren, und manche badeten sogar, so heiß war es«[23]. Der Fluß war von Bäumen gesäumt, und der weitläufige Garten bot Plätze im »tiefsten Schatten«. Es war eine wichtige Zeit für beide, vielleicht die »glücklichste von allen« für Vanessa, aber am Horizont zeichnete sich schon die Veränderung ab.

Wir schließen dieses Kapitel zu einem Zeitpunkt, als Virginia mit Leonard Woolf verheiratet war und Vanessa mit Clive Bell – die Verhältnisse waren allerdings weniger wohlgeordnet, als es nach diesem Satz scheint. Vanessa war zwar mit Clive verheiratet, hatte aber ein Verhältnis mit Roger und verliebte sich gleichzeitig in Duncan Grant (der noch kurz zuvor eine Affäre mit ihrem jüngeren Bruder Adrian gehabt hatte). Dieses Chaos scheint ihre schöpferischen Kräfte nur beflügelt zu haben. Auch die politischen Verhältnisse befanden sich in Aufruhr. »Es muß heute fast unglaubhaft erscheinen«, schreibt Vanessa über diese Zeit vor dem Krieg, »wie wenig wir über die Katastrophe wußten, die bald kommen sollte.« Der Krieg warf schon seine langen Schatten über England.

DAS EINFACHE LEBEN

ZU HAUSE AUF DEM LAND

VIRGINIA WOOLF von Vanessa Bell, 1912. Eins von drei Porträts, die sie in Asheham von Virginia malte. Die Schwestern standen sich sehr nahe und inspirierten einander künstlerisch. »Glaubst Du, wir haben dasselbe Paar Augen, bloß verschiedene Brillen?« schrieb Virginia an Vanessa

LINKS: *STILLEBEN AM FENSTER von Vanessa Bell, um 1912–1913. Das Leben in Asheham, dem Haus, das die Schwestern sich ab 1912 teilten, war friedlich und entspannt*

ASHEHAM

Bloomsbury übte einen starken Reiz auf Virginia und Vanessa aus, aber bald erschien beiden ein Haus auf dem Land, wo sie sich erholen und einen engen Freundes- und Familienkreis um sich scharen konnten, immer wichtiger. Virginia brauchte einen friedlichen Gegenpol zu ihrem hektischen Leben in London, und Vanessa ging es ohnehin auf dem Land am besten, weil sie hier Raum und Zeit zum Arbeiten fand. Im Januar 1910 mietete Virginia für 19 Shilling und Sixpence im Jahr das erste ihrer drei Häuser in Sussex, eine schlichte Doppelhaushälfte an der Dorfstraße von Firle. Sie taufte es Little Talland House, nach Talland House, dem geliebten Domizil ihrer Kinderferienzeit in Cornwall, und machte sich daran, es mit zusammengesuchten Stücken einzurichten. Vanessa steuerte ein paar selbstentworfene und selbstgefertigte Vorhänge bei; im April 1911 beschrieb Virginia in einer Anspielung auf Roger Frys Ausstellung moderner französischer Malerei in der Grafton Gallery das Haus als »mit Flicken in nachimpressionistischer Farbgebung herausgeputzt«.

»Wir sind sehr glücklich hier … Ich glaube, es wäre schön, sämtliche Kleider in einer großen Kiste in London zu lassen und sich in eine Art schlammige Rübe zu verwandeln.«

Virginia Woolf an Violet Dickinson, 1912

Bei einem Wochenendspaziergang mit Leonard Woolf entdeckte Virginia ein kleines, von riesigen Ulmen umstandenes Bauernhaus aus der Regency-Zeit, mitten in den »riesigen, wilden Downs«. Das Haus hieß Asheham und wurde, als sie es im Jahr 1912 mit Vanessa gemeinsam gemietet hatte, ihr zweites Domizil in Sussex. Asheham war wild-romantisch, aber alles andere als praktisch. Man kochte auf einem Ölofen, Wasser mußte im Pumpenhaus geholt werden, und abends erstrahlte das Haus (in dem Clive zufolge, der es gesehen haben wollte, auch ein Gespenst herumgeisterte) im weichen Licht von Kerzen und Öllampen. Die beiden Schwestern veranstalteten an zwei verschiedenen Wochenenden im Januar und Februar zwei Einweihungsfeste. Leonard, der damals gerade um Virginia warb, kam auf beide. Jedesmal war es eiskalt – erst im milden Mai nahm Virginia seinen Antrag an. Nach der Heirat im August fuhren sie auf Hochzeitsreise nach Europa und ließen Asheham in der Obhut von Vanessa. Sie war eine begabte Inneneinrichterin, deren Räume immer in warmen Farben leuchteten. Vanessa

Vanessa in Asheham. Sie arrangiert Blumen für ein Stilleben, Duncan sieht ihr zu

STILLEBEN MIT MILCH-KRUG UND EIERN, ASHEHAM
von Vanessa Bell

beschloß, sich hier für den Winter einzurichten. Am 16. August traf sie mit ihren beiden kleinen Söhnen, Julian und Quentin, einem Kinderwagen, einer Badewanne, einem Leinenkorb und neun anderen Gepäckstücken am Bahnhof von Lewes ein. Sie brachte Sophie Farrell mit, die sich ums Kochen kümmern, und ein Hausmädchen, das für eine gewisse Ordnung im Haus sorgen sollte. Duncan kam übers Wochenende und blieb schließlich fast zwei Wochen lang – obwohl er auf einer Matratze im Bad nächtigen mußte. Vanessas Häuser zogen immer einen Strom von Besuchern an, die sich in der kongenialen Atmosphäre, die sie zu schaffen verstand, sonnten. Niemand wollte je nach Hause zurückkehren. Sie und die Gäste aßen, plauderten oder spielten Federball im Garten.

Asheham wurde bei all ihren Freunden zu einem beliebten Ziel. Hier traf Lytton Strachey zum erstenmal auf Dora Carrington, von der er sich sofort angezogen fühlte. Den knabenhaften Charme der Kunststudentin von der Slade-School mit dem kurzgeschnittenen Haar und den Cordknickerbockern fand er so unwiderstehlich, daß er versuchte, sie zu küssen. Dora Carringtons Revanche hatte, wie sich später zeigen wird, überraschende Folgen. Im Dezember 1915 war Dora wieder in Asheham, diesmal zusammen mit ihrer Studienkollegin Barbara Hiles. Das Haus beherbergte außerdem eine Menge anderer Gäste. Diesmal war Virginia die Gastgeberin. Die Kriegszeiten hatten unter anderem zur Folge, daß sie sich ohne Personal fand. »Zu meiner Überraschung stellte ich fest«, erinnerte Barbara Hiles sich später, »daß sie, zumindest in ihren ersten Ehejahren, nicht kochen konnte … Als ich ankam, sagte Virginia, sie wüßte nicht, was wir zum Abend essen sollten, weil die Frau, die normalerweise zum Kochen käme, krank geworden sei. Ich schlug vor, ich könnte ein paar Rühreier machen. Ganz erstaunt fragte mich Virginia: ›Kannst du wirklich Rühreier machen?‹«

LANDSCHAFT BEI ASHEHAM von Roger Fry, 1912. Asheham wurde schnell zum wichtigen Wochenendtreffpunkt für den Freundeskreis von Bloomsbury

Sie aßen die selbstbereitete Mahlzeit gleich in der Küche, blieben lange beim Rumpunsch sitzen und redeten. Virginia, »die eine großartige Unterhalterin war«, liebte Gespräche über alles. Sie war eine vollendete Geschichtenerzählerin und konnte von amüsanten Erlebnissen berichten, bis ihr vor Lachen Tränen über die Wangen liefen – ihre Cousine Janet Vaughan fand allerdings immer, »daß sie mit wenigen Menschen glücklicher und stabiler war«[1].

Virginias vornehme Erziehung hatte sie für das aristokratische Geschäft der Aufsicht über Tee- oder Kaffeekanne gerüstet (Leonard und sie betrachteten die Zubereitung von Kaffee als eine wissenschaftliche und komplexe Aufgabe, die man auf keinem Fall einem einfachen Diener hätte überlassen können), ansonsten aber kam sie selten, wenn überhaupt, mit Nahrungsmitteln im Rohzustand zu Rande. Ihre Vorstellung von Haushaltsführung – ein Geschäft, auf das sie besonders stolz war – erschöpfte sich darin, morgens mit der Köchin zusammenzusitzen und das Essen für den jeweiligen Tag zu bestellen. Es war eine literarische Beschäftigung, wenn auch eine langweilige; sie mußte sich mit Listen und dem Verbleib des »zweiten Beins des Huhns von gestern« befassen. Später besuchte sie auf Anregung Leonards, der befand, daß ein wenig häusliche Betätigung ihr zur Entspannung nach dem Schreiben guttäte, Kochkurse. Beim Brotbacken hatte sie besonderen Erfolg.

Ihre Erfindungsgabe sollte während des Krieges auf eine besondere Probe gestellt werden. Im Februar 1917 klagte sie, sie habe »keine Kohle, keine Milch, kein Telefon«, und bat Vanessa um Rezepte für »billige Gerichte«, weil es schwierig wurde, ihre Ausgaben bei 17 Shilling pro Kopf zu halten. Die Deutschen versuchten, Großbritannien durch eine U-Boot-Blockade auszuhungern, so daß Grundnahrungsmittel schwer aufzutreiben waren. Virginia tauschte Zucker (den sie für 9 Pence das Pfund gekauft hatte) gegen Kartoffeln und Gemüse aus Vanessas Garten. Zu Weihnachten gab es in jenem Jahr statt des Truthahns nur ein Huhn, das 6 Shilling gekostet hatte, man war auf Milchpulver und Trockenei angewiesen. Die Gäste in Asheham wurden gebeten, ihre Lebensmittelkarten für Fleisch, Zucker oder Butter mitzubringen und auf ihren Spaziergängen durch die Downs die Augen nach Pilzen oder Blaubeeren offenzuhalten. Im Jahr darauf wurde die

ASHEHAM HOUSE von Frederick J. Porter, 1924. Die romantische, einsame Lage des Hauses veränderte sich nach und nach und wurde im Mai 1994 endgültig zerstört, als das Haus einer Deponie weichen mußte

Lage noch schlimmer. An Schokolade hatte man nur noch eine blasse Erinnerung; allerdings konnten die Schwestern meist damit rechnen, daß Clive Wein und anderen Luxus im Gepäck hatte.

Trotz der Wechselfälle des Krieges hatten beide Schwestern häufig Gäste und amüsierten sich königlich, wenn man Dora Carringtons Bericht über das Schlittenfahren am schneebedeckten Firle Beacon glauben darf, wonach Maynards Depeschenkoffer als Schlitten diente. Die Wochenenden bei den Woolfs dürften aber weniger stürmisch verlaufen sein als die bei Vanessa. Virginias Gesundheitszustand machte Leonard häufig Sorgen, besonders nach ihrem Zusammenbruch im Jahr 1913, als sie nach Fertigstellung von *The Voyage Out* zum zweitenmal versucht hatte, sich das Leben zu nehmen. Folglich war er immer darum bemüht, das Landleben für Virginia ruhig und erholsam zu halten. Asheham war die ideale Zuflucht. Leider existiert es nur noch in der Erinnerung: Alix Strachey, Lyttons Schwägerin, beispielsweise nennt es ein »besonders schönes Haus für Wochenenden«, mit einer »fast geisterhaft verträumten Atmosphäre«[2].

WISSETT LODGE

Der Kriegsausbruch brachte Veränderungen mit sich und fügte Vanessas ohnehin schon kompliziertem Leben eine weitere Komplikation hinzu. Der siebenjährigen Ehe mit Clive waren zwei Kinder entsprossen; sie hatte Clives glühende Verehrung für Virginia und ihre eigene Liebesaffäre mit Roger Fry überstanden. Aber von 1914 an wurde Clive immer häufiger in Gesellschaft von Mrs. Mary Hutchinson gesehen, und Vanessa war sehr verliebt in ihren Malerkollegen Duncan Grant, der – in der besten Tradition von Bloomsbury – seinerseits David Garnett liebte (der bei Freunden und Verwandten nur Bunny hieß). Vanessa kannte Duncan flüchtig seit 1905, als er zum erstenmal zu einem Treffen des Freitagsclubs gekommen war, den sie als Lese- und Aus-

DAVID GARNETT von Vanessa Bell. Die Porträts, die Duncan und Vanessa während ihres Dreiecksverhältnisses schufen, weisen bezeichnende Unterschiede auf. Duncan stellte seinen Geliebten klassisch schön und kraftvoll dar, während Vanessa den Rivalen blaß, fleischig und mit hängenden Schultern porträtierte

stellungsgesellschaft gegründet hatte. Während ihrer Hochzeitsreise im Jahr 1907 hatten sie und Clive ihn gemeinsam in Paris besucht und mit ihm zu Abend gegessen. Virginia beschreibt ihn in *Moments of Being* als »groteske faunähnliche Gestalt, die ihre Hosen hochzog, die Augen halb zukniff und in einer komischen Weise über die langen Wörter in ihren Sätzen stolperte«. Aber er war zweifellos attraktiv und hatte schon viele Herzen in Bloomsbury erobert. Er war ein äußerst engagierter Maler, ein »Genie« in den Augen seines Cousins Lytton Strachey, der gern lange Abende in Duncans Studio in der Upper Baker Street verbrachte. Dieser karge Raum mit dem offenen Kamin, über dem Duncan Omeletts briet, die er dann mit Brot, Käse und Bier servierte, entsprach Lyttons Vorstellung vom Dasein eines Malers. Nach der schlichten Mahlzeit schoben sie ihre hölzernen Stühle ans Feuer, rauchten und redeten. In einem Brief an Maynard Keynes lieferte Lytton eine rhapsodische Schilderung dieser Szene – mit einem leicht triumphierenden Unterton, da beide zu ihrer Zeit, wie auch Vanessas Bruder Adrian, Duncans Liebhaber gewesen waren. Trotz seiner vorwiegend homosexuellen Neigungen gingen Vanessa und er eine dauerhafte Liebesbeziehung ein.

Vanessa wollte den Krieg verdrängen; die allgemeine Einberufung lastete auf ihrer Seele. Manche Freunde blieben ausgenommen, zum Beispiel Maynard Keynes, dessen Arbeit im Finanzministerium als Dienst an der Nation eingestuft wurde, und Roger Fry, der Quäker war und mit seinen fünfzig Jahren zudem die Altersgrenze überschritten hatte. Aber der Kriegsdienst drohte ihrem Mann, ihrem Bruder, ihrem Liebhaber und seinem Geliebten. Ein möglicher Ausweg bestand in landwirtschaftlicher Arbeit, und Clive nahm Zuflucht in Garsington. Duncan, David Garnett und Vanessa fanden für einige Zeit Unterschlupf in Suffolk, im Wissett Lodge, einem Fachwerkhaus weit draußen auf dem Lande. Duncan und Bunny verlegten sich, allerdings ausgesprochen amateurhaft und unstet, auf den Obstbau, in der Hoffnung, sie würden dadurch vor dem Militärtribunal in einem besseren Licht erscheinen.

Trotz aller Komplikationen bei ihrer *ménage à trois* war die Zeit für Vanessa eine Phase tiefster Erfüllung. »Manchmal ist es schwierig«, gab sie Roger gegenüber zu, »weil mir manche Dinge eben doch etwas ausgemacht haben, ich fühlte mich übergangen und im Weg, aber in der letzten Zeit war es nicht mehr oft so, und es scheint, daß wir jetzt eine machbare Form von Verhältnissen gefunden haben.«[3] Ihr unkonventioneller Haushalt – eine unordentliche Ansammlung von Kriegsdienstverweigerern, zwei wilden Kindern, diversen Dienstboten und einem Hund, aber keinem »sichtbaren Ehemann« erfüllte die Einheimischen mit tiefem Mißtrauen, zumal Duncan und Bunny, die den Verdacht hegten, daß einige ihrer Leghorns gestohlen worden seien, die Schwänze der Hühner blau eingefärbt hatten. All das erschwerte natürlich den Kontakt zur Außenwelt.

»Ich komme mir hier vor wie eine Wilde«, schrieb sie im April 1916 an Roger, »als könnte ich nie wieder irgendwohin zum Tee gehen. Ich glaube, ich tauge bald nicht mehr für das Stadtleben.« Also kam die Stadt zu Vanessa. Virginia schaute vorbei und war erstaunt, wie sehr ihre Schwester alles im Griff zu haben schien. »Ich habe selten etwas mehr genossen und kann mir immer noch keinen Reim

FÜTTERUNGSZEIT von Duncan Grant. Nach den Einschränkungen der Stadt war die Fülle des Landlebens besonders wohltuend

darauf machen, wie Du das alles geschafft hast«, schrieb sie. »Man wird so zufrieden. Ich habe von Lytton gehört, dem es genauso geht und der sagt, er würde gern für immer bei dir leben.«

Für Lytton war Wissett Lodge der perfekte Kontrast zu der übertriebenen Pracht von Lady Ottoline Morrells großartigem Sitz in Garsington. In Wissett gab es weder Perserteppiche noch Mingvasen, aber Lytton konnte sich dank der produktiven Hühner darauf verlassen, daß er zwei Frühstückseier bekam. (Am zweiten Vormittag nach ihrem Eintreffen saß Vanessa in der Sonne, schrieb Briefe und verkündete stolz, daß die neunzehn weißen Leghorns zehn Eier gelegt hätten; weitere stünden noch zu erwarten.)

Mit Hilfe der beiden Mädchen Flossie und Blanche gelang es Vanessa scheinbar mühelos, eine Atmosphäre von Behaglichkeit und Ruhe zu schaffen, die Lytton besonders verführerisch fand. »Ist es das Geheimnis des Lebens … oder von etwas anderem …? Ich weiß nicht wovon … Ist es völliges Vergessen? Stumpfsinn? Unheilbares Lotterleben? – was sie in Wissett herausgefunden haben«, fragte er Virginia im Januar 1916. »Ich fand es wunderbar und wollte nie wieder weg.«

Rechts: *FRAU BEIM NÄHEN von Duncan Grant, 1916. Vanessas Tochter Angelica erinnert sich an die »monolithischen Qualitäten« ihrer Mutter. »Sie saß da und nähte, malte oder lauschte; sie saß immer, mal am Kopfende des Tisches, mal am Feuer, manchmal unter dem Apfelbaum. Auch wenn sie wenig sagte, verströmte sie eine ungeheure Kraft, ein Aroma wie der Geruch von zerstoßenem Salbei.«*

Sie bekamen sogar Besuch von Lady Ottoline höchstpersönlich, die mit allem Putz und Pomp hinten auf dem kleinen Zweisitzer saß, kutschiert von dem Hausierer Cutts, den Vanessa oft bestellte, um Gäste vom Bahnhof Halesworth abzuholen. Fragt sich, was die Einheimischen von Ottoline hielten, einer so spektakulären Gestalt, daß angeblich die Kellner auf die Tische kletterten, wenn sie in einem Restaurant speiste, um ihren Anblick besser genießen zu können. Ihr Besuch war kein voller Erfolg. Einem Biographen zufolge war sie angewidert von »der Feuchtigkeit und dem Schmutz in Wissett Lodge«, eine Beschreibung, die sich mit keiner Darstellung der anderen Besucher deckt. Es war wohl eher so, daß die schillernde Lady Ottoline ein abschätziger und schwieriger Gast war, den alle gern wieder los wurden. »Wir erholen uns von Ott., deren Besuch uns nahezu zerstört hat«, schrieb Vanessa an Virginia. »Ich habe entschieden, daß diese Frau nichts für mich ist. Ich halte es nicht aus und hoffe, daß ich künftig nie mehr als ein paar Stunden – oder allerhöchstens ein Wochenende – in ihrer Gesellschaft zubringen muß. Das ist mein letztes Wort.«

»Es ist so heiß heute, und ich bin so faul, daß ich mich hinaus in die Sonne gesetzt habe, um Dir zu schreiben … Ich habe das Gefühl, daß alle unsere Gewohnheiten sich ändern. Im Vergleich zu London scheint uns allen das Landleben so überwältigend, daß ich mich frage, ob ich jemals zum Gordon Sq. zurückwill. Dieses Glück, kein Telefon zu haben, keine Menschenmassen zum Tee, und alles übrige ist auch großartig. Und die wahren Herrlichkeiten, die Blumen, Bäume, unzählige überraschende Ansichten und Töne machen einen fortwährend glücklich.«

Brief von Vanessa Bell an Lytton Strachey, 27. April 1916

D Grant

Offenbar in Unkenntnis der verheerenden Wirkung, die sie hinterlassen hatte, ging Ottoline mit der für sie typischen Herablassung in einem Brief an Lytton über die Unbequemlichkeiten hinweg: »... bei Sonnenschein stört Unordnung nicht ... mir hat mein Besuch dennoch Freude gemacht, weil alle frei und heiter waren«. Die Kinder waren es mit Sicherheit, denn kaum war die Kutsche um die nächste Ecke gebogen, als sie sich schon in gekonnten Parodien ihres schillernden Gastes ergingen.

Quentin Bell erinnerte Wissett Lodge als einen idyllischen Ort mit einem riesigen Garten und zwei großen Teichen, der eine davon voller Goldfische, in dem er mit seinem Bruder nach Herzenslust herumstromern konnte, während ihre Mutter malte – zunächst in einem Atelier, das sie sich in einer Scheune eingerichtet hatte, später, wenn es dort zu kalt wurde, im Haus. Duncans und Bunnys Obstanbau gestaltete sich als eine Kette von Rückschlägen, wiewohl die Sachlage sich etwas besserte, nachdem Bunny das Gartentagebuch der früheren Bewohnerin entdeckt hatte. Der unschätzbare Fund, zu dem außerdem ein paar Notizbücher voller Haushaltstips und Rezepte nebst eines »Bienenjournals« gehörten, ermutigte Bunny, sich auch Bienen zu halten – während der mageren Kriegsjahre war Honig eine schöne Dreingabe. Eine weitere Quelle wertvoller Tips, in diesem Fall zum Thema »Geflügel und Gemüse«, war seine Mutter, die hervorragende Russischübersetzerin Constance Garnett.

Zusätzlich zu Flossie, die für die Kinder, und Blanche, die für das Kochen zuständig war, hatte Vanessa Hilfe in Gestalt einer großartigen Dame aus dem Ort, die jeden Morgen pünktlich um halb neun erschien. Außerdem einen sehr alten Gärtner, der kam, wann immer es ihm gerade einfiel. Es war alles recht frei und entspannt, so daß Flossie reichlich Zeit für Flirts mit den Soldaten aus dem nahen Halesworth hatte.

Vanessa richtete ihre Energie darauf, das Haus angenehm und bewohnbar zu machen. Sie entfernte alle Nippessachen und die kleinen Tischchen, die die frühere Mieterin hinterlassen hatte, und verlieh mit ihrer gewohnt sicheren Hand durch frisch eingefärbte Stuhlbezüge und helle Tünche an den Wänden den Räumen eine offenere Atmosphäre. Als die Versuchung, die kahlen Wände zu bemalen, übergroß wurde, machten Duncan und Vanessa sich an die Arbeit. Unter anderem entstand an einer Schlafzimmerwand die vergrößerte Kopie einer winzigen Reproduktion von einem Gemälde Fra Angelicos, die Roger Fry beschafft hatte.

Links: *Interieur in Wissett Lodge von Vanessa Bell, 1916*

DUNCAN GRANT, STUDIE FÜR EINEN ABEND AUF DEM LAND von Vanessa Bell

Draußen erklommen Rosen und eine Wistaria die Hausfront (und das ist auch heute noch so). Der einzige Schatten, der über diesem idyllischen Sommer schwebte, war die Tatsache, daß Duncan und Bunny das Gefängnis drohte, wenn ihre Gesuche um Befreiung vom Militärdienst abgelehnt würden. Glücklicherweise entschied das Central Tribunal im September 1916 zu ihren Gunsten, aber ihre unternehmerischen Bemühungen im Wissett Lodge fanden keine offizielle Billigung. Das Pelham Committee gestattete ihnen nur noch, bis zum Oktober zu bleiben, damit das Obst geerntet und nach Covent Garden gebracht werden konnte; danach aber würden sie eine andere, tatsächlich als kriegswichtig einzustufende Arbeit auf dem Land finden müssen.

Die letzten Wochen waren äußerst anstrengend. Vanessa und die Kinder arbeiteten als Erntehelfer, Duncan und Bunny hatten Zwölfstundenschichten. Dann kam der traumatische Auszug. »Alles ist in einem schrecklichen Durcheinander«, schreibt Bunny im September 1916 an Lytton Strachey. »Duncans Eltern [das Haus gehörte einem Verwandten] bestehen darauf, daß jedes Partikelchen Farbe abgekratzt und abgewaschen wird. Vanessa, die Kinder, die Dienerschaft und Barbara [Hiles], die zu Gast war, reisen heute mit zehn Ballen Leinwand, Staffeleien, Klappstühlen und Hauskaninchen ab.«

Ihr Ziel war Sussex, wo Virginia, der Vanessa in Suffolk zu weit entfernt gewesen war, das einzige Haus gefunden hatte, von dem sie annahm, es könnte ihr die Schwester zurückbringen. Schon im Mai 1916 hatte sie ein Anwesen namens Charleston beschrieben, auf das sie bei einer ihrer Wanderungen gestoßen war.

GARSINGTON MANOR

Ein zu jener Zeit wichtiger Vorposten von Bloomsbury war Garsington, ein historischer, steinerner Landsitz aus der Tudorzeit, dessen Bleiglasfenster auf achtzig Hektar Park und Garten in Oxfordshire hinausgingen. Die Morrells hatten es 1915 übernommen, und Lady Ottoline schmiedete ehrgeizige Pläne für Garsington. Sie wollte ein »Theater« daraus machen, »in dem jede Woche eine andere Truppe von Wanderschauspielern auftreten« würde. An ihrer Bühne ließ sie sofort arbeiten. Fußböden wurden aufgerissen, Fenster neu gebaut und Türen ersetzt, antike elisabethanische Wandpaneele trotzig in satten und subtilen Schattierungen von Taubenblau, Blaugrün und Chinarot gestrichen und mit Gold abgesetzt. Laut Desmond MacCarthy wirkte das Ganze wie eine »wunderschöne Lackdose, alles in Scharlachrot und Gold, und die Gäste sahen aus wie lebensgroße Puppen in großartigen Kostümen«. Haus und Garten stellten die Bühne, und Ottoline behielt sich die Hauptrolle in dieser Inszenierung vor. Am 16. Juni 1915, es war ihr zweiundvierzigster Geburtstag, öffnete sie das Haus zum erstenmal für eine kleine Gesellschaft, in der sich auch Bertrand Russell befand (mit dem sie eine stürmische Liebesaffäre hatte) sowie Gilbert Canaan (der sie später in einem Roman karikierte), Mark Gertler (der durch sie Unterstützung und ein Atelier in einem Nebengebäude bekam und zu einer Art Hofkünstler wurde) und Frieda und D. H. Lawrence (dessen wüstes Porträt von Ottoline als Hermione in *Women in Love* [dt. *Liebende Frauen*] ihr einen

Siegfried Sassoon nannte Garsington Manor einen »Traum von absoluter Schönheit«

»Da kam sie, erhobenen Hauptes. Sie trug einen riesigen, flachen Hut aus mattgelbem Samt mit naturfarbenen und grauen Straußenfedern. Ihr Gang hatte etwas Nachtwandlerisches, das lange, weiße Gesicht blickte gen Himmel, als wollte es von der Welt nichts sehen. Sie war reich. Ihr Kleid war aus duftigem mattgelben Seidensamt, in der Hand trug sie einen dicken Strauß rosa Alpenveilchen. Schuhe und Strümpfe waren graubräunlich wie die Federn auf dem Hut, ihr Haar war schwer, sie ging mit eigentümlich unbewegten Hüften, fast, als würde sie wider Willen vorwärtsgeschoben …«

D. H. Lawrence, *Women in Love*

schweren Schlag versetzte und ihre Freundschaft zerstörte). Weder Lytton, Vanessa, Duncan noch die anderen »Bloomsburrys« waren zu dieser ersten Hausgesellschaft geladen, und Virginia und Leonard konnten erst 1917 mit eigenen Augen sehen, wovon alle soviel Aufhebens machten. Clive, der als Pazifist einen großen Teil des Krieges als »Landarbeiter« auf Garsington zubringen sollte, kam schon im Juli 1915 zu Besuch. Ihm erschien Garsington wie ein »flatterndes Papageienhaus aus Grün-, Rot- und Gelbtönen.« Die Räume machten gewiß Eindruck. Das historische Interieur versank in einer »nahezu orientalischen Pracht«. Bunte Kissenhüllen, Seidenvorhänge, Teppiche aus den Omega-Werkstätten, Schalen mit Blütenpotpourris und nelkenbesteckte Orangen waren zwischen Mobiliar aus dem achtzehnten Jahrhundert und zeitgenössischen Gemälden von Charles Conder, Duncan Grant, Augustus John, Henry Lamb und Gilbert und Stanley Spencer verstreut und erzeugten, so schien es jedenfalls Vanessa, einen Gesamteindruck von außergewöhnlicher Kraft und einem »dezidierten, ziemlich schlechten Geschmack«. Für Virginia war es »kein Haus auf der Erde, wie andere Häuser, sondern ein Wohnwagen oder ein schwimmender Palast«. Am 19. November 1917 erinnert sie sich an ein Wochenende auf Garsington: »Leute verstreut in einem siegelwachsfarbenen Raum: Aldous Huxley mit großen runden Scheiben aus Elfenbein und grünem Marmor spielend – der ewige Zug in Garsington. [Dorothy] Brett in Hosen; Philip ungemein eingehüllt in bestes Leder, Ottoline, wie gewöhnlich, Samt & Perlen; 2 Möpse. Lytton halb hingestreckt in einem riesigen Sessel. Zu viele Nippstücke, als daß es wirklich schön ausgesehen hätte, zu viele Gerüche & Seiden & eine warme Luft, die ein wenig lastete. Massen von Leuten, die sich von

Rechts: *Lady Ottoline putzte sich liebend gern heraus. Die ehrwürdigen Mauern von Garsington lieferten ihr eine hervorragende Kulisse*

Links: *Virginia, die einmal sogar eine Ehe mit Lytton in Erwägung gezogen hatte, blieb ihm bis zu seinem Tod eng verbunden. Vanessa fand die Idee, Lytton zum Schwager zu haben, durchaus interessant: »Ich sähe es lieber, wenn Du ihn als irgendeinen anderen nähmst, aber vielleicht braucht Dein Genie einfach Deine ganze Aufmerksamkeit.«*

Zimmer zu Zimmer bewegten – vom Salon zum Speisezimmer, vom Speisezimmer zu Ottolines Zimmer – den ganzen Sonntag ... Im großen ganzen gefiel Ottoline mir besser als ihre Freunde es einen hatten erwarten lassen. Es wurde außerordentlich gut für uns gesorgt; eine Menge zu essen; die Unterhaltung hatte häufig dünngetretene Stellen, aber andererseits ist dieser besondere Teppich ja auch oft genug benutzt worden ...« Lytton, der häufig auf Garsington zu Gast war, gefiel es ungemein: »... eine Schöpfung, fast schon ein Kunstwerk.«

Das Haus blickte nach Süden, und Ottoline ließ die Gartenanlagen mit schattigen Korridoren aus Eiben- und Buchshecken, einer Allee aus Linden und Zypressen und Beeten in kräftigen Farben gestalten, in denen Phlox und Tagetes, Löwenmäulchen und Sonnenblumen wuchsen. Der bescheidene Fischteich mußte sich eine romantische Verwandlung in einen italienischen Miniatursee gefallen lassen, der mit einem weißen Tempel und klassischen Statuen aus Italien vervollständigt wurde. Die Wirkung war enorm, aber lange nicht so aufregend wie Ottolines Erscheinung selbst. Sie war eine große, stattliche Frau mit einem langen, kraftvollen Gesicht und liebte dramatische Gewänder aus wallender Seide in Lila oder Kanariengelb, die an Brust und Taille eng anlagen und sich dann zu weiten, wehenden Schleppen auffächerten. Sie bevorzugte extravagante, weitkrempige, mit Pfauenfedern verzierte Hüte in Königsblau oder Blaßgelb und erregte überall Aufsehen.

Juliette Huxley beschrieb Garsington als »bewohnbares Kunstwerk«, und Ottolines Hausgesellschaften wurden legendär. Zum ersten Weihnachten reiste »tout« Bloomsbury an. Zwei Cottages und das Verwalterhaus wurden gebraucht, um die Massen von Gästen zu beherbergen, unter denen sich die Bells befanden, die zu diesem traditionellen Anlaß glückliche Familie spielten, Lytton mit einem Bruder und einer Schwester im Schlepptau, Maynard Keynes, John Middleton Murry und der Philosoph George Santayana. Es gab Spiele, Tanz und eine Scharade mit dem Moritatentitel »Leben und Tod des Lytton«, in der alle Kinder eine Rolle übernommen hatten. Ottoline, die das alles ungemein genoß, verlegte sich am Weihnachtstag auf die Rolle der Schloßherrin, ließ eine der Scheunen schmücken und einen Weihnachtsbaum herrichten, unter dem für jedes Kind aus dem Dorf ein Geschenk lag. In einem geradezu atemlos begeisterten Brief an seine Mutter, Lady Strachey, beschrieb Lytton das Fest: »Es war wirklich eine wundervolle

Links:
DIE SCHEUNE
von Roger Fry, 1926

»Sie können sich nicht vorstellen, wie dankbar ich Ihrem Herrenhaus für Schutz und Schild bin.«

Brief von Lytton Strachey an Lady Ottoline Morrell nach einem Weihnachtsbesuch

Szene. Es kamen hundert Kinder, und jedes erhielt sein Geschenk. Sie waren natürlich selig – besonders da sie so etwas noch nicht kannten, weil bis dato noch keine ›Herrschaften‹ im Dorf gelebt hatten. Jede Kleinigkeit wurde von Ottoline arrangiert, sie hat wirklich ein erstaunlich gutes Naturell und enorme Energie. Am Abend gab es dann eine kleine Tanzerei mit den Dienern und den Bauerntöchtern, was sehr lustig war, da Ihre Ladyschaft sich mit Verve daran beteiligte. Man muß schon die Tochter von tausend Earls sein, um die Dinge so zu gestalten.«

Im folgenden Sommer wurde Garsington zum Magneten für Kriegsdienstverweigerer und zum Zufluchtsort für alle, die Philips und Ottolines kämpferischen Pazifismus teilten. Philip war eins der wenigen Parlamentsmitglieder gewesen, die sich öffentlich im Unterhaus gegen den Krieg ausgesprochen hatten – mit dem Ergebnis, daß ein Gutteil der Gesellschaft ihn jetzt schnitt. Ottoline bemühte sich, diese Lücke mit jungen Leuten aufzufüllen. Auch zu Kriegszeiten hatte sich Oxford eine gewisse Heiterkeit bewahrt. Die Colleges leerten sich, aber es gab immer noch genügend helle, junge Köpfe, die Ottolines Wochenendpartys belebten. Aldous Huxley, Eddie Sackville-West und Peter Quennell mischten sich an den Sonntagnachmittagen unter die Gäste, und Garsington war bei den Studenten in aller Munde. Der jungen Naomi Mitchison kam es vor wie ein nie erreichbares »Paradies von Intellektuellen«, da ihre Eltern ihr »leider« nie gestatteten, dorthin zu gehen. Ob es ihr gefallen hätte, sei dahingestellt, da sie glaubte, Garsington beherberge »Menschen von zweifelhafter Moral und Pazifisten, sicher die niedrigsten der niedrigen«[4].

Philip betrieb nun Landwirtschaft und konnte seine Freunde zumindest offiziell als Landarbeiter einstellen. Bertrand Russell verbrachte ein Gutteil des Sommers in Räumen, die Ottoline ihm im Verwalterhaus hergerichtet hatte, und Dorothy Brett, Dora Carrington, Lytton Strachey und Clive Bell wurden beinahe zu Dauerbewohnern. Clive Bell rührte zwar keinen Finger, machte sich aber bei den festangestellten Landarbeitern sehr beliebt, indem er Frauen und Kindern Geburtstagskuchen überreichte und jeden zum Lachen brachte. John Middleton Murry kam zurück, diesmal mit seiner Frau Katherine Mansfield, dazu gesellten sich an den Wochenenden Mark Gertler, Aldous Huxley, T. S. Eliot, Mary Hutchinson, Siegfried Sassoon, Edmund Blunden, Maynard Keynes, D. H. Lawrence und seine Frau Frieda.

Der Eindruck von Überfluß, den Ottoline in Garsington zu erwecken suchte, schuf Probleme für sie, weil sie keineswegs so reich war, wie ihre freigehaltenen Gäste vermuten mochten, und es muß doppelt bitter für sie gewesen sein, als sich Lytton mitten im Krieg beschwerte, daß sein Frühstück zu dürftig ausfiele. Otto-

Lady Ottoline, Maria Nys und Vanessa Bell bilden einen Kreis von Bewunderinnen um Lytton Strachey, der mit Eminent Victorians *berühmt geworden war; hinter ihm steht Duncan Grant*

line ließ ihm sofort sechs Eier, Fisch, Schinken und süße Brötchen aufs Zimmer bringen.

»Wie haben wir es nur geschafft, diese ganze Gesellschaft unterzubringen und sie in jenen mageren Tagen zu beköstigen?« fragte Ottoline sich später. Irgendwie gelang es ihr, ein schlichtes, aber reichliches Abendessen auf den langen, dunklen Eichentisch zu bringen, der von Kerzen mit roten Papierschirmen erleuchtet wurde. Der Duft von Ottolines Parfüm vermengte sich mit dem Geruch von Weihrauch, den sie über dem Holzfeuer erhitzte, und trug zu der romantischen, verträumten Stimmung bei, die sie so gern schuf. Die Unterhaltung am Tisch ging hin und her, war geistreich und flott, ab und an hörte man Clive Bells schrilles Lachen. Wie auch am Bedford Square setzte sich Philip nach dem Dinner ans Pianola und spielte einen ungarischen Walzer, während die Gäste erst im venezianischroten Salon ihren Kaffee tranken und dann auf den Rasen hinaustraten.

Nach einer Woche im kriegszerrissenen London war Garsington ein Zufluchtsort, wo die Gäste im Park plaudern, lange Spaziergänge unternehmen und Picknicks in den Wäldern veranstalten konnten; es waren viele Menschen aus Bloomsbury und von anderswo, die von Ottolines Großzügigkeit profitierten.

Der Vorhang fiel im Jahr 1928, als die Morrells beschlossen, Garsington aufzugeben und nach London zurückzugehen. Die Farm entwickelte sich zu einem Verlustgeschäft, und sie konnten sich keinen so üppigen Lebensstil mehr leisten. Überdies war viel von Ottolines Freude verflogen, weil manche ihrer Gäste, vor

Links: *DER TEICH IN GARSINGTON*
von Mark Gertler, 1916. Ottoline förderte einige junge Künstler. Sie stellte Mark Gertler auf Garsington ein Atelier zur Verfügung

»... ist denn die Sonne auf Garsington normal? Nein, ich glaube, sogar der Himmel ist in blaßblaue Seide gewickelt, und die Kohlköpfe sind gewiß parfümiert ...«

Virginia Woolf an Barbara Bagenal, 24. Juni 1923

allem die Romanciers, ihre Gastfreundschaft damit vergalten, daß sie sich über ihren Lebensstil lustig machten und sie in erschütternd unschmeichelhaften Porträts in ihren Romanen verewigten. Sie hatte Aldous Huxley ebenso nahegestanden wie D.H. Lawrence und empfand es als üblen, schmerzlichen Verrat, als *Chrome Yellow* und *Women in Love* herauskamen. »Diese Kränkung durch ihn hat eine Wende in meinem Leben markiert«[5], sagte sie über Lawrence, und sie konnte kaum glauben, daß Huxley, der »fast wie ein Familienmitglied« in ihrem Haus gelebt und anfänglich ihre Entrüstung geteilt hatte, sie später ebenso grausam karikieren konnte. Diese Erfahrungen hinterließen für viele Jahre einen tiefen Riß.

Das Kriegsende brachte den Bloomsbury-Kreis nach London zurück. Virginia und Leonard jubilierten mit der Menge am Trafalgar Square. Sie sahen Menschen auf Autobusdächern tanzen und völlig Fremde, die einander in die Arme fielen. Es gab Festbankette und eine Party im Adelphi. Maynard Keynes, Duncan Grant, Roger Fry, Clive Bell, Mary Hutchinson, Augustus John und Ottoline – alle waren dabei. Dora Carrington, die stundenlang mit David Garnett tanzte, war erstaunt, auf Mark Gertler zu treffen. Die russische Ballerina Lydia Lopokowa erschien mit Diaghilew und Massine, auch das Ehepaar D. H. Lawrence hatte seinen Auftritt.

3. DAS PARADIES

DIE HOGARTH PRESS IN RICHMOND

LEONARD UND VIRGINIA

VIRGINIA WOOLF
von Percy Windham Lewis, 1921

Leonard und Virginia hatten immer zwei Standorte gehabt, einen in der Stadt und einen auf dem Land, allerdings lebten sie seit 1915 ein bißchen außerhalb von London, im Hogarth House, Paradise Road, Richmond. Leonard hatte entschieden, daß die Aufregungen von Bloomsbury ein zu starkes Gebräu für Virginia seien, deren geistiger Zustand immer noch instabil war. Zwar sah man beide oft bei Partys und Dinners in Bloomsbury, sie gingen aber jedesmal früh, mit der Erklärung, sie müßten einen Zug erwischen. Das Leben in Richmond hatte durchaus Vorteile, nicht zuletzt in Gestalt des Hauses selbst. Hogarth House war schön, in schlichtem georgianischem Stil erbaut, es hatte perfekt proportionierte Räume, breite Schiebefenster und eine große, weiße Veranda. Der Garten, in dem sie Blumen und Gemüse zogen, war über dreißig Meter lang, drinnen gab es (jedenfalls glaubten sie das) genügend Platz, um die Druckerpresse zu beherbergen, die sie eines Tages bei einem Spaziergang auf der Farringdon Street aus einer Laune heraus gekauft hatten. Das Ganze – die Maschine, Schrifttypen, Formrahmen und ein sechzehnseitiges Heftchen, mit dessen Hilfe sie sich die Kunst des Druckens beibrachten – kostete die stolze Summe von 19 Pfund, 5 Shilling und 5 Pence. Die Aufstellung im Eßzimmer war als Übergangslösung gedacht, aber die Maschine blieb für den Rest ihres Aufenthalts dort

LINKS:
LEONARD WOOLF BEI DER ARBEIT
von Vanessa Bell

»Liebste … Unsere Druckmaschine ist am Dienstag eingetroffen. Wir haben sie mit großer Aufregung ausgepackt, schließlich mit Nellys Hilfe ins Wohnzimmer geschleppt, sie auf ihren Sockel gestellt – und schließlich gemerkt, daß sie in zwei Teile zerbrochen war! … das Anordnen der Lettern [ist] ein solches Geschäft, daß wir nicht sofort mit dem Drucken anfangen können. Man hat riesige Blöcke von Typen, die in die einzelnen Buchstaben und Zeichen zerlegt und dann in die richtigen Fächer gelegt werden müssen. Ein Werk für eine Ewigkeit, vor allem wenn man, wie ich gestern, die h mit den n verwechselt. Wir sind so versunken, daß wir nicht mehr aufhören können; ich sehe, daß richtiges Drucken einem das ganze Leben auffressen kann. Ich will zu Katherine Mansfield gehen, um vielleicht eine Geschichte von ihr zu bekommen; bitte mach Versuche mit Papier [für Umschläge] …«

Brief von Virginia Woolf an Vanessa Bell, 26. April 1917

stehen, und mit dem wachsenden Erfolg des Kleinverlages vermehrte sich auch das Zubehör. Als Virginia im Jahr 1923 Vita Sackville-West zum Dinner einlud, mußte sie zugeben: »Wir dinieren nicht so richtig, wir machen eher Picknick, weil die Druckmaschine in die Speisekammer und das Eßzimmer eingedrungen ist …«

Trotz eines beeindruckenden Verlagsprogramms, das Titel wie T. S. Eliots *Poems* und Katherine Mansfields *Prelude* umfaßte, nannte Leonard den Verlag (in *Beginning Again*) einen »Bastard in der Geschäftswelt. Wir haben ihn in unserer Freizeit nach von mir geschaffenen Richtlinien betrieben, ohne Personal und Räume; wir haben in der Speisekammer gedruckt, die Bücher im Eßzimmer gebunden, im Wohnzimmer mit Druckern, Buchbindern und Autoren verhandelt«. Die Idee der Hogarth Press begann als gemeinsames Unternehmen, um ihre Ehe zu stärken und für Virginia eine passende handwerkliche Betätigung zu finden, die sie von der Reizüberflutung durch ihre intellektuellen Anstrengungen ablenken und buchstäblich bei Sinnen halten sollte. Außer ihren beiden ersten Romanen wurden alle ihre Bücher und die von Leonard von der Hogarth Press publiziert, ebenso die Werke von vielen, wenn auch nicht allen ihren Freunden aus Bloomsbury. Spiegelte das Verlagsprogramm der Hogarth Press einen ausgesprochen modernen Geschmack wider, oder prägte es ihn? Immerhin waren die Woolfs die ersten englischen Verleger von Sigmund Freud – die Übersetzung lieferte Lyttons Bruder James – und druckten andere ebenso bedeutende Meilensteine der Literatur des zwanzigsten Jahrhunderts wie T. S. Eliots *The Waste Land* (dt. *Das wüste Land*). Auch das gewaltige und potentiell strafwürdige Werk von James Joyce, *Ulysses*, wurde ihnen angeboten; sie hatten sich schon um einen Drucker dafür bemüht, aber Virginia hegte Vorbehalte gegen das Buch, und so scheiterte der Plan.

Von Beginn an hatten sie bescheidene Erfolge. Leonard hatte recht mit seinem Gedanken, daß es Virginia Spaß machen würde, die Lettern zu setzen, die Walzen einzufärben und den Hebel zu ziehen, um eine einzelne Medianoktavseite herzustellen. Sie gab sich besondere Mühe, für die Buchumschläge ungewöhnlich gemusterte oder marmorierte Papiere aus Japan, Prag oder Paris aufzutreiben, und beschäftigte Vanessa und Freunde wie Dora Carrington mit der Herstellung von Titelentwürfen und Holzschnitten für die Illustrationen. Es war harte Handarbeit, und sie brauchten Hilfe.

Barbara Hiles gehörte zu den ersten in einer langen Reihe von jungen Leuten, die von den Woolfs für die Hogarth Press angestellt wurden und Virginia durch die Zusammenarbeit gut kennenlernen sollten. »Als ich nach Hampstead zurückkam [aus Charleston, wo sie zwischen Heumieten kampiert und Vanessa bei der Gartenarbeit geholfen hatte], kam Virginia vorbei, um mir die Arbeit zu erläutern.

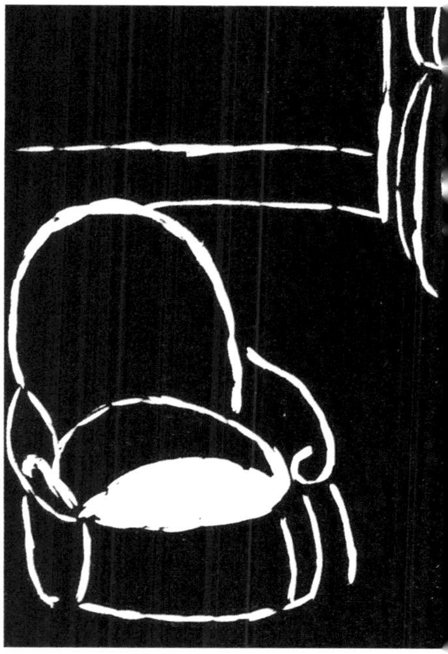

Oben: Vanessa hatte gehofft, daß die Hogarth Press einen Band mit Holzschnitten von ihr selbst, Roger Fry und Duncan Grant herausbringen würde, aber die Künstler billigten es nicht, daß Leonard sich eine Art künstlerischer Endkontrolle vorbehielt; der Plan scheiterte daher

Vanessa lieferte für alle in der Hogarth Press erscheinenden Werke ihrer Schwester unverwechselbare Bildvorlagen

»Soll ich heute zum Tee kommen? – wenn Du nicht auf weißen Handschuhen bestehst, die ich nicht mehr zusammensuchen kann. Die Druckmaschine ist im Eßzimmer, in der Speisekammer, und bald ist sie mit uns im Bett.«

Virginia Woolf an Vanessa Dickinson, 23. Januar 1923

Ich weiß noch, was sie sagte: ›Du bekommst eine Monatskarte nach Richmond, einen Anteil am Verlagserlös, Mittagessen und Tee.‹ Dann fügte sie hinzu: ›Zum Mittagessen gibt es immer Fleisch, zweierlei Gemüse und Nachtisch!‹ … *Prelude* kam 1918 heraus, als ich schon [mit Nicolas Bagenal] verheiratet war. Später im Jahr kamen Virginia und Leonard zum Tee zu mir nach Hampstead, und Leonard gab mir vereinbarungsgemäß meinen Anteil am Gewinn. Es war eine halbe Krone, die er mir verstohlen hinter seinem Rücken übergab. Virginia sagte: ›Leonard, du kannst doch Barbara nicht nur zwei Shilling und Sixpence geben!‹ Aber das war 1918 mein Gewinnanteil. Als Dreingabe überreichte Leonard mir später ein Exemplar von *Prelude*. Der Einband war dunkelblau, professionell gebunden hatte es, glaube ich, McDermott. Dieser Band gehört zu meinen bestgehüteten Schätzen.«[1]

Dreimal in der Woche reiste Barbara per Dampfeisenbahn von Hampstead nach Richmond und erklomm dann den Hügel hinter dem Bahnhof zum Hogarth House. Der Erste Weltkrieg war in vollem Gange, und eines Tages, als Luftalarm gegeben wurde, erlaubte Virginia ihr nicht, nach Hause zu gehen. Sie sollte im Hogarth House übernachten. »Ich schlief auf Virginias Ruhesofa in ihrem Zimmer unter dem Dach, als Leonard nach mir rief – ich sollte meine Decken in die Küche im Untergeschoß bringen und mir unter dem Tisch ein Bett machen. Als ich mit dem Bettzeug nach unten stolperte, fand ich dort Virginia auf einem Feldbett auf einer Seite des Herdes, Lottie und Nelly [die Köchin und das Hausmädchen] in einem ebenso kleinen Bett auf der anderen Seite, und Leonard lag mit ausgesprochen unglücklichem Ausdruck auf einer Matratze oben auf dem Küchentisch. Wir versuchten, zur Ruhe zu kommen, aber der Lärm von den Abwehrgeschützen war so heftig, daß an Schlaf nicht zu denken war. Wir waren alle ziemlich aufgeregt, besonders Lottie und Nelly, aber Virginia brachte sie zum Lachen, indem sie Scherze über Leonard und sein unsicheres Gleichgewicht auf der Tischplatte machte. L. fand die Situation überhaupt nicht amüsant.«[2]

Sieben Jahre lang blieb die Hogarth Press in Richmond und bot Virginia »eine

Virginias lyrische, impressionistische Geschichte über Kew Gardens *beflügelte Vanessas Phantasie; sie lieferte das Umschlagmotiv und etliche Holzschnitte*

Organisation, die ihr gestattete, zu schreiben, was sie wollte, Experimente zu machen, an die ihr Genius sie heranführte, ohne von den Zweifeln, der Gefühlsarmut und den widerstreitenden Vorschlägen geringerer Seelen behindert zu werden«[3]. Im Jahr 1924 war es jedoch endgültig klar, daß der Verlag seiner Heimstatt entwachsen war und einen etwas zentraler gelegenen Standort benötigte. Im März vermieteten die Woolfs Hogarth House an Saxon Sydney-Turner und zogen zurück nach Bloomsbury.

4. LONDON

PLÄTZE UND ATELIERS

OMEGA UND DIE ZEIT DER PARTYS

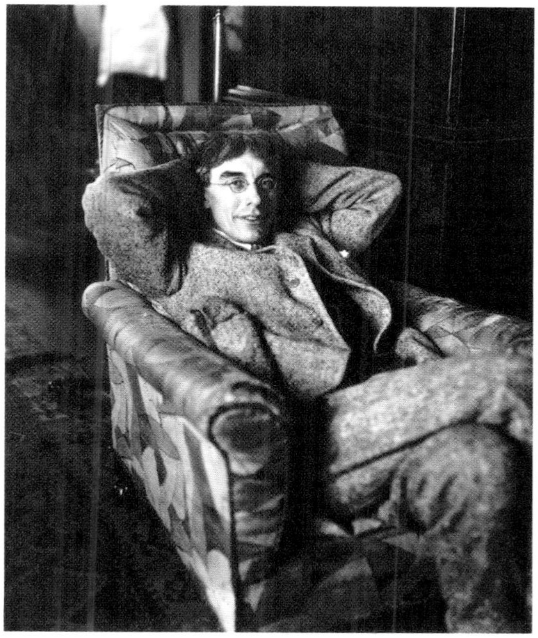

Roger entspannt sich in einem Sessel mit Stoffbezug aus den Omega-Werkstätten

Mein London, wie Vanessa Bell und Virginia Woolf es nannten, hat die Zeiten größtenteils relativ unbeschadet überdauert. Die Plätze von Bloomsbury, der Gordon, Bedford, Tavistock, Fitzroy und Mecklenburgh Square, haben immer noch ihre anmutigen, baumbestandenen Gärten, auch wenn manche Bereiche nach dem Krieg neu hinzukamen und viele der Gebäude Institute der Universität von London beherbergen. Was hätte Virginia wohl zu dem Studentenschnellimbiß gesagt, der sich heute im Erdgeschoß des Hauses Gordon Square 46 befindet, einer ungemein wichtigen Adresse, die sie einmal als »Hauptquartier von Bloomsbury« bezeichnete? Hätte Clive wohl die Nutzung der in Sattrot gehaltenen »Keynes Library« im Haus Nummer 47 als Seminarraum für die kunsthistorische Fakultät gebilligt? Das wunderbare Doppelporträt von Vanessa, das ihn (in lilafarbenen Pantoffeln) und Duncan (ganz in Rot) in häuslicher Atmosphäre zeigt, in ein Gespräch vertieft, in Lehnstühlen sitzend – es hängt jetzt über den Köpfen von Studenten, die über den derzeitigen Status moderner Kunst debattieren, und kann auch keine Antwort darauf geben.

Zwischen den Kriegen hatten die meisten Mitglieder der Bloomsbury-Gruppe Wohnungen in der Stadt und gleichzeitig auf dem Land, oft, indem sie sich gegenseitig ein, zwei Zimmer vermieteten. Virginias Vorbild vom Brunswick Square,

LINKS: *STILLEBEN MIT KAFFEEKANNE von Roger Fry, 1915*

das ihrem Halbbruder George Duckworth so skandalös vorgekommen war, machte Schule. Maynard Keynes vermietete sein Haus in der Gower Street an The Honourable Dorothy Eugénie Brett, die Tochter des Lord Esher. Brett (Virginia beschreibt sie im Dezember 1919 als »weich, sanftmütig & klein«) hatte von 1910 bis 1916 an der Slade School of Art studiert und sich dort mit der Carrington und Mark Gertler angefreundet. Sie taufte das Haus »The Ark«, »Die Arche«, vermietete Zimmer im ersten Stock an Katherine Mansfield und John Middleton Murry und das Dachgeschoß an Carrington. Lytton Strachey und Bertrand Russell waren bald ständige Besucher, kamen aber hauptsächlich wegen Katherine Mansfield. »Was für einen Spaß wir in der Gower Street haben werden«, schrieb Dora Carrington an Lytton Strachey. »Sie [Katherine Mansfield] wird die Spiele spielen, die ich am liebsten mag. So tun, als sei man jemand anderer, sich verkleiden, Feste feiern …« Maynard schlug Mrs. Brett eine Jahresmiete von 82 Pfund und 10 Shilling vor und erkundigte sich etwas nervös: »Wer soll denn eigentlich in dem Haus wohnen?« Mrs. Brett gab das Haus nach nur neun Monaten wieder auf und hinterließ eine nicht unbeträchtliche Mietschuld. An ihren Vater schrieb sie: »Ich nehme ›die Arche‹ nicht wieder; meine Bedienung ist untragbar: Sie kocht die Bücher und kein Essen. Ich habe dort eine einzige Mahlzeit zu mir genommen und bin fast gestorben – seither erledige ich meine Küchenarbeit direkt vor ihrer knallroten Nase.«

Clive wohnte unweit in seiner bequemen Junggesellenwohnung im obersten Stock der Nummer 50 am Gordon Square, wo er sich mit seiner erlesenen Bibliothek und französischen Gemälden umgab. Lyttons Bruder James nahm mit seiner Frau Alix ein großes Haus am selben Platz, Nummer 41, ausdrücklich, um »es mit vielen Freunden zu teilen«.

Alix erinnerte sich: »Keiner von uns hatte damals viel Geld, und wir klebten viel aneinander. Lytton, Carrington und Ralph Partridge hatten zu verschiedenen Zeiten Zimmer dort, und Lydia Lopokowa bewohnte vor ihrer Ehe mit Maynard Keynes eine Wohnung im Erdgeschoß. Leonard und Virginia kamen genauso zu unseren Freunden wie zu uns zu Besuch.«[1]

Diese Nähe von gleichgesinnten Freunden in relativer Abgeschiedenheit erzeugte ein Bloomsbury-Ambiente, das Lytton Strachey vorkam »wie ein College in Cambridge«. Die Grünflächen, auf denen man sich erging, picknickte oder Tennis spielte, hatten etwas von Campusgärten; das British Museum lag gleich um die Ecke.

Ihren Kreis hielt ein kompliziertes Beziehungsgeflecht zusammen, das fortwährend in Bewegung war, aber stets verbunden blieb, verwoben durch Bluts-

bande, Freundschaften und Ehen, durch Orte und Leidenschaften. Die Mitglieder der Gruppe bewegten sich in einem recht engen Raster. Man ging im eigenen Viertel aus, kehrte beispielsweise ins L'Etoile in der Charlotte Street ein, das laut Ottoline ein »süßes kleines Lokal« war »und so billig«. Gelegentlich mochte man sich in ein russisches Restaurant in Piccadilly verirren, an das sich Dora Carrington später erinnert: »Ein schreckliches Etablissement mit falschen Kosaken, wo ich, wie ich zu meinem Bedauern eingestehen muß, nach einigen Gläsern Wodka besinnungslos hinsank und von Dodo entfernt werden mußte; trauriges Ende eines charmanten Abends.«[2]

CONVERSATION PIECE von Vanessa Bell, 1912. Die Konturen sind sanft, und doch gelingt es Vanessa, die Intensität des Gedankenaustauschs im Bild zu zeigen

CONVERSATION von Vanessa Bell, 1913–1916

Nach dem Ende des Ersten Weltkriegs herrschten Aufbruchstimmung und Erleichterung, und es wurde viel getrunken, Drogen nahm man allerdings nicht, erinnert sich Frances Marshall, die durch Birrell & Garnett's, einen Buchladen, den David Garnett und Frances Birrell im Erdgeschoß eines Hauses in der Taviton Street gleich hinter dem Gordon Square betrieben, in den Zirkel eingeführt wurde. Nach dem Ende ihrer Zeit am Newnham College in Cambridge nahm sie Bunny Garnetts Einladung, für ein Salär von drei Pfund pro Woche im Laden zu arbeiten, nur zu gern an. In einem großen Erdgeschoßzimmer, an dessen Wänden die Bücher »wie Flechten« emporkrochen, machte sie die Bekanntschaft von »tout« Bloomsbury. Schon bald wurde sie zu den »Wölfen« zum Mittagessen gebeten und zu Wochenenden bei den Bells nach Charleston eingeladen. Lytton Strachey bat sie zum Besuch nach Tidmarsh. Anfangs hatten diese Einladungen für die junge Frau etwas Einschüchterndes. Bunny riet ihr, irgendeine Beschäftigung, eine Schreibarbeit oder Patchwork mitzunehmen, damit sie vormittags, wenn ihre Gastgeber in ihren Ateliers oder Bibliotheken verschwänden, etwas zu tun hätte. Mit »Unterhaltung« im herkömmlichen Sinne solle sie nicht rechnen, auf »Gänge und Gespräche« dürfe sie sich aber freuen.

In London fanden wilde Feste statt, die meisten davon in Kostümierung. Sie zogen sich die ganze Nacht lang hin und waren ausgesprochen amüsant. »Ich erinnere mich an eine wunderbare Party, ein sogenanntes Seemannsfest, wo wir alle Marineuniformen trugen«, schwärmte Dadie Rylands. »Ich ging als Leichtmatrose und Lytton Strachey als Flottenadmiral. Man kann sich vorstellen, wie eindrucksvoll er mit seinem Bart, dem Dreispitz und dem Säbel aussah. Ja, die Gesellschaften bei den Keynes', wo wir Theater gespielt haben und Keynes als

Prinzgemahl und die Lopokowa, seine Frau, als Königin Viktoria auftraten … Und dann war da noch eine Party, die habe ich mit zwei anderen Freunden zusammen für etwa zweihundert Leute gegeben. Ich logierte mit Douglas Davidson, einem Maler und engem Freund aus Cambridge, im Dachgeschoß des Hauses, das Duncan und Vanessa am Gordon Square führten. Sie hatten uns die beiden oberen Stockwerke vermietet. Bei dieser Party war eigentlich jeder da, den wir kannten; das Ballett, Margot Asquith, Mary Pickford, Lady Ottoline Morrell, ganz Bloomsbury und alle möglichen anderen. Zu essen gab es nicht viel außer Bergen von Erdbeeren und Sahne, dazu billigen Weißwein. Damals war es uns ziemlich gleich, was wir aßen oder tranken, solange es von allem reichlich gab … Die Gesellschaft nahm das gesamte Haus in Beschlag, sogar mein Schlafzimmer oben unter dem Dach.«[3]

Lady Ottoline Morrell, (Photographie von Beresford). Ottoline kultivierte einen Stil von »ungeordneter Extravaganz«, der ihre Erscheinung unvergeßlich machte

Auf einem dieser Feste führten Maynard Keynes und seine Frau zum Abschluß der Party am Gordon Square Nummer 46 ihre spezielle Version eines französischen Cancan auf, der natürlich unter Keynes-Keynes firmierte. Bei einer anderen Gelegenheit richteten Clive Bell und Maynard ein Fest für Diaghilews Russisches Ballett aus; Picasso und Derain waren unter den etwa vierzig Malern, Tänzern

»… Nein, wirklich, wenn man sich an diesen Salon voller Menschen erinnert, an das Hellgelb und das Rosa der Brokate, an die italienischen Sessel, an die Perserteppiche, die Stickereien, die Quasten, den Duft, an die Granatäpfel, die Möpse, die Töpfe mit getrockneten Blütenblättern und an Ottoline selbst, wenn sie in ihrem weißen Schal, mit den großen scharlachroten Blumen von fern her auf einen zusteuerte und einen mit einer schwungvollen Bewegung … entführte …«

Virginia Woolf, *Moments of Being*

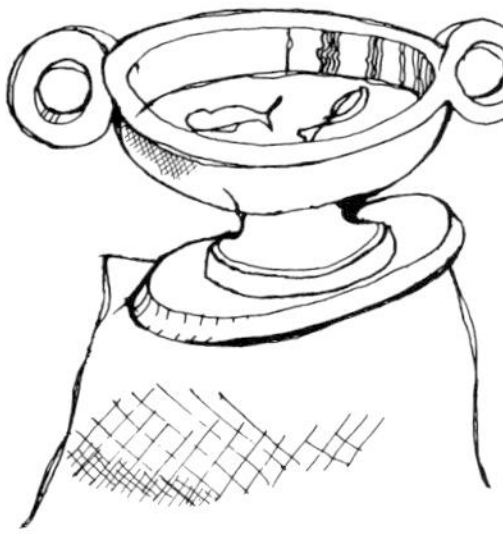

und Schriftstellern, die an zwei langen Tafeln speisten. Maynard, Duncan und Clive bedienten persönlich. In *Old Friends* erinnert sich Clive, daß er absichtlich Lytton und Ernest Ansermet an die Kopfenden gesetzt hatte, damit »ihre Bärte im Gleichtakt wackeln« könnten.

Größere Soireen gab es in Lady Ottolines Haus am Bedford Square, das Virginia immer »voller Glanz und Illusion« erschien. Ottoline bewegte sich unter ihren erlauchten Gästen stets wie »eine spanische Galeone, behangen mit goldenen Münzen und seidenen Segeln«, und sorgte dafür, daß das »Leben amüsant, interessant und abenteuerlich« verlief.

Was soll man von Lady Ottoline halten? Wo hatte sie ihren Platz in der Gruppe? Virginia war der Meinung, daß sie in einer künftigen Geschichte von Bloomsbury ein eigenes Kapitel verdiente, und die zwei Frauen hatten wohl mehr Gemeinsamkeiten, als Virginia zuzugeben bereit war: Beide hatten eine unstillbare Neugier in bezug auf Menschen, beide liebten Tratsch. Es gibt eine Fülle von Berichten über ihre unendliche Großzügigkeit und fast ebenso viele über ihren Geiz. David Garnett erlaubte sich einen großen Spaß mit der Geschichte, Ottoline habe ihre Gäste auf Garsington mit einem Mahl aus verendeten Fasanen vergiftet; ihr Auftritt in teils grausam fiktionalisierten Porträts läßt darauf schließen, daß sie von »Old Bloomsbury« nie ganz akzeptiert wurde, zumal mancher ihr ungeheures Interesse an höchstpersönlichen Dingen eher aufdringlich als freundlich fand. In seinem Band *Elders and Betters* porträtiert Vanessas Sohn Quentin Bell Lady Ottoline als eine recht simple, wenn auch beeindruckende Naive, räumt aber ein, daß sie sich als »Schauspiel immer lohnte«.

Omega,

die Werkstatt von Roger Fry, wurde kurz vor dem Beginn des Ersten Weltkriegs am Fitzroy Square eröffnet – wie es sich versteht, mit einem Fest! »Es wird Zeit, daß etwas Lebenslust in Möbel und Stoffe kommt«, erklärte Roger seinen kühnen Plan, den vielen begabten jungen Künstlern seines Bekanntenkreises die Möglichkeit zu geben, Geld zu verdienen und schöpferisch zu arbeiten. England begann den Stil von William Morris zu überwinden, und Roger, der unter dem Einfluß der nachimpressionistischen französischen Malerei stand, wollte auf die Bildung eines neuen Geschmacks direkten Einfluß nehmen. Er trommelte Mitstreiter für eine Werkstatt zusammen, in der anspruchsvoll gestaltete Möbel und Stoffe, Teppiche, Vorhänge, Krawatten, Kissen, Tapeten, Keramiken, Puppenhäuser und anderes Spielzeug hergestellt und vertrieben wurden. George Bernard Shaw stieg mit 250 Pfund ein, andere taten es ihm nach. Vanessa und Duncan fungierten (mit einer Einlage von 50 bzw. einem Pfund) als Direktoren, und im Juni 1913 konnte die Omega-Werkstatt in einem

OMEGA-PAPIER,
BLUMEN MIT FLASCHE
von Vanessa Bell, um 1915

Die Omega-Werkstätten, die Roger Fry später fast in den Ruin treiben sollten, wurden 1913 mit großem Schwung und Optimismus eröffnet

schönen klassizistischen Eckhaus am Fitzroy Square Nr. 33 eröffnet werden. Der Kontrast zwischen der eleganten Fassade und dem brodelnden Leben dahinter hätte nicht größer sein können. Die meist jungen Maler und Bildhauer arbeiteten im ersten Stock über den beiden Ausstellungsräumen nach einem ziemlich lockeren Reglement. Roger bot ihnen großzügige 10 Shilling pro Nachmittag und riet jedem davon ab, mehr als drei halbe Tage in der Woche zu arbeiten, damit sie sich noch ihrer wahren Berufung – der Malerei oder Bildhauerei – widmen konnten. Die Atmosphäre in den Ateliers glich den Arbeiten, die dort hergestellt wurden: Sie war spielerisch und spontan, kühn, witzig und professionell. Viele große Künstler jener Tage, unter anderem Wyndham Lewis, Edward Wadsworth, Fre-

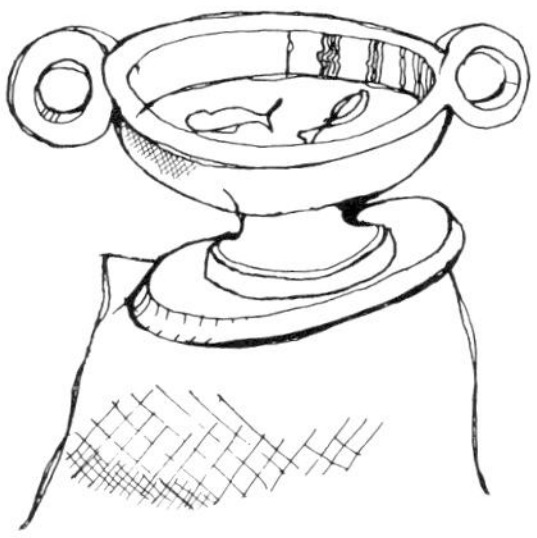

derick und Jessie Etchells, Henri Gaudier-Brzeska, Nina Hamnett, David Bomberg, Mark Gertler, Dora Carrington und Paul Nash hatten irgendwann einmal mit Omega zu tun. Niemand signierte die Entwürfe; sie wurden in eine Art »Bank« eingebracht und der interessierten Kundschaft gezeigt. Bei Bedarf konnten sie auf alles appliziert werden, was sich zur Dekoration eignete. Viele der Arbeiten hatten etwas Provisorisches, was durchaus zu ihrem Charme beitrug. Roger wollte keine Erbstücke produzieren. Er war davon überzeugt, daß die Leute »längst den Humbug der maschinell produzierten Imitationen von Kunstwerken durchschaut« hätten und froh über handbemalte Haushaltsgegenstände mit all ihrer frischen Ausdruckskraft wären.

Die entspannte, geradezu lässige Stimmung des Unternehmens spiegelt sich in Vanessas Vorschlag für ein bohemienhaftes Dinner zu Ehren von Roger Fry wider: »Wir sollten alle unsere übel beleumundeten und einige unserer aristokratischen Freunde einladen, und nach dem Dinner [das bei Pagani, einem italienischen Restaurant in der Great Portland Street stattfand] sollten wir uns zum Fitzroy Square begeben, wo es bemalte Möbel, bemalte Wände etc. zu sehen geben soll. Dort sollten wir uns alle betrinken, sollten tanzen und uns küssen. Die Bestellungen würden nur so strömen, und die Aristokraten hätten das Gefühl, sie wären mittendrin. Wenn man so etwas richtig anstellt, könnte es ein großartiger Auftakt fürs Geschäft werden.«

Der Presseempfang zog jedenfalls etliche Berichte in Magazinen wie *Vogue* und *House & Gardens* nach sich. Im *Observer* erschien ein Artikel mit dem Titel »Nachimpressionismus in den eigenen vier Wänden«, und der Rezensent der *Times* bewunderte die »Heiterkeit« der Arbeiten von Omega. »Bloomsbury-Einrichtung« wurde bald zum Markenzeichen für einen bestimmten Stil, der sich aus verschiedensten Quellen speiste – von der afrikanischen primitiven Töpferkunst bis hin zu Picasso. Die meisten Arbeiten hatten etwas Kühnes, Großflächiges, Geometrisches. In vielen der stilisierten Figuren fanden sich gängige Themen wie Russisches Ballett oder Schlagermusik wieder. Im Herbst 1913 wurde die Omega-Werkstatt zur Teilnahme an der Ideal-Home-Ausstellung eingeladen. Vanessa, Duncan und Roger machten sich mit Freude daran, mannshohe Wandpaneele herzustellen, auf denen sich ockerfarbene Nackte auf grünblauem Grund in akrobatischen Posen tummelten. Sie bildeten den Hintergrund für eine Wohnzimmereinrichtung, die aus kühn gemusterten Teppichen, Vorhangstoffen in wilden

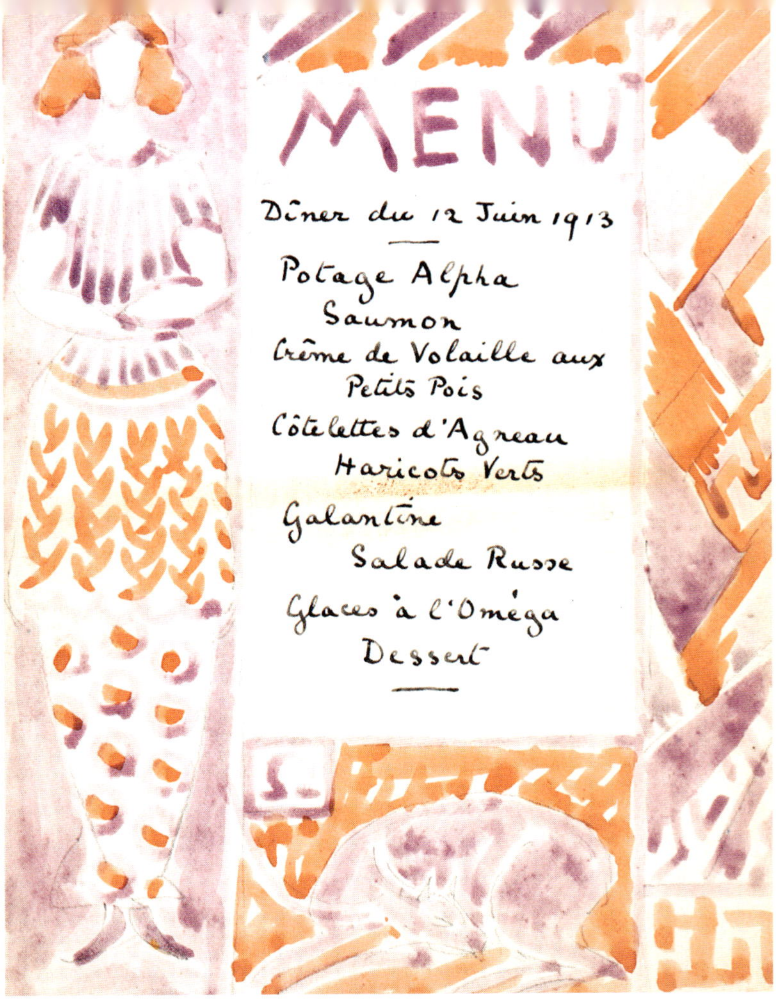

RECHTS:
Dieser bemalte Kleiderschrank war Teil einer Reihe von Einrichtungsgegenständen, die Roger für Lalla Vanderfelde, eine wohlhabende Omega-Kundin, entworfen hat

Von Alpha bis Omega: Menükarte für das Dinner nach der Eröffnung der Omega-Werkstätten

geometrischen Mustern und bemalten Lampenschirmen, aus Sesseln mit Bezügen von Omega, einem bemalten Tisch und ein paar hochlehnigen Eßzimmerstühlen bestand. Die Auftragsbücher füllten sich schnell, aber die besten Kunden waren stets die eigenen Freunde. Maynard gab Duncan und Vanessa den Auftrag, Paneele für die Falttüren im Speisezimmer des Hauses Gordon Square 46 anzufertigen, sie lieferten ihm Frühstücksszenen aus Frankreich, Italien, England und der Türkei. Lady Ottoline war Stammkundin. Auch Virginia war eine eifrige Käuferin; sie bestellte einen bemalten Eßtisch, ausgefallene Kleidungsstücke und leuchtende Möbelstoffe. Um den Erfolg zu nutzen, organisierte Roger eine Weihnachtsausstellung. Duncan, eine wichtige Stütze des Unternehmens, war mit Maynard nach Cambridge verschwunden und mußte im November mit einem drängenden »Bitte komm bald zurück … es gibt 100 001 Sachen fertigzumachen. Bitte komm. Porzellan muß bemalt werden. Roger« nach Hause beordert werden.

Trotz des vielzitierten Zwistes mit Wyndham Lewis – der Omega als »Mr. Frys Vorhang- und Nadelkissenfabrik« bezeichnet hatte, jahrelang Groll gegen Roger hegte und sein Rebel Art Center als direktes Konkurrenzunternehmen begann – gedieh Omega bestens und entwickelte sich schnell zum Lebensinhalt für die Künstler, die die Produkte entwarfen und herstellten. Wie ein Magnet zog die Firma ausländische Maler und Musiker an: Sie betrachteten Omega als erste

»Das Omega-Service macht sich wunderbar in meinem Geschirrschrank. Ich wünschte, Du könntest kommen und Dir alles ansehen.«

Vanessa an Roger Fry, 16. Oktober 1916

Vanessas Holzschnittakt erschien in einer limitierten Auflage von Holzschnitten verschiedener Künstler, die die Omega-Werkstätten im Jahr 1918 auf den Markt brachten

Anlaufstelle in London und wurden mit Sandwiches, Limonade, Tee, Kaffee und Arbeitsangeboten versorgt. Der Omega-Art-Circle formierte sich, um Gelder für kriegsvertriebene belgische Einwanderer aufzutreiben, und veranstaltete etliche Freitagssoireen mit Dichterlesungen und Marionettenshows, bei denen sogar George Bernard Shaw und Arnold Bennett gesehen wurden.

Der Krieg stellte vieles in Frage. Er nahm der Werkstatt die Kunden und die Künstler. Es wurde immer schwieriger, Material zu bekommen, und schließlich mußte Roger des Geschäft im Jahr 1919 schließen – zu einem Zeitpunkt, als nach Bunny Garnett »eine Wandlung des gängigen Geschmacks, die den Erfolg gesichert hätte«, zu bemerken war. Roger war durch das Unternehmen tief verschuldet; sein Ausverkauf, den er vom 23. Juni bis zum 8. Juli veranstaltete, war erfreulicherweise erfolgreich genug, ihn etwas aus den roten Zahlen zu bringen. Allerdings ärgerte es ihn, wenn adlige Kunden jetzt Omega-Waren, die ihnen zuvor angeblich nicht gefallen hatten, zu einem Bruchteil ihres früheren Preises an Land zogen. Ein willkommener Nutznießer war David Garnett, der jetzt seinen neuen Buchladen mit Omega-Tischen ausstatten konnte, für die Roger nur noch ein Zehntel ihres Wertes verlangte.

Roger bearbeitete noch einige Bestellungen für Omega-Produkte von zu Hause aus, und Vanessa und Duncan führten mehrere Aufträge für Innendekorationen aus – die Omega-Werkstatt aber gab es nicht mehr. Virginia bedauerte in ihrer Biographie über Roger Fry: »Wenn zufällig eine dieser breiten, tiefen Platten zerbricht oder ein blauer Teller einen Unfall erleidet, wird man alle Läden in London vergeblich nach seinem Zwilling durchsuchen.«

Duncan Grant erinnerte sich später an seine Zeit in den Omega-Werkstätten: »Es war wie eine Party, trotz aller Unterbrechungen. Oft war man allein da. Und

BILDNIS DER MOLLY MACCARTHY von Vanessa Bell, 1914–1915. Molly gehörte zu »Old Bloomsbury«, war häufig in Charleston zu Gast und mit Virginia befreundet

dann wieder scharten sich plötzlich Massen um einen. Es war wahnsinnig anregend. Ich glaube, es war die beste Zeit meines Lebens.«

Kurz nach dem Ausverkauf im Juli 1919 dinierte Virginia mit Clive Bell im Savoy Grill. »Seit langem habe ich nicht mehr an der großen Zeremonie eines Dinners teilgenommen mit anderen, die daran glauben, das unterstützen und sich dafür kleiden«, schrieb sie an jenem Abend in ihr Tagebuch. »Fisch & Fleisch & Melone & Eis sind wieder zu Ehren gekommen. Clive trennte sich von einer Menge Papiergeld. Er machte mich aufmerksam auf Picasso & Madame Picasso, die zum Ballett aufbrachen.«

Die zwanziger Jahre brachten eine neue, jüngere Generation nach Bloomsbury. Junge Männer aus Oxford und Cambridge, junge Frauen von der Slade School of Art und Scharen von Darstellern und Statisten, die die Plätze von Bloomsbury auf dem Weg zu anderen Zielen überquerten. Viele der ursprünglichen Mitglieder waren inzwischen fast vierzig Jahre alt und machten sich auf ihrem eigenen Terrain selbständig. Molly MacCarthy, die hoffte, ihren brillanten, aber unsteten Edward dazu bewegen zu können, einen Roman zu schreiben, gründete den Memoir-

Links: *Der Ofen, Fitzroy Square von Duncan Grant, 1936. Duncan malt seine Tochter Angelica, die in seinem Atelier in der Fitzroy Street 8 am Ofen sitzt und liest*

Club: Eingesessene Mitglieder besuchten sich gegenseitig, um sich »autobiographische Referate« anzuhören und darüber zu debattieren. Oft begannen die Treffen in einem Restaurant – L'Etoile und das Restaurant Antoine waren Lieblingsplätze –, bevor man in das Haus, die Wohnung oder das Atelier eines Mitglieds weiterzog. Der Memoir-Club hatte keinen festen Sitz und keine Regeln, abgesehen von der Forderung nach absoluter Offenheit und Einmütigkeit über die Frage, wer Mitglied werden dürfe. Im Sommer traf man sich auf dem Lande: in Charleston, im nahen Tilton, dem Heim von Maynard und Lydia Keynes, oder im Haus der Woolfs in Rodmell.

Der Memoir-Club selbst stand nur einem inneren Kreis offen, die Partys waren für alle da. »Ich habe mich schon manchmal gefragt, was ein Soziologe wohl zu diesen Festen zu sagen hätte«, schreibt Frances Partridge. »Mit dieser trübseligen Zeremonie, der modernen Stehparty, die so oft etwas mit Schuld oder sozialem Gewissen zu tun hat, hatten sie nichts gemein. Sie hatten etwas Orgiastisches; die meisten Gäste waren betrunken, manche davon sehr, und ich wage die Vermutung, daß es so war, weil die meisten von ihnen im Alltagsleben weit weniger tranken, als man es heute tut. Ich wüßte nicht, daß jemand Drogen genommen hätte. Natürlich gab es viele Gespräche, die einem zunächst tiefschürfend und luzid vorkamen, aber zu vorgerückter Stunde zusehends an Denkwürdigkeit verloren. Es gab eine Menge beiläufiger Liebeleien, vor allem aber wurde ständig leidenschaftlich und anspruchsvoll getanzt, ob nun Blues, Charleston oder Black Bottom, und das dann bis drei oder vier Uhr früh, bis alle sich heimwärts und ins Bett verzogen, manche allein, manche mit neuer Begleitung, manche ernsthaft verliebt. Die Partys dienten als Ventil für Erotisches und anderes, zur Entspannung von der Arbeit, manchmal zur Partnersuche. Alles in allem förderten sie Freundschaften; es kam selten vor, daß jemand in betrunkenem Zustand streitlustig wurde, man hat ihn dann nicht mehr eingeladen.«

Duncans Atelier in der Fitzroy Street war ein beliebter Ort für Feste. Wenn die Gäste den hallenden eisernen Durchgang voller umschlungener Liebespaare mühsam durchquert hatten, gelangten sie in einen großen, dämmrigen Raum voller Schatten, in dem alle Malutensilien fortgeräumt waren, um einer Tanzfläche Platz zu machen. Duncan hatte das Atelier von Sickert übernommen (komplett mit Kakerlaken, denen man mit »einer Art Stinkbombe« aus der örtlichen Apotheke beikommen mußte), es war eine »magische, geheimnisvolle Höhle«, die nach Farbe roch und vollgestellt war mit »groben, farbigen Töpferwaren«, Blumen in Weinflaschen und abgenutzten, aber bequemen, in bunte Überwürfe gehüllten Sesseln.

»Als ich sie zum erstenmal in einem Garten in Bloomsbury sah – wir waren zusammen auf einer reizenden Teegesellschaft eingeladen –, war sie offenbar in Höchstform und trug ein weichfallendes, lavendelfarbenes Musselinkleid. Ich kann mich nicht so gut an ihre Kleider als solche erinnern, da sie sich mit ihr so sehr verbanden. Ich erinnere mich aber an dieses originelle malvenfarbene Kleid und den Hut, den sie tief in die Stirn gezogen trug.«

Elizabeth Bowen, *Recollections of Virginia Woolf*

Im Mittelpunkt der Feste von Bloomsbury stand oft eine Veranstaltung, so etwa Virginias Stück über ihre Großtante, die viktorianische Photographin Julia Margaret Cameron (es hieß *Freshwater*, und Vanessa spielte die Hauptrolle), oder ein Vortrag von Roger über Rubens, Rembrandt und Poussin, den er in Duncans Atelier hielt. Dora Carrington erinnerte sich: »Es war eine eher klassische Veranstaltung, die etwas von einem französischen Atelier im Jahr 1889 hatte. Arthur Waleys Geliebte, Miss De Z[oete] spielte Bach auf dem Spinett, der Raum war in Kerzenlicht getaucht, junge, ernsthafte Männer aus Cambridge drehten und wirbelten auf Zehenspitzen herum und quiekten in näselndem Falsett. Vanessa neigte sich wie eine kopflastige Blume über einen Kaffeetopf auf einem Herd. Duncan trug mit behenden Schritten Tabletts mit Keksen und Biergläsern herum.«

Auf einem Fest bei Duncan – im Hintergrund sang eine junge Amerikanerin mit dunkler Stimme Negerspirituals – verliebte sich Ralph Partridge, der mittlerweile mit Dora Carrington verheiratet war, in Bunny Garnetts junge Buchhändlerin. Diese neuerliche Komplikation bedrohte die Stabilität der *ménage à trois* von Ralph, Lytton und Dora Carrington in Ham Spray, aber nach einigen komplizierten Verhandlungen einigte man sich darauf, daß Ralph und Frances in einer Wohnung am Gordon Square (wo sonst?) zusammenleben und ihre Wochenenden in Ham Spray verbringen sollten. »Ralph wußte viel mehr über Haushaltsführung und Kochen als ich«, schrieb Frances, »und ich lerne nicht einmal besonders schnell. Er war es, der Mabel, die verängstigte ältliche Jungfer, die uns ›aufwartete‹, im Frühstückmachen unterwies und sogar dahin brachte, daß sie ausgezeichnete, wenn auch sehr englische Abendmahlzeiten kochte, so daß wir Freunde zu uns bitten konnten. In diesem ersten Sommer waren wir zum Dinner bei den ›Wölfen‹, den Woolfs, eingeladen gewesen, und ein paar Wochen später luden wir sie zitternd und zagend zu uns ein.«[4]

Weit weniger nervös war Frances, wenn sie wie so oft in eins der wichtigsten Häuser von Bloomsbury gebeten wurde – nach Charleston in Sussex.

Rechts:
FITZROY STREET 8
von Vanessa Bell

VB

5. CHARLESTON

»EIN VERZAUBERTER ORT«

VANESSA UND DUNCAN

Charleston ist die wohl berühmteste Adresse von Bloomsbury, die sich bis in unsere Tage erhalten hat: ein tief in die Landschaft von Sussex eingebettetes, weitläufiges Farmhaus von bezwingendem Charme, von dem Virginia Woolf ihre Schwester im Jahr 1916 überzeugte. »Es hat einen reizenden Garten«, berichtete sie, »mit einem Teich, Obstbäumen und Gemüse, alles jetzt ziemlich verwildert, aber du könntest etwas Wundervolles daraus machen.« Sie beschrieb die großen Räume, besonders einen, von dem sie dachte, er eigne sich bestens für ein Atelier. Vanessa kam, um sich selbst ein Bild zu machen. Suffolk ist eher flach, deshalb fand sie die Landschaft hier besonders anziehend, vom Haus allerdings war sie nicht gleich angetan, und Virginia mußte ihre Kampagne fortsetzen. So schrieb sie im September 1916: »Wenn du Charleston bekommen kannst, wirst du es sicher für immer kaufen wollen.«

Vanessas anfängliche Bedenken sind nur zu verständlich, war doch das Farmhaus während der Kriegsjahre alles andere als wundervoll – groß, abgelegen und verschachtelt, mit zehn Schlafzimmern und etlichen Vorratskammern, die Vanessa und die Köchin in jenen knappen Zeiten zu füllen hatten, um den großen, gastfreundlichen Haushalt zu ernähren. Zu diesem gehörten Duncan und Bunny Garnett, die bei einem benachbarten Bauern »kriegswichtige« Arbeit bekommen

»Charleston ist keineswegs ein Gentleman-Haus«, schrieb Virginia 1919 in ihr Tagebuch, nachdem sie hinübergeradelt war und den Haushalt sehr chaotisch gefunden hatte

LINKS:
BLICK AUF DEN TEICH VON CHARLESTON von Vanessa Bell. Vanessa liebte den Teich, den sie kurz nach dem Einzug in einem hymnischen Brief an Roger lobte

DER UMMAUERTE GARTEN IN CHARLESTON
von Vanessa Bell, um 1916

hatten, ihre Söhne Julian und Quentin, acht und sechs Jahre alt, dazu Hausmädchen und Erzieherinnen. Alle Mitglieder von »Old Bloomsbury« – Clive Bell, Lytton Strachey, Roger Fry, Molly und Desmond McCarthy, Saxon Sydney-Turner und Morgan Forster – kamen als regelmäßige Gäste hinzu. Das nächste Geschäft lag sechs Meilen entfernt. Es gab kein Telefon, kein Auto, keinen Strom. Plumpsklos mußten entleert werden. Das Wasser pumpte man von Hand aus dem Pumpenhaus und erhitzte es auf Holzöfen, für die man auch noch das Holz hacken mußte. An manchen Wintertagen war das Wasser für die Morgenwäsche gefroren.

Trotz der Nachteile und der harten Arbeit, die damit verbunden war, ein solch einsames Haus zu betreiben (und trotz der Anstrengung, unter diesen Umständen weiterzumalen), hatte sich Vanessa bald in das Anwesen verliebt. »Es ist absolut vollkommen«, schrieb sie an Roger Fry, »ganz anmutig, sehr solide & schlicht, mit glatten Mauern aus dieser schönen Mischung aus Ziegeln und Feuerstein, die sie hier verwenden, & wunderbar plan in die Mauern eingelassenen Fenstern & wunderschönen Ziegeldächern. Der Teich ist das allerschönste, mit einer Weide auf einer Seite & einer Stein- oder Flint-Einfriedungsmauer zum Garten hin … Dann gibt es noch einen kleinen Obstgarten und den ummauerten Garten.«[1]

Als Vanessa mit ihrer Familie hier einzog, diente der ummauerte Teil hauptsächlich als Gemüsegarten. Ihr Sohn Quentin erinnert sich, daß die Kartoffelbeete bis an die Wohnzimmerfenster reichten, ebenso wie die Apfelbäume, von denen einer »Äpfel wie aus einem Bilderbuch trug, gelb und zinnoberrot, rund, groß und prächtig«, die aber leider »nach nichts als Watte« schmeckten. Birnen, Pfirsiche und Pflaumen wuchsen entlang den Mauern; im verwilderten Obstgarten stand ein Reineclaudenbaum. Hühner, Enten und später auch Kaninchen ergänzten die Palette selbsterzeugter Lebensmittel. Mit Hilfe eines Kredits von Maynard Keynes nahm Bunny seine Imkereiversuche wieder auf, diesmal so erfolgreich, daß er Maynard bald die Schulden zurückzahlen und den Haushalt mit schier unbegrenzten Mengen von Honig versorgen konnte.

Wie schon in Wissett Lodge machten Duncan und Vanessa sich auch hier daran, das Haus in ihrem höchst individuellen Stil auszugestalten. In Lewes kauften sie billige Möbel und andere »erstaunliche Objekte« und bemühten sich

DER TEICH IN CHARLESTON
von Duncan Grant. Der Teich bot dem Malerhaushalt ein immerwährendes Sujet und einen friedlichen Standort für die Staffelei

INTERIEUR
von Duncan Grant, 1918. Trotz der hohen Arbeitsmoral in Charleston kam es Virginia immer so vor, als lebe der Haushalt wie »kurz vor einem Umzug«. In ihrem Tagebuch notiert sie: »In einer der kleinen Inseln von relativer Ordnung stellte Duncan seine Leinwand auf & Bunny schrieb einen Roman in einen Satz Schreibhefte.«

anschließend, den ihnen »innewohnenden Horror« schlechter Gestaltung durch Bemalung wettzumachen. Sie bemalten Wände, Türen, Betten, Tische, Kisten, Paravents, Deckenbalken und Küchenschränke. Sie bemalten die Stühle und den Eßtisch und deckten ihn mit einem farbenfrohen Service aus Roger Frys Omega-Werkstätten. Nach und nach bekam das Haus seinen ganz besonderen warmen Glanz. In einem Haus, das nur gepachtet war, war die Innendekoration allerdings keineswegs für die Ewigkeit gedacht und gemacht. Duncan und Vanessa verwendeten keine Mühe auf eine sachgemäße Vorbereitung der Untergründe und benutzten Farben, die preiswert, aber nicht beständig waren – das Bindemittel Hasenleim vermochte die Farben nicht zu fixieren.

Virginia lebte im nur drei Meilen entfernten Asheham; die beiden Haushalte gaben häufig gemeinsame Gesellschaften. Im Januar 1917 kamen zwei Studentinnen von der Slade School zu Besuch, die Saxon Sydney-Turner mitgebracht hatte – Barbara Hiles und Dora Carrington. Es gab eine Dinnerparty in Asheham, zu der Vanessa, Duncan, Maynard und Bunny von Charleston herüberkamen. Man servierte Rindswürstchen, Lauch, Plumpudding, Zitronengelee und Punsch. Der Krieg brachte Rationierung und Knappheit, aber manche Luxusartikel gerieten nicht in Vergessenheit, und man konnte normalerweise damit rechnen, daß Clive mit Schokolade, Zeitschriften, Manilazigarren und Wein ankam.

Überraschungen dieser Art waren vor allem ein besonderer Genuß für Duncan und Bunny, die auch an den bitterkalten Wintertagen früh aufstehen und von Hand Rüben aus der feuchten, gefrorenen Erde ziehen mußten. Die Arbeit war viel härter als das gemütliche Obstbauerndasein, das sie in Wissett geführt hatten,

VANESSA BELL von Duncan Grant, 1918. »Oh, Gott, wie werde ich froh sein, wenn ich kein Baby mehr in mir habe!« schrieb Vanessa ein paar Wochen vor der Geburt von Duncans Tochter Angelica, die am 25. Dezember 1918 zur Welt kam

aber sie war lebenswichtig, wenn sie dem Kriegsdienst entgehen wollten. Sie hatten lange Arbeitstage. Für einen Wochenlohn von 12 Shilling und Sixpence erwartete Bauer Hecks, daß sie siebeneinhalb Stunden an den Wochentagen und einen halben Tag am Samstag arbeiteten. Als es wärmer wurde, wurden ihre Arbeitstage noch länger. Sie verbrachten den ganzen Mai damit, ein Bohnenfeld zu hacken, bei der Heuernte im Sommer elf Stunden am Tag. Keiner von beiden war an harte körperliche Arbeit gewöhnt; und da Fett und Zucker rationiert waren, litt ihre Ernährung und bald ihre Gesundheit.

Aber auch dieses Leben hatte seine aufregenden Seiten. Eines Abends im März 1918, Duncan, Vanessa und Bunny saßen noch beim Essen, ging die Tür auf, und

Maynard Keynes, den alle noch in Frankreich wähnten, tauchte aus dem Dunkel auf. Er hatte den Kanal in einem Zerstörer überquert, und Austin Chamberlain, der ein Haus in Sussex besaß, hatte ihn mitgenommen und am Ende der kleinen Landstraße, die nach Charleston führte, abgesetzt. Seinen schweren Koffer, sagte Maynard, habe er im Graben stehen lassen – und dann bemerkte er beiläufig, daß sich ein Cézanne darin befinde, den er sich gekauft habe.

Duncan und Bunny rannten sofort den mondbeschienenen Fahrweg hinunter und schleiften den Koffer ins Haus. Sie konnten ihre Aufregung kaum verbergen, als das Stilleben mit Äpfeln (das jetzt im Fitzwilliam Museum in Cambridge hängt), ausgepackt wurde. »Es ist sehr aufregend, es im Haus zu haben«, schrieb Vanessa, die Cézannes Gemälde bis dahin nur in Frankreich oder in schlechten Schwarzweißreproduktionen in Avantgardezeitschriften hatte sehen können.

Das Allerwichtigste ereignete sich allerdings am Weihnachtstag 1918: Vanessas Tochter Angelica kam in Charleston auf die Welt. Clive bot an, die erste Woche nach der Geburt des Kindes in Charleston zuzubringen, um »Briefe zu schreiben, die Krankenschwester und den Doktor zu beeindrucken und die Sache insgesamt ehrbar zu machen«. Er und Vanessa legten Wert darauf, daß Angelica nach außen als sein Kind galt – zum einen wegen der Schicklichkeit, zum anderen, damit sie nach dem Tod seiner begüterten Eltern in den Genuß der »Bell-Millionen« käme. Der wahre Vater des Kindes war natürlich Duncan, eine Tatsache, die man Angelica, die schlank und schön neben ihren pummeligen »Bell«-Halbbrüdern in der sorglosen Atmosphäre von Charleston aufwuchs, vorenthielt.

Als er an jenem Tag zusah, wie Angelica in einer Schuhschachtel auf der Küchenwaage gewogen wurde, bestaunte Bunny die Vollkommenheit des Kindes: »Das Bemerkenswerte ist seine Schönheit«, schrieb er an Lytton, und fügte prophetisch hinzu: »Ich denke darüber nach, es zu heiraten; wenn es zwanzig ist, bin ich 46 – skandalös?«

Nach Angelicas Geburt half Virginia ihrer Schwester, indem sie ihr eigenes Hausmädchen Lottie Hope und Nelly Boxall hinüberschickte. Nelly war eine hervorragende Köchin, aber schwierig. Sie verdarb es sich mit Vanessa, als diese erfuhr, daß Nelly Charleston in einem Brief als »Reinfall« beschrieben hatte.

Immer wieder einmal entstand das, was Virginia und Vanessa als »Dienstbotenproblem« bezeichneten. Vor dem Krieg bewirtschaftete man große, arbeitsaufwendige Häuser mit einer ganzen Armee von billigen Helfern. In der besseren

Gesellschaft galten ein Butler, eine Köchin, zwei Hausmädchen, eine Gouvernante und ein Kindermädchen als absolutes Minimum. Dazu kam häufig noch ein »Junge für alles«. Henry James, der alte Freund des Vaters der Geschwister Stephen, der allein in Lamb House in Rye wohnte, wurde von einem Diener, einer Köchin, einem Stubenmädchen und einem Hausmädchen versorgt. George Bernard Shaw und seine Frau Charlotte, die in einer edwardianischen Villa in Hertfordshire ein zurückgezogenes Leben führten, hatten neben dem Ehepaar Henry und Clara Higgs, das ihnen als Butler, Gärtner und Haushälterin diente, noch zwei Mädchen, eine Köchin, einen Chauffeur und einen Hilfsgärtner. Selbst wenn die Mittel knapp waren, hätten die Mitglieder der Bloomsbury-Gruppe nicht im Traum an ein Dasein ohne Dienerschaft gedacht, und Virginia und Vanessa, die mit Personal aufgewachsen waren, hatten ihr Leben lang immer Hilfe im Haushalt, wenn diese auch manchmal zu wünschen übrigließ. Vor dem Krieg hatte Virginia freundschaftlich an Vanessa geschrieben: »Auch ich verfluche die Häuslichkeit, aber nur sehr sanft. Die Diener sind angekommen und machen alles pompös und schwerfällig. Warum wir sie haben, kann ich mir nicht denken.«[2]

Der Krieg änderte alles. Zuerst waren die Männer, dann die Frauen eingezogen, und viele kamen nicht zurück. Diejenigen, die heimkehrten, verlangten bessere Bezahlung und bessere Bedingungen. Die Frauen hatten sich an höhere Löhne in Fabriken gewöhnt, und so wurde es besonders für Vanessa zusehends schwierig, Personal zu finden, das an einem so entlegenen Ort wie Charleston leben wollte, so daß Clive klagte: »Wenn die verdammte Regierung Sklaven aus Duncan und Bunny gemacht hat, mußte sie es auch mit Dir tun? Und warum malst du nicht viel mehr?« Von den zwanziger Jahren an konnten es sich nur noch die Reichen leisten, im gewohnten Umfang Diener zu beschäftigen, und Vanessa mußte nehmen, wen sie bekommen konnte. Eine Zeitlang hatte sie eine schwarzäugige Schottin namens Emily, die aus den Slums von Glasgow kam und ein Baby mitbrachte, das völlig verdreckt in der Küche herumkroch. Eines Tages wurde Emily dabei erwischt, wie sie (rationierten) Zucker stahl; man warf sie hinaus. Es folgte ein idyllischer Herbst unter der Ägide der gestrengen Mrs. Hammond, die aber nur für kurze Zeit bleiben konnte. Duncan und Vanessa ließen sie ungern gehen, da sie das Haus perfekt in Ordnung gehalten und wunderbare Mahlzeiten zubereitet hatte.

Selbst während des Krieges, als Lebensmittel und Brennmaterial rationiert waren, wurden in Charleston Hauspartys und Sommerpicknicks, Landpartien

Rechts:
INTERIEUR MIT HAUSMÄDCHEN
von Vanessa Bell, 1939. Charleston war nicht gerade mit arbeitssparenden Hausgeräten gesegnet. Vanessa war nie ohne Dienstboten, und doch verschlang die praktische Führung eines großen Haushalts viel von ihrer Zeit und Kraft

Vanessa Bell '39

Links: *Dora Carringtons Honigetikett für David Garnett in Charleston, 1917*

Rechts: *DAS ATELIER, CHARLESTON. Roger Fry entwarf den langgestreckten Raum für Vanessa. Er eignete sich ebenso für die Arbeit wie für Feste*

und Dramenlesungen veranstaltet. Die befreundeten Besucher standen förmlich Schlange, obwohl das Haus in jenen frühen Tagen alles andere als komfortabel war. Trotzdem wurde hier auch gearbeitet. In Charleston verfaßte Clive Bell seine Artikel für den *New Statesman* und Werke wie *Civilisation*, über das Virginia schrieb: »In den ersten Kapiteln hatte er viel Spaß, aber zum Schluß stellt sich heraus, daß die Zivilisation aus einem geselligen Mittagessen im Haus Nummer 50 am Gordon Square besteht.«

Maynard Keynes beendete sein Werk *The Economic Consequences of the Peace* in einem der Schlafzimmer im ersten Stock, wo er jeden Morgen, an sieben Tagen in der Woche zwischen acht Uhr früh und dem Mittagessen 1000 geschliffene Worte niederschrieb; zwischen Mittagessen und Tee las er *The Times* und betätigte sich im Garten. Und natürlich malten Vanessa und Duncan jeden Tag in dem großen Atelier, das Roger Fry entworfen und teilweise mitgebaut hatte.

In der ungezwungenen, schöpferischen Atmosphäre von Charleston gelang Vanessa die Symbiose von Leben, Liebe, Mutterschaft und Malerei. Für Duncan, den sie mehr liebte als jeden anderen Mann in ihrem Leben, sorgte sie für Ordnung und Freiheit, Geborgenheit und Raum zum Arbeiten. Sie richtete Clive eine schöne Bibliothek ein und nahm ihn und seine Geliebte Mary Hutchinson freundlich auf, wann immer die beiden auf Besuch kamen. Virginia Woolf – drei Meilen entfernt – äußert sich in ihrem Tagebuch oft neidvoll über Vanessas Leben. »Nessa herrscht über eine erstaunliche ménage«, schrieb sie am 8. Mai 1919: »Belgische Kaninchen, Kindermädchen, Kinder, Gärtner, Hühner, Enten, und dabei malt sie jeden Quadratzentimeter des Hauses in einer anderen Farbe an.« Der Unterschied zwischen den beiden Haushalten – bescheiden, still, kinderlos der eine, groß, lebhaft, turbulent der andere, angefüllt mit ausgelassenen Kindern, umgeben von Obst- und Ziergärten voller reifer, rotbackiger Früchte und bunter Blumen – war ihr deutlich genug. Es heißt oft, Virginia habe ihr Leben für die Kunst geopfert, während es bei Vanessa umgekehrt sei; aber die Gleichung ist zu schlicht. Außerdem hat Vanessa ein beachtliches Œuvre hinterlassen, zu dem zweifellos Charleston selbst gehört – ihr Meisterwerk.

VB

LINKS: *GRACE IN DER KÜCHE, CHARLESTON von Vanessa Bell, 1943*

RECHTS: *DIE KÜCHE IN CHARLESTON von Vanessa Bell. Vor der großartigen Grace hatte Vanessa Köchinnen von zweifelhafter Qualität. In einem Brief an Virginia beklagte sie sich, daß sie Mrs. Pitchers schlichte Küche durch die eigenhändige Zubereitung von »Puddings zum Lunch, Kuchen zum Tee und das ganze Abendessen für Nelly und mich« bereichern müsse*

Duncan und Vanessa verbrachten einen großen Teil des Winters 1919 in London und stellten einen jungen Gärtner namens Daniel Johnson ein, der in ihrer Abwesenheit die Höfe und Wirtschaftsgebäude säubern, Wasser für das Haus pumpen und Kaminholz hacken sollte. Währenddessen wohnte seine Mutter im Haus und sorgte für Sauberkeit. »Ich glaube, es lohnt sich, Haus und Garten gut in Ordnung zu bringen und gute Diener zu haben«, schrieb Vanessa an Maynard (der etwa ein Drittel der Unterhaltskosten bestritt und das Haus regelmäßig als Wochenenddomizil benutzte). »Ohne ist das Leben unerträglich.«

Die Köchinnen und Hausmädchen kamen und gingen. Die hervorragende Küche einer Mrs. Hartland zwang Clive zur täglichen Gartenarbeit. Eine junge Köchin namens Jenny überredete Vanessa, ihren Freund als Gärtner zu übernehmen – aus Dankbarkeit hielt sie die Küche blitzblank und bereitete köstliche Mahlzeiten zu.

1922 wurde eine Buslinie mit einer günstigen Haltestelle an der Hauptstraße, direkt am Fahrweg nach Charleston, eingerichtet, die das Leben erleichterte und nachmittägliche Einkaufsfahrten nach Lewes ermöglichte.

Eine der Hausangestellten, Grace Germany, spielte eine besondere Rolle im

Leben von Duncan und Vanessa. Sie stammte aus Norfolk und trat 1920 als sechzehnjähriges Junghausmädchen ihre Stelle an. Quentin Bell erinnert sie als »lebhaftes, unschuldiges, vergeßliches und schreckhaftes Mädchen, das auf höchst liebenswerte Art mit den Ticks und Launen von Künstlern und deren Freunden umgehen konnte«[3]. »By the grace of God came Grace« – »Durch Gottes Gnade kam Grace«, dichtete Bunny. Sie war ein ausgesprochen gutmütiges Mädchen, dem es nichts ausmachte, zwischen Gordon Square, Charleston und jedem anderen Ort, an dem man sie brauchte, hin und her zu pendeln. Schon nach einem Jahr bei der Familie wurde sie nach St. Tropez mitgenommen – sie war vorher nie im Ausland gewesen, gab sich aber gleich Mühe, die Sprache zu lernen und sich von der temperamentvollen französischen *bonne* Tips geben zu lassen.

Grace war ein schlankes Mädchen mit aristokratischen Gesichtszügen, von denen besonders die beiden Maler angezogen wurden. »Grace sieht täglich feiner aus«, schrieb Vanessa im Oktober 1923 an Duncan. »Gestern trug sie ein rotes Kopftuch mit weißen Tupfen; und ich werde wohl eine Skizze für ein Bild machen.« Grace arbeitete zu verschiedenen Zeiten als Zimmermädchen, Krankenschwester, Köchin und Haushälterin und wurde stets unentbehrlicher.

Im Mai 1934 heiratete sie einen Einheimischen namens Walter Higgens, und man nahm an, daß sie gehen würde, aber das Cottage, das Walter für seine Frau gefunden hatte, war düster – mit Freuden nahm Grace Vanessas Vorschlag an, mit ihrem Mann nach Charleston zu ziehen und als Haushälterin zu arbeiten.

»Meine liebe Grace, ich sende Dir zwei Schecks, der eine ist für Deinen Lohn, der andere ist ein Hochzeitsgeschenk von Mr. Bell, Mr. Grant und mir. Ich bin so froh, daß ich nicht schreiben muß, um mich zu verabschieden, sondern es tun kann, um Dir sehr herzliche Glückwünsche von uns allen zu senden, verbunden mit der Hoffnung, daß Du sehr glücklich werden und Dir ein schönes Heim einrichten wirst. Ganz herzlich Deine Vanessa Bell.«[4]

Grace war ganz offensichtlich glücklich, denn sie blieb bis 1970 in Charleston, buk ihre unnachahmlichen »Felsen-Kekse« für Quentins drei Kinder, wenn sie im Sommer da waren, bereitete Lammkarrees, Fasane und Wildschweinköpfe zu, die Clive so gern von Fortnum aus London mitbrachte, und versorgte Duncan, der noch nach Vanessas Tod im Jahr 1961 im Haus wohnen blieb.

Für Frances Partridge war Charleston in seinen besten Zeiten »ein verzauberter Ort«. Einiges von der Magie ist bis zum heutigen Tage zu spüren, auch wenn Menschenmengen durch die ausgemalten Räume ziehen oder am Teich sitzen, wie es Clive, Vanessa, Duncan und ihre Freunde so oft getan haben, um zuzusehen, wie die Schwalben über die Oberfläche segelten. Zu Quentins Geburtstag im August gab es jedes Jahr ein Fest, oft mit Feuerwerksraketen, die auf der gegenüberliegenden Seite des Teichs abgefeuert wurden, damit sie sich im Wasser spiegelten. Maynard Keynes und seine Frau Lydia Lopokowa hatten Tilton übernommen, ein großes Haus weiter oben an dem einsamen Landsträßchen, das nach Charleston führt, und kamen gelegentlich herüber. Vanessa sperrte sich anfänglich gegen Maynards Wunsch, Lydia als vollwertiges Mitglied der Bloomsbury-Familie anerkannt zu sehen, und ging mit ihren Einladungen vorsichtig um.

»Charleston ist wie immer. Man hört Clive im Garten schreien, bevor man angekommen ist. Nessa taucht unter einer großen, buntgefleckten Astern-& Artischockendecke hervor, nicht sehr herzlich; ein bißchen geistesabwesend. Clive platzt aus allen Hemdsnähten; sitzt breit in seinem Sessel und blubbert. Dann kommt Duncan hereingeweht, ebenfalls zerstreut, geistesabwesend & auf unglaubliche Weise in gelbe Westen, gepunktete Krawatten & alte blaue verfleckte Malkittel eingewickelt. Er muß sich ständig die Hosen hochziehen. Er zerzaust sich die Haare. Ich kann jedoch nicht umhin zu meinen, daß wir herzlich zueinander sind, statt uns aus den Augen zu verlieren.«

Virginia Woolf in ihrem Tagebuch,
Samstag, 23. August 1922

Frances und Ralph Partridge, Raymond Mortimer und John Lehmann mit seiner Schwester Rosamund gehörten zu einer jüngeren Generation von Gästen in Charleston.

Für Frances bleibt es »ein Ort von einer so starken Eigenart, daß ich ihm nach jedem Aufenthalt geradezu dankbar war, weil er mir so viel Freude geschenkt hat, so viele reiche und verschiedene optische Eindrücke, so viele Gespräche, ein so starkes Gefühl, daß man hier intensiv und sinnvoll lebte (und es deshalb auch anderswo konnte) ... Ich stelle mir Charleston immer an einem Mittag im Sommer vor. Die hohen Blüten stehen reglos in der heißen, stillen Luft, während ihre Blumenkronen von Bienen summen; ein, zwei Libellen schweben über dem mit Entengrütze bedeckten Teich, eine kleine Gruppe von Menschen sitzt vor den Terrassentüren des Wohnzimmers auf diesen unzerstörbaren, uneleganten Leinenstühlen, den sogenannten rorkies, die irgendwie jeder von irgendeinem angloindischen Onkel geerbt zu haben schien, man spricht und scherzt. Das Haus wirkte, als habe es sich spontan entwickelt wie ein kräftiges Gemüse, und das trotz der Allgegenwart einer menschlichen Schaffenskraft, mit der sämtliche Wände bedeckt worden waren, denn Duncan und Vanessa konnten keine ebene leere Fläche sehen, ohne sie gleich mit Blumen und Akten, mit Vasen und Kringeln in den satten Tönen ihrer Lieblingsfarben zu bedecken«[5].

»Tatsache ist, daß man im häuslichen Leben auf dem Land keine Minute für sich selbst hat. Die Natur ist insgesamt zu viel für mich, sei es in Form von Unkraut oder von Kindern, und sie füllt meine ganze freie Zeit aus …«

Vanessa Bell an Roger Fry, 11. September 1925

Wie war es, in Charleston Kind zu sein? In ihrem wunderbaren Buch *Deceived with Kindness* (dt. *Freundliche Täuschungen*) erinnert sich Angelica an ein Leben »in das Leuchten eines ewigen Sommers getaucht«, und sie beschreibt ihre Mutter als »den magnetischen Mittelpunkt all unserer Gedanken und Tätigkeiten«. In ihrer Erinnerung gibt es Tage, an denen sie mit Farbe beschmiert war oder schlammbedeckt aus dem Fluß Ouse kam und ihre Mahlzeiten in der »heißen, dämpfigen, dunklen Küche« einnahm, bis sie alt genug war, mit den Erwachsenen im Eßzimmer zu sitzen. Vanessa zog sich stets zum Dinner um; oft trug sie lange Ohrringe, die Roger Fry ihr geschenkt hatte. Durch Roger lernte Angelica übrigens den Geschmack von Spargel kennen. »Er hatte ihn aus irgendeiner Quelle billig erworben und brachte ihn gleich bündelweise nach Charleston. Ich hatte mir in den Kopf gesetzt, ihn nicht zu mögen, nur, weil alle das Gegenteil wünschten; als dann aber diese weichen, jadegrünen und elfenbeinfarbenen Stengel bei Tisch erschienen, ließ ich mich immerhin von ihm überreden, sie zu probieren – und dann konnte ich natürlich nicht genug bekommen.«

Vanessa erschien immer als erste beim Frühstück, wo sie die Ruhe und die erste Tasse starken schwarzen Kaffees genoß. Dann betrat Clive, »rosig wie ein Pfirsich, parfümiert und manikürt, aber in alten abgetragenen Sachen von einst hervorragender Qualität das Eßzimmer und klopfte an das Barometer, ein Vorgang, dessen eigentliche Funktion es war, an seine wohlgeordnete viktorianische Kindheit zu erinnern. Nachdem er Vanessa begrüßt hatte, ließ er sich behaglich nieder und aß eine Apfelsine und trockenen Toast mit Orangenmarmelade«. Clive trug in Charleston immer alte Kleider; gelegentlich zog er mit einem Gewehr los, um etwas »für den Topf« zu schießen, aber meistens schrieb er oder las.

Duncan hatte feste Gewohnheiten, er kam, wie Angelica schildert, irgendwann zum Frühstück heruntergeschlendert, »fuhr sich durch das Haar und schneuzte sich in ein großes, buntes Taschentuch. Unbekümmert und natürlich, wie er war, schälte er sich jeden Tag mit immer neuem Vergnügen eine Orange, aß Porridge

Rechts: *BLICK IN DEN GARTEN von Vanessa Bell, 1926. Vanessa liebte den Garten am meisten, wenn er ein »wuchernder Dschungel von Blumen und Stockrosen« war. Er inspirierte sie zu jeder Zeit*

DIE HÄNGEMATTE von Duncan Grant, 1921–1922. Der Maler fängt hier den gemächlichen Gang des Lebens in Charleston ein: Vanessa ruht inmitten ihrer Kinder in der Hängematte, Quentin schaukelt sie, Duncan liegt neben ihr und liest

und trank seinen Kaffee, so als habe er das alles noch nie zuvor getan – wohl auch in dem Bewußtsein, daß jeder neue Tag ein Wunder war, das sich nicht wiederholen würde. Für ihn waren Gegenstände lebendig, keine bloßen Sachen, ebenso wie ihn wiederholte Vorgänge nie langweilten, sondern die Quelle eines immer aufs neue genossenen Vergnügens waren. Nachdem er allen guten Morgen gewünscht und seine Hose hochgezogen hatte, die mit einer alten, roten Krawatte in der Taille festgehalten wurde, ließ er sich breit am Tisch nieder, nahm sich vom Porridge, der auf einem niedrigen Dreifuß vor dem Feuer warm gehalten wurde, und erzählte uns seine Träume, die oft sehr amüsant waren, oder etwas über das Buch, das er gerade verschlang, indem er es, so ging das Gerücht, unter das Kopfkissen legte.«

Leonard hatte Virginia ein Fahrrad gekauft; sie kamen oft zum Tee herübergeradelt. Die quietschenden, alten Faltsessel wurden im Garten um den niedrigen Tisch gestellt; Vanessa schenkte ein. Bunny Garnett erinnerte sich an einen besonders schönen Tag, den er mit E. M. Forster im Garten verbrachte: »Es war eine Freude, Morgans Gesichtsausdruck zu betrachten: Er war so glücklich, so entspannt, so voller Freude, während er zuhörte, wie Vanessa las.« Im Sommer war der Garten von Charleston immer ein Rausch von Farben; die Gemüsebeete waren übervoll, und die Zweige der Obstbäume bogen sich unter der Last ihrer Früchte. Im Jahr 1921 zählte Duncan zweiundfünfzig Früchte am Pfirsichbaum; die Fülle von Äpfeln und Birnen entzog sich seinen Berechnungen.

Zwischen den Kriegen unternahmen die beiden Schwestern viele Reisen. Vanessa

Duncan im Garten in Charleston

und Duncan verbrachten regelmäßig einen Teil des Sommers in La Bergère in Südfrankreich, aber Charleston blieb Mittelpunkt, Heim und Arbeitsstätte für sie, die Kinder und Duncan. Man kann vermuten, daß Vanessa in ihrem Bemühen um Duncan den Charme der Wohnorte und die Annehmlichkeiten ihrer niemals fordernden Anwesenheit als Gegengewicht zu den Reizen seiner jungen Männer in die Waagschale legte. Mit Erfolg; ihre Häuser waren immer so individuell, anregend und verführerisch, daß Duncan nie lange fortblieb.

Virginia muß es oft so vorgekommen sein, als habe Vanessa alles: Leben, Liebe, Mutterschaft, Malerei. So hatte sie ihrer Schwester einmal scherzhaft geschrieben: »Du hast die Kinder, der Ruhm gehört mir.« Aber Vanessa mußte in ihrem Leben durchaus schwere Schläge hinnehmen. Sie erholte sich nie ganz vom Tod ihres Sohnes Julian, der 1937 im Spanischen Bürgerkrieg fiel; und es kann für eine so leidenschaftliche Frau nicht leicht gewesen sein, einen Mann zu lieben, der seine sexuelle Erfüllung letztlich nur mit anderen Männern fand. Sie bezog ihre Kraft aus Charleston, das ihr Frieden, Schönheit und ein Gefühl von zeitloser Beständigkeit schenkte. Das Leben des Hauses mit sämtlichen Details seiner Bewirtschaftung – von der Kaffeebohne bis zum Feuerholz, von den Vorhängen bis zu baulichen Veränderungen und zur Planung der Gartenarbeit nahmen sie ganz in Anspruch und inspirierten sie zugleich. In seinen Erinnerungen beschreibt Quentin Bell seine Mutter: »Vanessa bildete den Grundpfeiler unserer Existenz – sensibel, lebenstüchtig, unerschütterlich, zeitweise von stillem Frohsinn erfüllt.

INTERIEUR IN CHARLESTON MIT CLIVE BELL UND DUNCAN GRANT
von Vanessa Bell.
»... Dies ist zweifellos der schönste Platz von England«, schrieb Vanessa an Duncan

MÄDCHEN AM KLAVIER von Duncan Grant, 1940. Vanessa meinte, eine Tochter zu haben sei »auf gewisse Weise die aufregendste Erfahrung in meinem Leben«

Moralisch und physisch war sie über jeden Tadel erhaben. Ohne viel zu sagen, schien sie alles unter Kontrolle zu haben.«

In den dreißiger Jahren wurde Charlestons Charme »unzerstörbar«. Elegant war das Haus nie – man hätte es sogar schäbig nennen können –, aber das Leben darin verlieh ihm etwas sehr Kultiviertes. Der Garten wurde von Jahr zu Jahr schöner und verzauberte jeden Besucher. Die Beziehungen zwischen Charleston und Tilton besserten sich, und Maynard und Lydia kamen zu Besuch oder luden Vanessa und Duncan zu sich ein. Bei aller Pracht ihrer Renoirs, Degas und Seurats und des Rolls-Royce in der Einfahrt waren die Keynes in ihrer Gastlichkeit auffallend »ökonomisch«, wie Vanessa bemerkte, und Virginia spottete zu Lytton über einen »Abend in Tilton, wo wir an den Knochen von Maynards Moorhuhn,

von denen es drei für elf Personen gab, herumpickten. Dieser Geiz ist ein ständiger Quell der Freude für Vanessa – ihre Augen glitzerten, als die Knochen herumgereicht wurden«[6].

1933 wurde Charleston ans Stromnetz angeschlossen, und die Gäste mußten keine Kerzenleuchter mehr ans Bett mitnehmen. Aus Cassis trafen Weinfässer ein; Duncan und Quentin füllten den Wein in Flaschen ab und versahen sie mit Etiketten nach einem Linolschnitt von Quentin. Vanessa erwarb ein Auto, das als »the pet«, »das Schoßtier«, die Jüngeren an die verstecktesten Buchten brachte, an denen sie nachmittags vor dem Dinner zum Baden gingen. Als das Auto zusammenbrach, half Virginia mit großzügigen 100 Pfund für ein neues aus, das Vanessa und Duncan gemeinsam zum Geburtstag bekamen.

Die Lage in Europa warf keinen Schatten über die Party, die am 30. August 1939 stattfand. Außer den Hausbewohnern waren auch Janie Bussy, Lyttons Nichte, und Christopher Strachey zugegen; die Woolfs kamen von Rodmell und die Keynes von Tilton herüber. Vanessa hatte für ein »wohlüberlegtes Arrangement aus kalten Pies auf der Fensterbank, Desserts auf Beistelltischen, gelierte Suppen etc.« gesorgt, »damit die Leute schnell, ohne Tranchiererei und Umstände bedient

Clive, Angelica auf dem Schoß, mit dem Bildhauer Stephen Tomlin und Lytton Strachey. Ein Schatten legte sich über Angelicas verzauberte Kindheit in Charleston, als sie später erfuhr, daß Duncan ihr Vater war und nicht, wie sie gedacht hatte, Clive

Rechts: *DIE KÖCHIN von Vanessa Bell, 1948. Ein Bild von wunderbarer Schlichtheit: Vanessas Köchin, eingerahmt von einem Fenster, das auf sonnenreife Felder hinausgeht, träufelt Olivenöl über zwei frische Fische. Eine Zitrone, ein paar Eier und ein frischer Kräuterzweig stehen bereit*

werden konnten«. Virginia war sehr guter Dinge und unterhielt die ganze Gesellschaft. Man trank eine Menge Bier; nach der Mahlzeit begaben sich die Gäste ins Studio, um sich ein kurzes Stück aus der Feder von Quentin und Janie anzusehen, das die beiden selbst aufführten.

Mit dem Krieg kam die Rationierung und eine Rückkehr zu schlichteren Lebensformen. Vanessa, die sich noch gut daran erinnerte, welche Mühe es im Ersten Weltkrieg gemacht hatte, alle satt zu bekommen, machte Pläne, größere Teile des Ziergartens dem Gemüseanbau zu opfern, und brachte in einem der Wirtschaftsgebäude Hühner unter. Die Gäste, die während der Kriegsjahre nach Charleston zu Besuch kamen, zeigten sich beeindruckt, daß Grace es regelmäßig gelang, ausgezeichnete Mahlzeiten herzustellen. Im Juni 1940 schrieb Vanessa an Janie Bussy in Frankreich, daß Butter und Zucker zwar rationiert seien, sie aber immer noch gutes Rind- und Hammelfleisch hätten und keine Annehmlichkeiten des Lebens vermißten.

»... gestern haben wir das Pfeifen von Bomben gehört, als wir Boule spielten, und dann plumpsten sie herunter – 4 in einer Reihe – oben ins Feld. Alle Mütter aus Rodmell liefen schreiend zusammen: ›Der Bus! Der Bus!‹, weil der Bus mit den Kindern die Straße entlangkam. Aber Gott war gütig; niemand war verletzt; und ich hatte das große Entzücken, den Rauch zu sehen und dem Himmel auf einen Inch nahe gekommen zu sein.«

Virginia Woolf an Angelica Bell, Samstag, 26. Oktober 1940, Monk's House

Trotz der feindlichen Flugzeuge über Sussex blieb Charleston eine Oase der Ruhe. Sicher hatte Vanessa daran ihren Anteil, deren Wesen »wie ein breiter Fluß« war, so drückte es Lady Ottoline einmal aus, »unbewegt und unbeirrt von Passanten. Sie trägt die wenigen Schiffe mit sich, die auf ihrem Lebensstrom mitschwimmen, ihre beiden Söhne und ihre Tochter, aber das Meer, auf das sie zuströmt, ist ihre Malerei, die Sache, die ihr wichtiger ist als alles andere«. In dieser Beziehung unterschied sie sich von Virginia, der die Fähigkeit fehlte, die »Passanten« auszuschließen und sich allein auf Freunde, Familie und die Arbeit zu konzentrieren. Das Leben stürmte auf Virginia ein, es insistierte, es verlangte, bemerkt und verstanden zu werden. Und welchen Sinn hätte sie in der Zerstörung sehen sollen, die um sie herum vorging? Ihr neues und ihr ehemaliges Londoner Haus hatten Bombentreffer abbekommen, die die Außenwände wegrissen und die (von Duncan und Vanessa dekorierten) Innenwände offenlegten. Vieles wurde vernichtet. Die Hogarth Press mußte nach Letchworth ausgelagert werden; die Woolfs zogen für immer nach Rodmell.

Rechts:
DER GARTEN IN CHARLESTON
von Duncan Grant, 1947

Virginia erlebte das Kriegsende nicht. 1941 lösten die politischen Konflikte, ihre Erinnerungen an die Vergangenheit und die Sorge um ihr schriftstellerisches Tun eine tiefe Depression aus. Am 28. März ertränkte sich Virginia.

Die letzten Kriegsjahre waren hart für Vanessa, die ihre Schwester verloren hatte. Nach dem Ende des Krieges gab man seiner Erleichterung auf Friedenspartys Raum. Die Keynes verbrannten eine Hitlerfigur auf einem Scheiterhaufen im Garten von Tilton. Vanessa veranstaltete in Charleston ein Erntefest. Eine Gans wurde geschlachtet, es gab Paté, heiße Wurstbrötchen, Marmeladentörtchen, Kuchen, Sandwiches und ein Faß Bier. Vanessa machte sich an ein neues Schema für die Innendekoration: Sie versah die Wände im Eßzimmer mit einem schwarzen Anstrich, auf dem sie ein schlichtes, geometrisches Schablonenmuster in zartem Grau und Gelb anbrachte. Die Vorratskammern waren noch voll, aber der Garten war verwildert. »Wie ein Dornröschenschloß«, schrieb Vanessa. »Die Feigen stoßen an die Erdbeerbäume im Folly [Grant's Folly, ein Platz vor Duncans Atelier], die Fuchsien wuchern fast über die Türschwelle ...«[7] Aber nach dem Krieg fand sich leichter ein Gärtner, und bald erstrahlte der Garten wieder im alten Glanz.

Auch die Küche wurde einer Modernisierung unterzogen. Ein Aga-Gerät ersetzte den launischen Kohleherd, den Grace nie gemocht hatte, den aber Lottie zum »Fauchen« bringen konnte, indem sie die Ringe auf den Kochstellen verschob. Von einem Besuch in Charleston während der Zeit strikter Rationierung

Links: *Der Weiher*
von Duncan Grant, 1959

Angelicas Töchter Amaryllis und Henrietta sitzen ihrer Großmutter Modell. Sie bezahlte ihnen Sixpence in der Stunde dafür

schrieb Angelica an Bunny: »Wir leben großartig von Fasanen und Waldschnepfen, schönen Hachsen, Kapaunen, Fleisch, Kaninchen, Gin, Bier und Whisky. Die Gespräche drehen sich um zwei Hauptthemen, oder vielleicht sollte ich sagen, um zwei Hauptrefrains: Der eine besagt, daß die Welt vor die Hunde geht und nichts mehr so gut ist, wie es einmal war, der zweite, daß jetzt die knappe Jahreszeit anbricht, wo es nichts zu essen gibt und bis zur Spargelzeit überhaupt nichts geben wird ... (sie haben gerade ein Schwein geschlachtet und wollen in ein paar Wochen noch eins schlachten)«.

Henrietta, eine der vier Töchter von Angelica, erinnert sich daran, wie die Großmutter ihnen nach dem Lunch, wenn die Erwachsenen ihren Kaffee tranken, »*canards*« anbot. »Die Ente, es handelte sich um ein Stück weißen Würfelzucker, wurde in einem silbernen Teelöffelschiff auf den schwarzen Gewässern des Kaffees in ihrer blauen, bemalten Tasse zur See geschickt, und dann kenterte das Boot ganz sanft. Die schneeweiße ›Ente‹ bekam Flecken von der braunen Flüssigkeit, und Vanessa hob den Löffel hoch an unsere offenen Münder, und wir schluckten die Enten schnell herunter.«[8]

Sie erinnert sich auch daran, daß sie und ihre Schwester Amaryllis Sixpence pro Stunde bekamen, wenn sie Vanessa und Duncan Modell saßen. Trotz des finanziellen Anreizes waren die beiden ausgesprochen unwillige Modelle, weil der Garten von Charleston immer eine große Versuchung für die Kinder darstellte.

Vanessa hatte noch Zugang zu einer Wohnung in London, verbrachte aber den größten Teil ihrer Zeit im Kreis ihrer Familie in Charleston und empfing Freunde: Edward Sackville-West, der Cousin von Vita, kam auf dem Wege nach Glyndebourne zum Lunch vorbei; Helen Anrep, der Literaturkritiker Angus Davidson und Lyttons Schwester Marjorie Strachey kamen zu Besuch. Clive plauderte nach

Rechts: *Das Gartenzimmer in Charleston. In diesem hübschen Raum mit den Glastüren zum Garten versammelte man sich gern nach dem Dinner; hier verfolgten die Hausbewohner die Nachrichten vom Krieg auf dem neuen Radioempfänger*

wie vor sehr angeregt, oft beflügelt vom guten Wein, den er aus dem Keller heraufbrachte. 1945 war Vanessa anläßlich der Wiedereröffnung der National Gallery in London. »Ich kann dir gar nicht sagen«, schrieb sie an Angelica, »wie wunderschön Christi Geburt von Piero [della Francesca] aussah, einfach blendend in ihrer Luftigkeit und in ihrem Licht. Tizian, Rembrandt, Rubens, all die alten Freunde, aber im Unterschied zu den anderen alten Freunden nicht um fünf Jahre gealtert.« Es folgt eine erheiternde Beschreibung des Königspaars mit den Töchtern, die sie aus der Nähe betrachten konnte. Sie charakterisierte Prinzessin Elizabeth als »klein und wenig bemerkenswert«, war aber 1953 hinreichend von ihr angetan, sich die Fernsehübertragung der Krönungsfeier bei Freunden anzusehen, die kaltes Huhn und Kiebitzeier reichten und ihr Champagnerglas auf das Wohl der Königin erhoben.

1955, mit sechsundsiebzig Jahren, erschien sie immer noch als erste beim Frühstück. Sie trank eine Tasse starken Kaffee, rauchte die erste ihrer drei täglichen Zigaretten, plauderte mit den anderen und verschwand dann in ihrem Dachatelier mit dem einzigartigen Geruch von Terpentin, Toast, Äpfeln und Schnittblumen.

Vanessa hatte ein außerordentlich erfülltes Leben, das sie der Kunst, ihren Freunden und ihrer Familie widmete. Im September 1960, sechs Monate, bevor sie einer akuten Bronchitis erlag, schrieb sie an Angelica: »Duncan malt, ich sitze in meinem Zimmer und habe die Tür zwischen uns offen. Der Garten ist voller Roter Admirale, Vögel und Äpfel.«

Duncan blieb bis zu seinem Tod im Jahr 1978 in Charleston. Sein sanfter Humor und seine höfliche Art sorgten dafür, daß immer Freunde um ihn waren. Wenn er jemanden zum erstenmal in Charleston herumführte, lenkte er oft mit der für ihn typischen Großzügigkeit die Aufmerksamkeit viel mehr auf Vanessas als auf seine eigenen Bilder. Duncan und Vanessa sind nebeneinander auf dem Friedhof von Firle begraben.

6. TIDMARSH UND HAM SPRAY

VON Z BIS A

CARRINGTON UND LYTTON

CARRINGTON von Mark Gertler, 1912. »Wenn ich bei Dir bin, fühle ich dasselbe wie vor einem Kunstwerk oder wie in einem Augenblick religiöser oder emotionaler Erkenntnis«, schrieb Mark Gertler an die Carrington, die er vergeblich liebte

Es war eine seltsame Liebesgeschichte. ein großer, dünner, homosexueller Gelehrter, der älter aussah, als er war, und eine junge Malerin mit kapriziösen erotischen Vorlieben, die mit ihrem kurzgeschnittenen Haar und den Reithosen jünger wirkte, als sie war.

Für Dora Carrington war die Angelegenheit ein *coup de foudre*, da sie sich, so jedenfalls wird erzählt, in dem Augenblick in Lytton verliebte, als er die Augen öffnete, während sie sich gerade mit einer großen Schere in der Hand über ihn beugte. In Asheham, wo sie beide bei Clive und Vanessa Bell zu Gast waren, hatte sie sich in sein Zimmer geschlichen, um ihm im Schlaf den Bart abzuschneiden – als Rache für seinen Versuch, sie am Tag zuvor während eines Spaziergangs zu küssen. Beim Blick in seine spanielbraunen Augen überwältigte sie die Liebe, und von diesem Augenblick an, sagt einer ihrer Biographen, verbrachte Dora (die allgemein nur »Carrington« genannt wurde) ihr ganzes Leben damit, Lytton zu unterhalten und zu amüsieren, zu nähren und zu pflegen. Sie wurde seine ständige Begleiterin in den beiden Häusern – The Mill. House in Tidmarsh und Ham Spray House bei Hungerford –, die sie bis zum Ende seines Lebens miteinander teilten.

LINKS: *LYTTON STRACHEY LESEND IM GARTEN VON TIDMARSH von Dora Carrington. »Ich liebe den Geruch fallender Blätter und die Anmut der farbigen Bäume und Tidmarsh so leidenschaftlich, daß ich nicht schreiben kann, was ich fühle«, schrieb Dora Carrington 1920 an Lytton*

Carrington

war in erster Linie eine Künstlerin autobiographischer Prägung; sie malte die Personen und Orte, die sie am liebsten mochte. Ihre Landhäuser wurden zu wichtigen Treffpunkten für die Mitglieder der Bloomsbury-Gruppe. Sie war eine gute Malerin, hatte aber wenig Selbstvertrauen, und die Anforderungen ihres komplizierten Privatlebens hielten sie nur zu oft davon ab, sich ernsthaft ihrer Kunst zu widmen. Obwohl sie einem recht wohlhabenden Haus entstammte, war sie oft knapp bei Kasse und zog es dann vor, statt ihre Eltern oder gar Lytton (der bis zum Erfolg seiner *Eminent Victorians* nahezu mittellos war) um Hilfe zu bitten, kleine Auftragsarbeiten auszuführen: ein Schild für eine Landgaststätte oder ein Glasgemälde, für das sie dann zwei Pfund erhielt. Ein früher Auftrag kam von Virginia und Leonard, die sie baten, ihr erstes Buch für die Hogarth Press zu illustrieren, ein schmales Bändchen mit zwei Short stories, *The Mark on the Wall* von Virginia und *Three Jews* von Leonard, das sie selbst druckten und banden. Carrington lieferte vier eindrucksvolle Holzschnitte. Die erste Auflage von 150 Stück war sofort ausverkauft, hauptsächlich an Freunde.

Carrington gehörte zu einer Gruppe von jungen Studentinnen der Slade School of Art, der auch Barbara Hiles (die Virginia geholfen hatte, die erste Druckmaschine der Hogarth Press in ihrem ersten Haus in Richmond zu installieren) und The Hon. Dorothy Brett (eine besonders gute Freundin von Ottoline) angehörten. Wegen ihrer radikalen Kurzhaarschnitte wurden sie bei »Old Bloomsbury« nur liebevoll »die Stoppelköpfe« genannt. Als Lytton Dora Carrington erstmals begegnete, durchlebte sie gerade das Ende einer langen, komplizierten Beziehung mit ihrem Malerkollegen Mark Gertler, der ihren Unwillen, auf seine drängenden erotischen Bedürfnisse einzugehen, außerordentlich frustrierend fand. Ihr ganzes kurzes Leben lang unterhielt Carrington intensive Beziehungen zu Vertretern beiderlei Geschlechts, die allerdings, wie gemutmaßt wurde, wenig mit dem zu tun hatten, was Lytton als »das Physische« bezeichnete. Nach ein paar unbeholfenen Intimitäten in einem Feriencottage in Nordwales jedenfalls wurde ihre Beziehung zu Lytton nicht weiter durch sexuelle Forderungen getrübt und demzufolge nur stärker.

Lyttons Liebe zu Carrington wuchs beständig und vertiefte sich im Jahr 1917 noch mehr, als sie den Sommer über in der Gegend herumradelte, um nach einem für sie beide passenden Haus auf dem Land zu suchen. Viele der Freunde waren schon aus London weggezogen: Vanessa, Duncan und Bunny lebten in Charleston,

»Die Stoppelköpfe«: Dora Carrington, Barbara Hiles und The Hon. Dorothy Brett um 1911 vor der Slade School of Art

Ottoline in Garsington und die Woolfs in Asheham. Am 19. Oktober sandte ihre Mutter ihr Unterlagen von einem »altmodischen Haus« in der Nähe von Pangbourne, das man für 52 Pfund im Jahr mieten konnte. Es hatte sechs Schlafzimmer, drei Wohnräume und einen Morgen Land mit einem kleinen Obstgarten, einer großen Rasenfläche und Gärten, durch die ein Fluß strömte. Was noch wichtiger war: Es gab elektrisches Licht in allen Räumen, außerdem Kalt- und Warmwasser. Carrington besichtigte es gleich am nächsten Tag und schrieb Lytton aus einer Teestube in Newbury einen aufgeregten Brief, in dem sie The Mill. House als »sehr romantisch und anmutig« darstellte. Lytton ließ sich überzeugen, und Carrington zog am 22. November ein, voller Pläne für Verschönerungen und mit so vielen Möbelstücken und Porzellanteilen, wie sie im Elternhaus hatte ergattern können. »Weißt Du, altes Yahoo von einem Lytoff, das Leben wird hier schön werden«, schwärmte sie voller Optimismus in einem Brief vom 7. Dezember.

Virginia drüben in Asheham notierte knapp in ihrem Tagebuch: »Die Arbeit des Einrichtens ist natürlich Carrington zugefallen, die sich willig dieser Aufgabe stellte.«[1] Voller Schwung und Energie machte sich Carrington daran, mit Hilfe von Barbara Hiles die Wände zu streichen, die Fußböden einzulassen, Bilder aufzuhängen und das Haus für ihren geliebten Lytton bewohnbar zu machen. Er traf in der dritten Dezemberwoche ein, um mit dem zu beginnen, was Carrington versprochen hatte: »ein regelmäßiges Leben in Tidmarsh, gestützt auf Gläser mit Milch & tüchtige Spaziergänge«.

Der örtliche Müller hatte Carrington das Haus gezeigt und ihr versichert, daß sie hier ohne weiteres gutes Personal bekommen könnte; und so war es dann auch. Eine Mrs. Legg aus dem Dorf wurde eingestellt; sie sollte sich ums Kochen, Putzen und um die Wäsche kümmern, ihr Sohn Donald das Holz hacken und den

GILES LYTTON STRACHEY von Carrington, 1916. Die ersten Jahre in Tidmarsh waren die glücklichsten in Carringtons Leben. Die stillen Abende am Kamin mit Lytton, der ihr Shakespeare, John Donne oder Keats vorlas, liebte sie über alles

Garten in Ordnung bringen. Carrington war entzückt von Mrs. Legg, die ihr verriet, wo sie den besten Wein und das beste Gemüse kaufen könnte. Lytton allerdings fand sie ein wenig beängstigend, besonders, als Mrs. Legg ihn bat, ihr für seine Mahlzeit etwas Gemüse aus dem Garten zu holen. Er, der städtischste von allen Bloomsburyanern, schaffte es zwar allenfalls, auf einem Hocker sitzend ein paar Erbsenschoten zu pflücken, fürchtete sich aber nach eigener Aussage vor den Bohnen, und »was die Himbeeren angeht«, teilte er mit, »habe ich das Gefühl, daß ich mich auf keinen Fall wie ein Wurm unter die Netze winden sollte«. Die einzige Möglichkeit, mit Hühnern fertig zu werden, bestand seiner Meinung nach darin, »sie betrunken zu machen«.

In Tidmarsh schufen Carrington und Lytton sich das Muster für ihr späteres Leben in Ham Spray House. Sie lasen, schrieben und teilten ihr Leben mit vielen Freunden. Gerald und Fredegond Shove waren die ersten Gäste, gefolgt von Harry Norton, der am Heiligen Abend eintraf und eine ordentliche Büchertasche, einen großen Truthahn und vier Flaschen französischen Rotwein mitbrachte. Es verging kaum ein Wochenende ohne Gäste – und das bedeutete mehr Arbeit für Carrington und Mrs. Legg. Manche Gäste – wie Clive Bell zum Beispiel – waren feinfühlig genug, sich selbst Rebhühner vorauszuschikken, erschienen dann aber mitunter doch nicht, so daß Carrington z. B. mit leichtem Tadel an Bunny schrieb: »Jedenfalls hat es höllisch viel Zeit verschwendet.« Auch Boris Anrep, der russische Mosaikkünstler, der die wunderbaren Fußböden in der Tate Gallery, der National Gallery und der Bank of England geschaffen hat, erschien nie ohne ein Geschenk – eines Neujahrsabends kam er mit Zitronen und einem Fäßchen mit fünfzig Austern.

DAS HAUSMÄDCHEN. Einer der vier Holzschnitte, die Dora Carrington zu Virginia und Leonard Woolfs 1917 bei der Hogarth Press erschienenen Two Stories *beisteuerte. Vanessa bewunderte die Arbeiten der Carrington sehr*

Das Leben war ein langer Strom von Besuchern: einige Mitglieder aus Lyttons großer Familie, Carringtons Freundinnen, Alix Sargant-Florence und Barbara Hiles, die inzwischen mit Nick Bagenal verheiratet war, dazu John Middleton Murry, Saxon Sydney-Turner und Maynard Keynes. Wenn sie keine Gäste hatte, verschwand Carrington auf dem Dachboden, um Bilder zu malen, die sie niemandem zeigte, oder sie arbeitete im Garten zwischen Kartoffelbeeten und Hühnern. »Wir versuchen Gemüse aufzuziehen – und Hühner«, schrieb Lytton im Mai 1918 in einem Brief. »Weder das eine noch das andere scheint mit halbwegs angemessener Geschwindigkeit wachsen zu wollen – Fluch über sie –, inzwischen kostet das Leben etwa 100 Pfund in der Minute.«

Wohl zum erstenmal in seinem Leben hatte Lytton keine finanziellen Probleme. Der Erfolg von *Eminent Victorians* hatte ihm Wohlstand beschert; das Friedensweihnachten 1918 verbrachte man mit Freunden in Mill. House. »Wir essen große Hühner«, schrieb Lytton am 27. Dezember an Lady Ottoline, »die nicht sehr überzeugend vorgeben, Truthähne zu sein, und trinken Wein vom Krämer. So stark ist die Macht der Konvention.«

Lytton war scheinbar über Nacht zu einer literarischen Berühmtheit geworden und trieb sich viel in der Londoner Gesellschaft herum, was bedeutete, daß Carrington oft allein war. Sie aber, so schrieb sie 1921 in einem Brief an Gerald Brenan, genoß »die Freude, um 7.30 Uhr zu frühstücken, ziellos herumzuwandern, lauter belanglose Dinge zu tun, zu jeder Mahlzeit Spiegeleier und Johannisbeerkuchen zu essen und den ganzen Tag mit niemandem zu sprechen«. Drei Jahre später machte ihr die Stille des Hauses noch immer viel Freude, genauso wie »ein Ei aus einer kleinen Kasserolle, Blumenkohl & gedünstete Äpfel zu essen«.

Sie hielt eine Menge Tiere – Tidmarsh war voller Enten, Gänse, Hühner, Kaninchen, Bienenvölker und Kätzchen – und arbeitete gern im Garten, pflegte die Gemüsebeete und die Kirsch- und Apfelbäume im Obstgarten. Sie zog Pflanzen in ihrem »Grünzeughaus« und füllte das Haus mit Tulpen, Dahlien, Eisenhut, Sonnenblumen und Anemonen. Trotz Personals versorgte sie Lytton und ihre Freunde mit großenteils selbst zubereiteten, üppigen ländlichen Mahlzeiten: Wild

Links: *GERALD BRENAN IN LARRAU von Dora Carrington, 1922. Für Gerald, der von ihr gehört hatte, als er selbst in Frankreich an der Front war, war die Carrington »... der Inbegriff des Mädchens, das ich kennenlernen wollte«. Daß sie außerdem die Frau seines besten Freundes war, verkomplizierte die ohnehin verwickelte Situation zusätzlich*

mit hausgemachtem Himbeergelee und Berge von grünem Gartengemüse, dazu gab es ihre selbstgemachten Weine. Bunny erinnerte sich an die üppigen Frühstücke in Tidmarsh, mit »Speck und Eiern [ein indisches Reisgericht] und Sprotten, Kaffee, einer großen Schüssel frischer Sahne, die gerade von den Milchkannen abgeschöpft war, mit heißen Brötchen ... Orangenmarmelade, Pflaumenmus, dann Tee, Landbutter, Honig in der Wabe, schweren Pflaumenkuchen aus dem Ofen, erfindungsreichen Marmeladen und warmen Laiben Rosinenbrot, das alles säuberlich mit einem rosaglänzenden Teeservice aufgebaut«.

Der junge Autor Gerald Brenan, der wie Mark Gertler für eine lange und oft genug schmerzhafte Zeit in Carrington verliebt gewesen war, bewunderte ihre »so englische Vernünftigkeit, verliebt ins Land und alles Ländliche«, was »allem, was sie berührte, einen besonderen Stempel aufdrückte«[2].

Sie bat ihn um einen Besuch in Tidmarsh und lockte ihn mit einem Versprechen: »... Dich zu füttern, wie ich meine Gänse füttere, ganz umsonst & Du sollst Erdbeereis & Sahne & Käsestangen & hausgemachte Marmelade essen & Lyttons Portwein trinken«[3].

Lytton bewegte sich zwischen den aufregenden Böen der Londoner Literaturszene und den ruhigen Brisen auf dem Lande wie eine Libelle, befand Virginia, die »Dahlien, Linden, Stockrosen besucht und sich dann ganz ungerührt auf dem Deckel einer zerbrochenen Teekanne in Positur setzt«.

1921 heiratete Carrington, die Lytton immer noch ergeben war und eine undurchsichtige Korrespondenz mit dem in Spanien weilenden Gerald Brenan führte, Ralph Partridge, einen hübschen Major, der ihr von ihrem Bruder Noel vorgestellt worden war. Dreiecksverhältnisse waren eine Spezialität von Bloomsbury, und da Ralph für Lytton immer wichtiger geworden war, glückte dieses bes-

TIDMARSH MILL von Dora Carrington, um 1918. Dora Carrington suchte sich einen gut beleuchteten Raum für ihr Atelier aus, als aber das Geräusch des knarrenden Mühlrades und des in den Tank donnernden Wassers sie zu sehr ablenkte, zog sie um

KÜCHENSZENE IN TIDMARSH MILL
von Dora Carrington, 1922.
»Ich verspreche Dir Essen und Getränke in Hülle und Fülle und Gewänder für die Stunden der Nacht. Ein Feuer in unserem Schlafzimmer, und unsere Liebe wird heißer sein als alle Feuer und schärfer als alle Suppen und Currygerichte…«, schrieb die Carrington an Lytton

ser als die meisten anderen – ja, es verkraftete sogar eine Ausdehnung zu einem »Viereck«, als Ralph sich in Frances Marshall verliebte, eine junge Freundin von Bunny, die in dem Buchladen arbeitete, den er zusammen mit Francis Birrell betrieb. »Ralph betreibt in London irgendeine Intrige«, schrieb Carrington im September 1923 an Gerald Brenan, aber als sie Frances kennengelernt hatte, nannte sie sie »schwarzhaarige Schönheit« und beschrieb sie als »die schöne Prinzessin, die in Birrell & Garnett's Buchhandlung wohnt«. Sie mochte Frances bald sehr gern und ließ sich von der Beziehung nicht verstören. Sie lud sie übers Wochenende nach Tidmarsh ein, wo Frances darüber staunte, daß zu jeder Mahlzeit Pflaumenkompott und Milchpudding gereicht wurde. Man erläuterte ihr, daß besonders letzterer für alle Stracheys lebensnotwendig sei. Frances empfand ihrerseits viel Sympathie für Carrington und mochte Tidmarsh mit seinen Sprossenfenstern und Giebeln, fand Lytton allerdings, zumindest am Anfang, »auf alarmierende Weise beeindruckend«.

Carrington bestimmte mit ihrer Persönlichkeit die Atmosphäre in ihren Häusern. Beides war dazu da, Lytton glücklich zu machen. Lytton liebte Ordnung, Harmonie, Schönheit und seine Bücher. Er mochte keine Kinder, so daß Carrington immer dafür sorgte, daß die gelegentlichen kleinen Besucher (Helen Anrep

schaute oft vorbei, manchmal mit ihren beiden Kindern Anastasia und Igor) nur dann kamen, wenn Lytton in London war; dann schrieb sie ihm, sie seien artig und hätten strikte Anweisungen, seine Bücher nicht zu berühren.

Mit dem Stilgefühl der Künstlerin gelang es ihr, für ein behagliches und schönes Ambiente zu sorgen. Eine Bibliothek für Lytton – die Regale vollgestellt mit seinen wertvollen Büchern –, Bilder von Duncan Grant im Salon, schönes Mobiliar im Eßzimmer. In Lyttons Schlafzimmer, das später »Adam-und-Eva-Zimmer« genannt wurde, ließ sie ihrer Phantasie freien Lauf: Sie malte einen nackten, lebensgroßen Adam auf die eine Wand und eine nackte Eva auf die andere.

Wenn Lytton anwesend war, genügte sie höchsten Ansprüchen, gab aber in ihren vielen, unwiderstehlich charmanten und leichtfüßigen Briefen, die sie täglich an ihren großen Freundeskreis versandte, zu, daß sie sich, wenn sie allein war,

LYTTON STRACHEY UND BORIS ANREP IM VORDEREN WOHNZIMMER IN HAM SPRAY von Carrington, um 1927. Der russische Mosaikkünstler Boris Anrep war ein häufiger und stets willkommener Gast in Ham Spray

in eine Landschlampe verwandelte: »Sobald ich allein im Haus bin, schicke ich Annie schon vor dem Lunch weg & setz' mich auf den Boden und stell' mein Essen auf einen Stuhl.«[4] Die Briefe waren dann oft mit kleinen, selbstironischen Karikaturen illustriert, auf denen sie noch im Bett liegend oder im Schneidersitz auf dem Boden dargestellt war.

Rechts: *Lytton, vom Scheitel bis zur Sohle der erfolgreiche Kritiker und Biograph, liest im Garten von Ham Spray, das er vom Buchhonorar für seine* Queen Victoria *hatte kaufen können*

Das Jahr 1924 brachte große Veränderungen. Lytton, der jetzt über ein substantielles Einkommen durch seine Bücher verfügte, erwarb die Pachtrechte für ein niedriges, langgestrecktes Gutshaus bei Hungerford in Wiltshire. Ham Spray House wurde auf Ralphs Namen eingetragen, da er wesentlich jünger war. Carrington machte sich sofort an ein ehrgeiziges Ausstattungsprogramm, das zarte Dekorationen an Türen, Fliesen und Möbeln einschloß, die im Stil durchaus anders waren als die kühneren Gemälde in Charleston. Ralph lud Frances an den Wochenenden ein, und sie half bei der Ausgestaltung, während Lytton liebevoll seine Bücher in der Reihenfolge von Z nach A in seine Bibliotheksregale einordnete, die ein örtlicher Schreiner angefertigt hatte.

Es war ein geräumiges Haus mit einer grandiosen Auffahrtsallee und einer langen Veranda mit Blick auf die Downs. Carrington hatte sich immer mit Tieren umgeben; jetzt konnte sie sich einen Traum erfüllen und außer Tiber, der Katze, auch ein Pferd – Belle – halten. Wie immer gab es auch hier einen ständigen Strom von Besuchern. Weihnachten war die Zeit der größten Geselligkeit. Frances Marshall erinnert sich, wie Boris Anrep bei der ersten Hausparty mit einem gewaltigen russischen Osterkuchen erschien, der mit Mandeln besteckt war und wie ein Stachelschwein aussah. Boris war sehr beleidigt, weil der Kuchen zu schwer war, als daß ihn jemand gegessen hätte. Einige Jahre später wurden sie eingeschneit, so daß Lytton, sein Bruder James, Frances und Ralph die sechs Meilen nach Hungerford mit dem Schlitten, durch Schneewehen hindurch, zurücklegten, um Vorräte zu holen.

Das Haus wurde mit (selbsterzeugtem) Strom versorgt, dazu kam eine klobige Zentralheizung, der es nie ganz gelang, die Temperatur zu erreichen, die die riesigen Heizkörper zu erzeugen versprachen. Aber nichts zählte. Das Haus war hinreißend und mit seiner wunderbaren Aussicht über die Downs, die »weder zu nah noch zu weit weg« lagen und »eine Quelle ständiger Freude« waren, sehr schön gelegen. Lytton verzog sich während der Verschönerungsphase, die Carrington plante und mit Hilfe des Bildhauers Stephen Tomlin, ihrer alten Freundin

»Liebster Lytton …
wir hatten ein prächtiges Dinner mit Moselwein und Burgunder, kaltem Lachs und Sauce Tartare, gefolgt von warmem Schinken mit Salat, gefolgt von Erdbeeren mit Kirschschnaps, gefolgt von Brandy und Kaffee. Die Unterhaltung kam mir sehr brillant und amüsant vor, war es aber vielleicht in Wirklichkeit nicht …«

Dora Carrington an Lytton Strachey, Mittwochnachmittag, 22. Mai 1929, Ham Spray House

Barbara Bagenal und Frances Marshall, der Geliebten ihres Ehemanns, ausführte, nach London.

Eine Mrs. Turner, »die täglich mehr Charme und Fleiß zeigt«, kam, um Carrington bei der Haushaltsführung zu unterstützen, und schon bald sandte sie ihr hausgemachtes Apfelgelee an Gerald, der sich vernachlässigt gefühlt hatte.

Lytton kam immer an erster Stelle, wie sich in einem scherzhaften Brief vom März 1928 an Sebastian Sprott zeigt, der zu ihren liebsten Briefpartnern gehörte: »Jetzt muß ich zum Telefon und den Doktor anrufen und nach Arznei für den Master fragen und ein paar Koteletts bestellen und das Pferd füttern – Du weißt, die hundertundein kleinen Sachen, die eine fleißige Hausfrau an einem Mittwochmorgen nach dem Frühstück zu erledigen hat. Jetzt muß ich meinem Lieben [Zeichnung des hl. Sebastian] good bye sagen und eilen. Sei ein Schatz, und sag mir, ob Du zu Ostern kommen kannst.«

In all ihren so lebendigen Briefen an Freunde zeigt sich ein herrliches häusliches Durcheinander. Sie bleibt zu lange im Bett, weil sie die Reiseromane von George Henry Borrow liest, und hat dann »Bratenstücke zu beaufsichtigen und Himbeeren zu pflücken und überhaupt keine Zeit für Liebhaber«. Sie fragt sich, ob man es dem Hausmädchen Olive zutrauen kann, einen französischen Salat für eine Vicomtesse [Phyllis de Janz] zuzubereiten. Abends läßt sie Gerald in einem Postskriptum des gleichen Briefs wissen, daß der Lunch mit der Vicomtesse »wunderbar geklappt« habe. Sie servierte eine *sauce veloutée*, Karotten, kaltes Huhn, *crème posset*; anschließend nahmen Lytton und sie den Gast auf einen Spaziergang mit, auf dem es »sehr amüsanten Tratsch über Liebhaber und Lust«[5] gab.

Bunny, der oft zu Gast war, brachte ihr *Cobett's Cottage Economy* mit, und sie begann sich mit dem Destillieren von Wein und Schnaps zu befassen. Ihr Schlüsselblumenwein war, wie Bunny berichtet, der reinste Nektar, ihr Schlehengin suchte seinesgleichen. Sie legte süße und pikante Früchte ein und machte Marmeladen, Chutneys und Konfitüren. So konnte sie Lytton in London damit locken, daß sie »zwanzig Flaschen Stachelbeeren für den Winter und etliche Töpfe Johannisbeergelee« für ihn und seine Hammelpasteten habe. Ihr erster Versuch, Saubohnen einzumachen, führte zu einer Reihe von Explosionen und hinterließ einen hartnäckigen Geruch, aber sie hielt durch und sammelte durch beharrliche Versuche Erfahrungen. Sie pflegte den Garten mit großer Sorgfalt und hatte alle Einzelheiten der Mahlzeiten im Griff, indem sie Seite an Seite mit Annie, der Köchin, arbeitete. Was auch immer sie tat – ob sie Limonade herstellte, *blancmange* oder Himbeermarmelade machte –, sie suchte mit dem Auge der Künstlerin nach Vollkommenheit; für sie zählten die Farben ebenso wie der Geschmack.

Ralph hielt sich viel in London auf, wo er am Gordon Square jetzt ganz offiziell mit Frances zusammenlebte, kam aber an den Wochenenden nach Ham Spray. Hier arbeitete er im Garten und im Gewächshaus und versorgte seine Bienenstöcke. Laut Bunny fehlte er Carrington eher im Gemüsebeet als im Ehebett, wenn er wieder nach London zurückfuhr.

Ham Spray war kein prächtiger Landsitz wie Garsington, aber ein angenehmes, schön proportioniertes Gutshaus, in dem die Gäste Lyttons Konversation und »das süße Leben« genießen konnten, für das Carrington sorgte. Sie legte Wert

Jimmy Doggart, Frances Marshall, Alec Penrose, Lytton (dessen Kopf gerade noch über das Geschirr hinausragt), Frances Penrose und Dora Carrington – in ihren üblichen Reithosen – beim Tee im großen Wohnzimmer von Ham Spray, um 1928

Carrington und Lytton unter dem Ilex in Ham Spray, um 1939

Rechts: *EIN PORTRÄT VON JULIA STRACHEY von Dora Carrington, 1925. Julia, die Tochter von Lyttons älterem Bruder Oliver, heiratete 1927 den Bildhauer Stephen Tomlin. Dora Carrington entwarf Buchumschläge für Julias Roman* Cheerful Weather for the Wedding, *aber die Woolfs entschieden sich dann doch für einen Umschlag von Vanessa*

darauf, daß Lytton hier im Haus die gleiche angenehme Gesellschaft und die gleiche gute Unterhaltung genoß wie in Bloomsbury. Zu diesem Zweck lotste sie einen unablässigen Strom von Gästen (darunter viele rosige junge Männer) ins Haus und an die gedeckten Tische: Sebastian Sprott, Roger Senhouse, Eddie Sackville-West, Dadie Rylands, Raymond Mortimer, Morgan Forster, Saxon Sydney-Turner, Rachel MacCarthy, Julia Strachey und Stephen Tomlin. Der Wein wurde in Großbehältern importiert und von Carrington auf Flaschen gezogen, bevor er in dem geräumigen Keller gelagert wurde.

Lyttons literarischer Erfolg gestattete ihnen einen großzügigeren Lebensstil als in Tidmarsh. Ihre Gäste verbrachten lange Sommerwochenenden bei ihnen und amüsierten sich mit Krocket oder Boule auf dem Rasen. Man schwamm im Fluß oder spielte Federball auf einem zweckentfremdeten Tennisplatz. (Lytton entwickelte einen unvergeßlichen eigenen Stil – es sah aus, als erschlüge er Mücken.) Bei Regen gab es »unerwartet heftige Tischtennisspiele«, am Abend verfaßte und spielte man kleine Einakter oder drehte Amateurfilme. Bei schönem Wetter fuhren sie am frühen Abend zum New Forest hinaus und beobachteten bei Schinken und kaltem Huhn, wie die Sonne unterging und »Sterne wie Sommersprossen den Himmel überzogen«. Im Herbst ging man Pilze sammeln, im Frühling auf die Suche nach Kiebitzeiern.

Dora Carrington, Ralph und Lytton bei der Zeitungslektüre in Ham Spray

Am 7. Oktober 1929 berichtete Carrington in einem Brief an Julia Strachey von einem »schrecklichen Schlag«.

»Ende des Monats wird mich Olive für immer verlassen. Sie muß in ein Familienunternehmen eintreten, eine Bäckerei. Vor allem trifft's mich, weil ich sie so gern mag. Und dann fürchte ich mich davor, einer Neuen Kochen und unsere Gewohnheiten beizubringen. Ich schwanke zwischen einer Schwedin oder Finnin, zwei Schwestern, einem chinesischen Jungen, einer älteren Hauswirtschafterin oder einem Mädchen vom Land. Aber es ist völlig unabhängig von Nationalität, Geschlecht oder Alter: Sie sind mit Sicherheit schrecklich. Der Augenblick ist ganz ungünstig, weil ich diese Woche ein paar Glasbilder für einen Auftrag fertigmachen und ein bißchen Geld verdienen muß ...«[6].

Das Leben nahm seinen vollen Lauf. Im Juli 1931 schrieb sie an Frances:

»Jeden Tag klingelt das Telefon, oder es steht ein Mann an der Tür und fragt nach Major Partridge, ein Gärtner vom Pfarrhaus oder ein Labour-Führer aus Devizes. Dann gibt es Dinners in Fryern, Dinners in Biddesden [dem Landsitz von Bryan und Diana Guinness] und am letzten Samstag eine Exkursion nach

Tidcombe mit Alix, ein Markt in Marlborough, und nachher eine Reise im Nebel zurück nach Tidcombe wegen Eiern und Speck (wir sind erst um 2 Uhr früh hier angekommen). Der Markt war wunderschön.«

Im Jahr darauf ging alles zu Ende, als Lytton, dessen Gesundheit immer gefährdet gewesen war, mit 52 Jahren an einem unerkannten Magenkrebs starb. Carrington, die mit Ralph verheiratet und von treuen Freunden umgeben war, fand dennoch das Leben ohne Lytton sinnlos. 1932 versuchte sie zweimal, sich das Leben zu nehmen. An einem Tag zwischen den beiden Selbstmordversuchen machten die Woolfs einen Besuch bei ihr. Virginia schrieb am Abend in ihr Tagebuch:

»Also fuhren wir nach Ham Spray … ›ich hab' gedacht, ihr kommt doch nicht‹, sagte C. Sie war in ihrem kleinen Jäckchen, auf Socken und mit einer verdrehten Halskette an die Tür gekommen. Ihre Augen waren sehr blaß. ›Ich hab' ein Telegramm geschickt, aber ich mache alles falsch. Ich habe gedacht, ihr hättet es nicht bekommen.‹ Sie war bleich, klein, litt stumm, sehr ruhig. Sie hatte heiße Suppe für uns … ›Ich hab' kein Feuer gemacht‹, sagte sie … Sie brach in Tränen aus, & ich nahm sie in die Arme. Sie schluchzte & sagte, sie sei immer eine Versagerin gewesen. ›Es ist nichts mehr für mich zu tun. Ich habe alles für Lytton getan. Aber in allem anderen habe ich versagt.‹ … Ich hielt ihre Hand. Ihre Handgelenke schienen sehr klein. Sie wirkte hilflos, verlassen, wie ein kleines, ausgesetztes Tier … Es war nicht mehr viel Zeit. Wir bekamen Tee und zerbrochene Kekse …«[7]

Ein paar Wochen später lieh sich Carrington bei Bryan Guinness ein Gewehr; angeblich wollte sie die Kaninchen damit erlegen, die im Garten ihren Salat fraßen. Sie nahm die Waffe mit nach Hause, arrangierte den Teppich so, daß es wie ein Unfall aussah, und drückte ab. Aber ihr Visier war verrutscht, und sie schoß seitlich vorbei. Ein Arzt wurde geholt, er gab ihr Morphium. Ralph, Frances und Bunny kamen in rasender Fahrt im Auto von London. »Ich habe«, sagte sie zu Ralph, »mein Leben und meinen Tod vermurkst.« Sie starb bald darauf.

Das Haus wirkte unerträglich verloren und einsam auf Ralph und Frances, aber es schien undenkbar, es zu verlassen. Sie zogen aus London weg, um sich ganz in Ham Spray niederzulassen. Sie heirateten und bekamen einen Sohn namens Burgo. Ham Spray sah wieder Gäste, unter anderem Clive, Julian und Quentin. Bunny brachte Angelica mit, die er in Erfüllung einer Prophezeiung und gegen Vanessas erklärten Willen im Frühling 1942 in zweiter Ehe geheiratet hatte. Sie war 24, er 50 Jahre alt. (Sie hatten vier Kinder, alles Mädchen, von denen eines später Burgo heiratete.) Wie früher ging man in den Downs spazieren, spielte Boule im Garten, schwamm im kleinen Pool und fühlte sich geehrt, wenn es gelang, Vanessa und Duncan von Charleston wegzulocken.

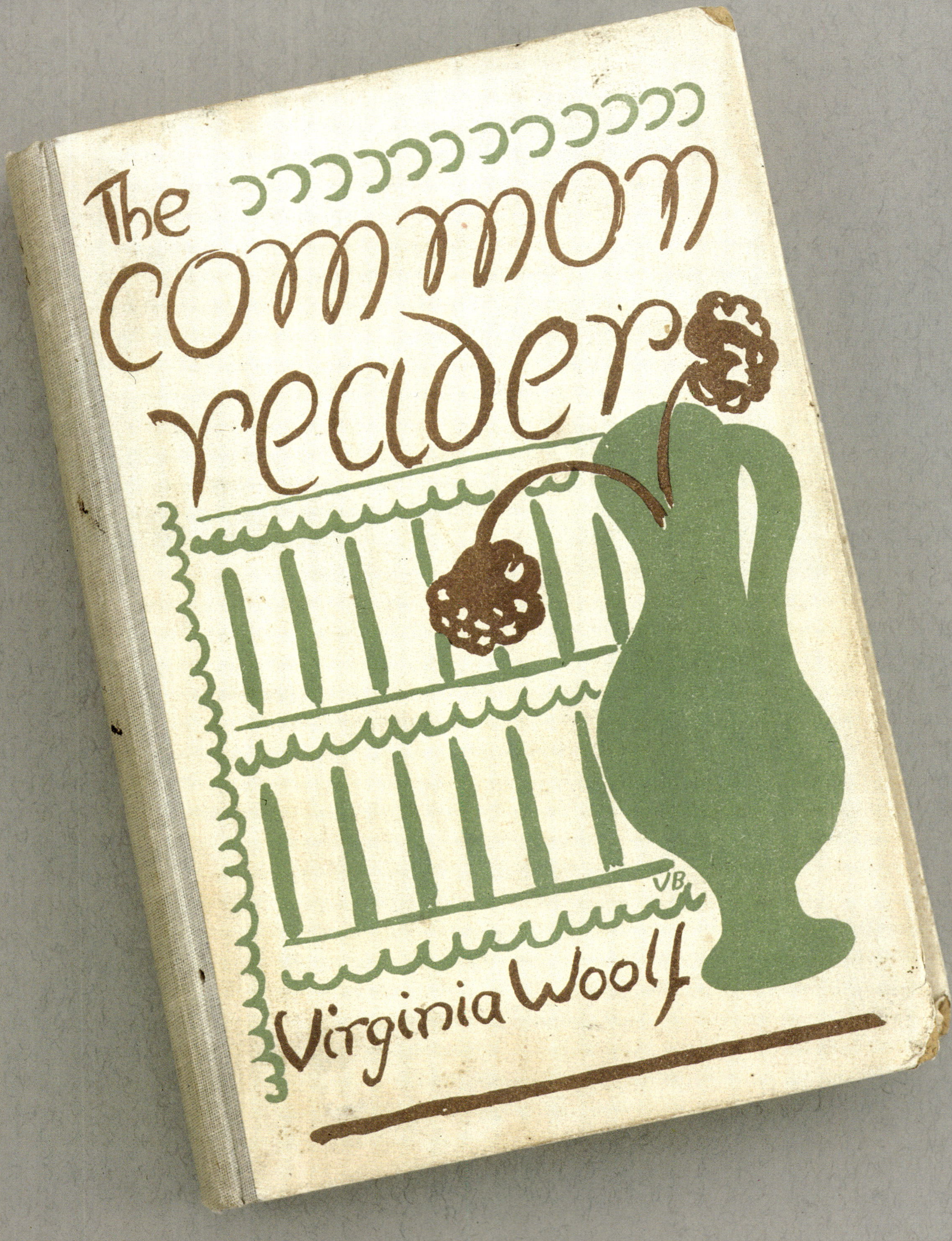
The common reader
VB
Virginia Woolf

7. LONDON

DIE HOGARTH PRESS IN BLOOMSBURY

LITERARISCHES LEBEN

Virginia Woolf, 1925

Bloomsbury lockte die Woolfs im Jahr 1924 von Richmond fort. Die Hogarth Press hatte das ganze Haus überwuchert und war ihm schließlich völlig entwachsen. Sie brauchten einen zentraleren Standort, und Virginia, deren Beobachtungsgabe von der Stadt genährt wurde – »Ich bin sicher, ich verbrauche mehr Gallonen pro Minute, wenn ich einmal um den Platz gehe, als sämtliche Börsenmakler in London, die man beim Sexualakt erwischt ...« –, fehlten die Anregungen des städtischen Lebens. Am 9. Januar 1924 konnte sie in ihr Tagebuch schreiben: »In diesem Augenblick, oder genauer gesagt vor einer Viertelstunde, habe ich 52 Tavistock Square London WC1 für 10 Jahre gemietet – Tavistock zu schreiben gefällt mir. Abhängig natürlich von dem Vertrag & der Vorsehung & den unvorhergesehenen Launen von seiten der alten Mrs. Simmons gehört uns das Haus; & der Keller & das Billardzimmer, mit dem Steingarten obendrauf & dem Blick vorne auf den Platz & hinten auf die trostlosen Gebäude & die Southampton Row & ganz London ... Musik, Gespräche, Freundschaften, Großstadtansichten, Bücher, Veröffentlichungen, etwas Wesentliches und Unerklärbares, all das ist jetzt in meiner Reichweite, was seit August 1913 nicht mehr der Fall war, seit wir aus Clifford's Inn auszogen, wegen einer Reihe von Katastrophen, die meinem Leben beinahe ein Ende gesetzt & das von Leonard, wie ich

LINKS: *Vanessa Bells Vorlage für* The Common Reader *von Virginia Woolf*

eingebildeterweise glaube, ruiniert hätten. Also sollte ich dankbar sein für Richmond & das Hogarth House & bin, ob aus unerschütterlichem Optimimus oder nicht, tatsächlich dankbar. Nichts hätte sich besser geeignet … bis ich es abstreife wie eine lose Haut.«

Sie zogen im März ein, und nach der Sanftheit von Richmond fand Virginia, London habe »ein Herz aus Stein und keinerlei Gefühl«, war aber gleichzeitig vom Puls des Stadtlebens entzückt; leidenschaftliche Huldigungen an London füllten ihre Briefe, Tagebücher und den Roman *Mrs. Dalloway*, an dem sie gerade arbeitete. Gemeinsam mit Leonard stürzte sie sich in die Aufgabe, aus der Hogarth Press »ein extrem effizientes Verlagsgeschäft« zu machen. Für Virginia bot es den zusätzlichen Vorzug und die Möglichkeit zu experimentieren, und sie war die »einzige Frau in England«, die schreiben konnte, was sie wollte (wie sie in ihrem Tagebuch vermerkte).[1] Sie bekamen Unterstützung durch eine lange Reihe junger Männer, die mit G. W. H. (Dadie) Rylands, einem zweiundzwanzigjährigen Absolventen von Eton und King's College, ihren Anfang nahm.

»Dieser junge Mann mit seinem Kornspelzenhaar sagt, er wolle sein Leben der Hogarth Press widmen, & schreibt einen Brief diesen Inhalts an Leonard«, notierte Virginia im Oktober 1923 in ihrem Tagebuch und fährt spielerisch fort, »& wir werden zu Wohltätern unserer Epoche; & haben ein Geschäft & erfreuen uns an jugendlicher Gesellschaft & holen mit viel Elan das Beste aus allem heraus & hören also nie, nie auf, mit unseren Köpfen oder Fingern oder Zehen zu arbeiten, bis unsere Glieder zerbersten & das Herz zu Staub zerstiebt.«[2]

Dadie widmete der Hogarth Press schließlich nur sechs Monate seines Lebens, bevor er wegzog, um Universitätslehrer in Cambridge zu werden, aber er blieb ein enger und geschätzter Freund.

Nach ihm kam Angus Davidson, dem Richard Kennedy folgte, »ein sehr junger Mann«, dessen wunderbares Buch *A Boy at the Hogarth Press* uns köstliche Einblicke in das Souterrainleben am Tavistock Square gibt.

Richards Onkel, der Architekt George Lawrence Kennedy, hatte Leonard 1928 bei einer zufälligen Begegnung im Cranium Club überredet, seinen Neffen als »Verlagslehrling« einzustellen. Dem sechzehnjährigen Richard, der von der Marlborough School direkt »in den Ruhestand« geschickt worden war, wurde die Nachricht während eines Picknicks am Strand der Carbis Bay, St. Ives, mitgeteilt. »Du mußt mal hinter ein Pult, ins Kontor, Richard«, drängte sein Onkel, als sie die Thermosflaschen einpackten und zum Talland House zurückkehrten, zum Schauplatz von *To the Lighthouse*, eben dem Haus, das Virginias Eltern seinerzeit für die Kinder gemietet hatten.

Trotz aller Familienverbindungen hatte Richards Stellung mehr von der eines Laufburschen als von einem Verlagslehrling. Francis Birrell (der auch einmal in der Hogarth Press gearbeitet hatte) beantwortete die Frage, ob Richard ein Faktotum sei, mit: »Mehr Totem als Faktum, denke ich.«

Richard verbrachte seine Tage im feuchten Halbsouterrain von 52 Tavistock Square, wo der Verlag unter der knausrigen Ägide von Leonard lief, der in dem erwähnten Buch als autokratisch und mäkelig gezeichnet wird: So verfügte er die

DER ROTE SESSEL
von Vanessa Bell. Im großen L-förmigen Wohnzimmer im ersten Stock von Gordon Square 46 hatte Angelica manchmal die Mutter ganz für sich. Wunderbare Augenblicke von »Sicherheit, Behaglichkeit und besonderem Genuß«, in denen sie Toast rösteten oder Zuckerstücke am Kamingitter schmolzen

> »Zu den glücklichsten Augenblicken, an die ich mich aus jenen Zeiten erinnere, zählten die Lunches und Tees in den Woolfschen Privaträumen, deren Wände mit Fresken von Duncan Grant und Virginias Schwester Vanessa Bell geschmückt waren, wenn wir die Pläne des Verlages, die uns angebotenen Bücher und alle Personen durchsprachen, die damit zu tun hatten.«
>
> John Lehmann, *The Whispering Gallery*

Verwendung von alten Druckfahnen als Toilettenpapier in der dunklen, »baufälligen« Toilette am Ende eines langen, steinernen Flurs und konnte schrecklich in Rage geraten, wenn beim Kleingeld auch nur ein Penny fehlte.

Die Bücher wurden in der ehemaligen Spülküche auf einer großen Tret-Buchdruckerpresse gedruckt, im Speisezimmer gebunden und im Vorratsraum gelagert. Richard arbeitete zusammen mit »Ma Cartright«, die das Büro leitete und ihn oft zum Express-Milchladen auf der anderen Straßenseite schickte, um *Banbury and Eccles cakes* zum Tee zu holen, und mit der hübschen Sekretärin Miss Belcher, mit der er an seinem ersten Arbeitstag zum Mittagessen ausging. Am nächsten Tag schickte Leonard ihm eine Notiz hinunter, in der er ihn anwies, daß beide in Zukunft ihr Mittagessen getrennt voneinander einzunehmen hätten – was Richard als ziemliche Demütigung für Miss Belcher empfand. In den Zwanzigern und Dreißigern existierte die Klassengesellschaft noch, und trotz aller Bekundungen von Liberalität (Leonard war aktiver Sozialist, und Virginia hatte am Morley College Arbeiter unterrichtet) waren die Woolfs nicht gegen Konventionalität gefeit.

Die Herkunft ihres jungen Protegés bewirkte, daß er gelegentlich »nach oben« gebeten wurde, wo er sich weniger am Wein als an den Gesprächen berauschte; und einmal wurde er zum Wochenende nach Rodmell eingeladen. Leonard führte ihn im Garten herum und zeigte ihm mit besonderem Stolz den Komposthaufen, während Virginia das Abendessen zubereitete. Tags darauf machten sie gemeinsam mit den Bells ein Picknick in den Downs. Richard entsetzte sich über die lässige Art und Weise, mit der Leonard sich während eines langen Spaziergangs über die Downs zum Pinkeln hinstellte, und verachtete Clive, der sich damit brüstete, daß er nicht einmal eine Tasse Tee zubereiten könne. Das gemächliche Leben der Jungen erfüllte ihn allerdings mit einem gewissen Neid, und als Quentin ihm mitteilte, er denke daran, sich mit Malerei zu befassen, kommentierte er trocken: »Für ihn bestand also keine Notwendigkeit, bald hinter ein Pult im Kontor zu kommen.« Dieser Neid mag ihn dazu veranlaßt haben, sich in der »ziemlich trübseligen Teestube« in Lewes, wo sie schließlich landeten, abfällig über Julians

Haarlänge zu äußern – nur um hinterher »von Mrs. W.« zu hören, es sei »entsetzlich langweilig, sich die Haare schneiden zu lassen«.

Wenn er je von Bloomsbury anerkannt werden wollte, hatte er noch viel zu lernen. Dennoch war er entschlossen, sich zu amüsieren. Bei einem Familienpicknick im Richmond Park konsumierte er Champagner und Hummersandwiches und betrachtete die schöne Diana Guinness, die sich »etwa in der gleichen Haltung zurücklehnt, in der Boris Anrep sie auf seinem Mosaik in der National Gallery darstellt«. Hinterher sangen sie gemeinsam mehrstimmige Madrigale.

Kurz vor dem abrupten Ende seiner Zeit bei der Hogarth Press wurde er zu einem Bloomsbury-Cricketspiel eingeladen und »sehr angenehm willkommen geheißen« – von Bunny, der ihn mit Bier und Sandwiches versorgte, während Clive ein großes Publikum über die Ähnlichkeit zwischen Cricket und Ballett aufklärte. Kurz darauf machte Richard allerdings einen kostspieligen Fehler beim Drucken, und ein erboster Leonard schickte ihn fort: »LW sagt, ich bin der fürchterlichste Idiot in einer langen Reihe von leidenden Dummköpfen, den zu treffen er je das Privileg hatte.«

John Lehmann, ein junger Dichter, der sein Studium in Cambridge gerade beendet hatte und mit Julian und Dadie befreundet war, trat jetzt in einer etwas höheren Stellung als die früheren Inhaber des Postens bei der Hogarth Press ein. Er bekam sogar den Titel »Manager« und ein eigenes Büro – ein kleines Zimmer mit großen Einbauschränken an einer Wand, das einmal als Haushälterinnen-

Lytton, Dadie Rylands und John Lehmanns Schwester Rosamund beim Picknick im Garten des King's College, Cambridge

»Wir sitzen am Teetisch. Virginia sprüht vor Frohsinn, feiner Bosheit und Freude am Tratsch – an der Art von Tratsch, die zum Stil ihrer Bücher gehört und sie zur besten Gastgeberin von London gemacht hat. Wir hörten ihr zu, und wir versäumten Termine, vergaßen Liebesaffären und blieben und blieben bis in die frühen Morgenstunden, bis man uns sanft, aber bestimmt aus dem Haus komplimentieren mußte.«

Christopher Isherwood, *Recollections of Virginia Woolf*

oder Butlerzimmer gedient haben mochte. Das Zimmer verfügte über ein Fenster auf einen Außenkorridor, der zu dem großen, an die Rückfront angebauten ehemaligen Billardzimmer führte, in dem Virginia, in einem alten Sessel sitzend, beim Schreiben anzutreffen war, umgeben von Paketen mit Hogarth-Press-Büchern, die von der Buchbinderei eingetroffen waren und auch den Korridor selbst überfluteten.

Angelica Bell erinnert sich in ihren Memoiren an die Tante in dieser »strengen Welt voller Maschinen und Rechnungen«, die sich so sehr von ihrem eigenen Leben in Charleston unterschied: »Gelegentlich holte ich Virginia in ihrem Schreibzimmer im Souterrain ab, wo sie neben einem winzigen Gasofen hinter einer Wand aus Büchern in braunem Packpapier saß, so als sollten sie diese vor einem Bombardement schützen. Ich spürte den Ernst ihres Lebens im Vergleich mit unserem, in dem es mehr Wein und Gelächter gab und dazu die Späße von Julian und Quentin. Ihre Arbeit ließ Leonard und Virginia nur Zeit für ein bescheidenes Mahl. Leonard, in Gedanken mit dem *New Statesman* oder dem House of Commons beschäftigt, ermutigte kaum zu einer gemütlichen Tafelrunde mit Zigarren und Likören. Schon war er wieder fort zu fesselnderen Tätigkeiten. Wenn ich da war, wußte ich, daß mein Anspruch an seine Zeit streng begrenzt war. Am Teetisch, um den wir wie in einem Kinderzimmer auf steiflehnigen Stühlen saßen, tat Leonard so, als unterhielte er sich mit mir wie mit einer Erwachsenen, aber ein Blick seiner saphirblauen Augen nagelte mich fest und ließ mich wieder zu dem schrumpfen, was ich war – ein kleines Kind. Nach dem Tee bot er mir dann meist mit feierlicher Handbewegung ein gestreiftes Pfefferminzbonbon an, von dem er jeweils eins nach jeder Mahlzeit aß. Virginia hatte ihre eigenen verschiedenen Süßigkeiten, und ich durfte mir eine von jeder Sorte nehmen.«[3]

John Lehmann und Leonard Woolf. Die Partnerschaft scheiterte 1946 nach einer langen Zerreißprobe. John hatte Leonards »Übergenauigkeit« schwierig gefunden und seine kleinlichen Einnahmen- und Ausgabenrechnungen »merkwürdig faszinierend«

Virginia, so erinnert sich Angelica, wurde von Leonard »sehr knapp gehalten«. Er zahlte ihr nur ein kleines Taschengeld aus, das Tante und Nichte in ihrem Lieblings-Schreibwarenladen, Kettle's in der New Oxford Street, für bedruckte Papiere, Leim und Büroklammern ausgaben.

Es war, fand John Lehmann, die »zauberinnenhafte« Gegenwart von Virginia im Hintergrund, die dafür sorgte, daß die jungen Assistenten blieben, sich mit Leonards Aufsicht und dem bescheidenen Lohn abfanden. Er selbst war jedenfalls wie verhext von Virginia, obwohl er sich während der vielen Tiefs in seiner Beziehung zu den Woolfs immer wieder ins Gedächtnis rufen mochte, wie man ihn gewarnt hatte: »Ich begann zu lernen, was einige meiner Vorgänger sicher schon gelernt hatten, daß beide Woolfs, besonders aber Leonard, der Press gegenüber eine sehr emotionale Beziehung hatten; als sei sie das Kind, das ihre Ehe nie hervorgebracht hatte.«[4]

Dennoch hielt er länger durch als viele andere und genoß es, Bücher und Editionspläne mit Virginia zu diskutieren, die »immer von Ideen sprudelte, von denen viele gänzlich undurchführbar waren« – und auch mit Leonard, der »still, aber sicher die Flugdrachen zur Landung bringen konnte«. Es war ihre unstillbare Neugier auf Menschen, die ihm besonders auffiel: »... wenn wir nicht gerade Pläne und Bücher der Press besprachen, versuchte sie immer, mich über gemein-

Duncans Schutzumschlagentwurf für Modern English Painters, *1924*

same Bekannte auszufragen. Ob es stimme, daß Soundso die Ehe seines Freundes zerstört hätte? Hatte X wirklich eine lesbische Affäre mit Y? Ob ich wohl etwas über den neuesten jungen Mann wüßte, für den Lytton Strachey sich interessierte?«[5]

Die einst so radikale Bloomsbury-Gruppe lief Gefahr, zum Establishment zu werden. Virginia und Leonard waren kommerziell erfolgreiche Verleger, und Virginia selbst hatte zwischen 1925 und 1928 drei hochgelobte Bestseller veröffentlicht. Duncans künstlerischer Ruf hatte zwischen den Kriegen seinen Höhepunkt erreicht, wie es sich im Jahr 1934 bei der Ausstellung »From Gainsborough to Grant« bei Agnews zeigte. Maynards kometenhafter Aufstieg als international berühmter Wirtschaftswissenschaftler war durch nichts zu bremsen. Roger und Clive besetzten Positionen in der Welt der Kunst und gewannen an Einfluß. Lytton war ein anerkannter, bilderstürmender Biograph, dessen Bücher ihm Ruhm und ein Vermögen eingebracht hatten, so daß er jetzt seine Freunde regelmäßig in sein Londoner Lieblingslokal Simpson's in the Strand zum Lunch ausführen konnte. Abends traf man sich, vielleicht mit Morgan Forster oder T. S. Eliot, an Virginias Omega-Tisch in dem niedrigen Speisezimmer im obersten Stock am Tavistock Square. Virginia hatte Vanessa und Duncan mit der Ausgestaltung der Wohnräume in den beiden oberen Stockwerken des Hauses beauftragt, und hier, im sanften Lampenschein eines Raumes voller Bilder, floß die Unterhaltung dahin. Virginia hatte gern sieben oder acht Gäste am Tisch, an den sie auch Ver-

Rechts:
VIRGINIA WOOLF, TAVISTOCK SQUARE 52 von Vanessa Bell, um 1933. »Sie konnte wunderbar erzählen, und sie regte andere zum Reden an«, erinnerte sich Janet Vaughan. »Wenn man sie zum Beispiel zu einem Disput mit Roger Fry anstacheln konnte – dann ging der Ball hin und her. Sie liebte Gespräche, aber ich fand immer, daß sie mit wenigen Menschen glücklicher und stabiler war.«

treter der jüngeren Generation bat: junge Dichter wie Stephen Spender, der sehr beeindruckt war, daß Virginia ihre Mahlzeiten selbst zubereitete und servierte, und William Plomer, den Autor von *Turbott Wolfe*, der sich später noch an »wunderbare Manieren, unvergleichliche Gespräche, köstliches Essen und köstlichen Wein« erinnerte. Nach dem Dinner zogen die Gäste um in den hohen, angenehmen Salon, den Wandbilder mit Amphoren, Mandolinen, Fächern und »Wellenlinien« schmückten. Stephen Spender erinnerte sich, daß er »wie ein freudetrunkenes Kind in Trance« lauschte, wenn Virginia die Anfänge der Hogarth Press beschrieb, während William Plomer sich an dem endlosen, amüsanten Klatsch begeisterte, der im Raum knisterte wie ein chinesisches Feuerwerk. Hier am Tavistock Square sah er Lady Ottoline Morrell zum erstenmal. Mit ihrem juwelengeschmückten roten Haar und den langen, steifen Röcken aus changierender Seide, »die bei jeder Bewegung eine kolossale Flüsterkampagne in Gang brachten«, machte sie auf den sechsundzwanzigjährigen Dichter einen unvergeßlichen Eindruck. Ottoline lud ihn in die Gower Street zum Tee ein, wo sie ihn mit W. B. Yeats und T. S. Eliot bekannt machte.

Ottoline war im Zuge von Sparmaßnahmen gezwungen gewesen, ihr »liebes altes Haus« 44 Bedford Square aufzugeben, in dem sie Feste mit Nijinsky, Diaghilew, Picasso und Massine gefeiert hatte. Für kurze Zeit, bevor sie in die Gower Street umzog, übernahm sie Ethel Sands großes Haus in Chelsea. Dort lud sie einen großen Kreis herausragender Schriftsteller und Maler zum Tee, unter anderem Maynard Keynes, Duncan Grant, Ezra Pound und seine Frau, Aldous Huxley, Wyndham Lewis und Walter Sickert. Als Virginia dort eingeladen war, traf sie auf Edith Sitwell, Morgan Forster, T. S. Eliot und den jungen Komponisten William Walton.

Zur festen Einrichtung wurden ihre Treffen an Donnerstagnachmittagen – im Winter am Kamin, im Sommer unter den Bäumen im Garten – erst in der Gower Street 10. Für etliche junge Autoren spielten diese Salons eine wichtige Rolle. Im November 1931 veranstaltete Lady Ottoline eine Teeparty zu Ehren ihres Lieblingsfilmhelden, des großen Charlie Chaplin – und Duncan fand sich unter den handverlesenen Gästen, die sie dazugebeten hatte. Ottoline war inzwischen über fünfzig, aber immer noch eine eindrucksvolle Erscheinung. David Cecil notierte, wie ihre Phantasie sich »in den Kleidern ausdrückte, die sie trug, in den Räumen, in denen sie saß, im geselligen Leben, das dort stattfand, und, das vor allem, in ihr selbst«.

Virginia, die jetzt ihr kreativstes Jahrzehnt erlebte, gewann mit dem wachsenden Ruhm auch neue Bekannte. Sie erhielt in lila Tinte verfaßte Einladungen von Gesellschaftsdamen wie Lady Sibyl Colefax, Lady Cunard und Lady Dorothy

VIRGINIA WOOLF BEI DER HOGARTH PRESS
von Richard Kennedy

Wellesley, die fanden, ihre Anwesenheit sorge bei den Gästen aus Diplomatie und Politik für den nötigen literarischen Anstrich. Virginia nannte Lady Colefax bei sich zwar *Coalbox*, »Kohlenkasten«, konnte aber den Einladungen in ihr wunderschönes, aus dem achtzehnten Jahrhundert stammenden Argyll House nur selten widerstehen. Die reiche Oberschicht faszinierte Virginia, die zugab, »nicht nur ein Snob in bezug auf Adelskronen« zu sein, »sondern auch in bezug auf strahlend erleuchtete Salons und die Festlichkeiten der großen Welt«[6], auch wenn es sie immer erleichterte, in die weniger materialistische Sphäre Bloomsburys zurückzukehren, und sie es nicht mochte, wenn Clive sie wegen ihrer Kleider und neuen Freunde aufzog. In ihrem Tagebuch notiert sie, wie sie zurückeilt »von den Plätzen in Mayfair, von Diners mit Herzögen, Parties mit Prinzessinnen, von den Schlingen und Tentakeln der Titel, die hinterrücks nach einem greifen«, und am Gordon Square in einen Sessel sinkt. »Hatte man sich etwas eingefangen, brach schon der Ausschlag aus?«

Clive verbrachte einen Gutteil der dreißiger Jahre mit seiner neuesten Begleiterin, Benita Jaeger, mit der er in London herumzog. Sie tanzten im Modelokal Gargoyle in der Dean Street und bei Souvrani's (dem späteren Quaglinos); wenn sie zu Hause Gäste hatten, mieteten sie immer einen Butler von Fortnum & Mason.

Es gab auch noch andere Partys – ein Kostümfest zur Feier von Angelicas vierzehntem Geburtstag im Januar 1933, bei dem Virginia als Queen Victoria auftrat. »Ich mag Masken«, schrieb sie, »ich mag die Desorientierung meiner Gefühle, die sie anrichten.« Ein großes Fest wurde die Premierenfeier von Constant Lamberts Ballett *Pomona* im Sadler's Wells, zu dem Vanessa Ausstattungsentwürfe beigesteuert hatte. Anschließend gingen alle ins Atelier in der Fitzroy Street und aßen »unanständig aussehende« Würstchen.

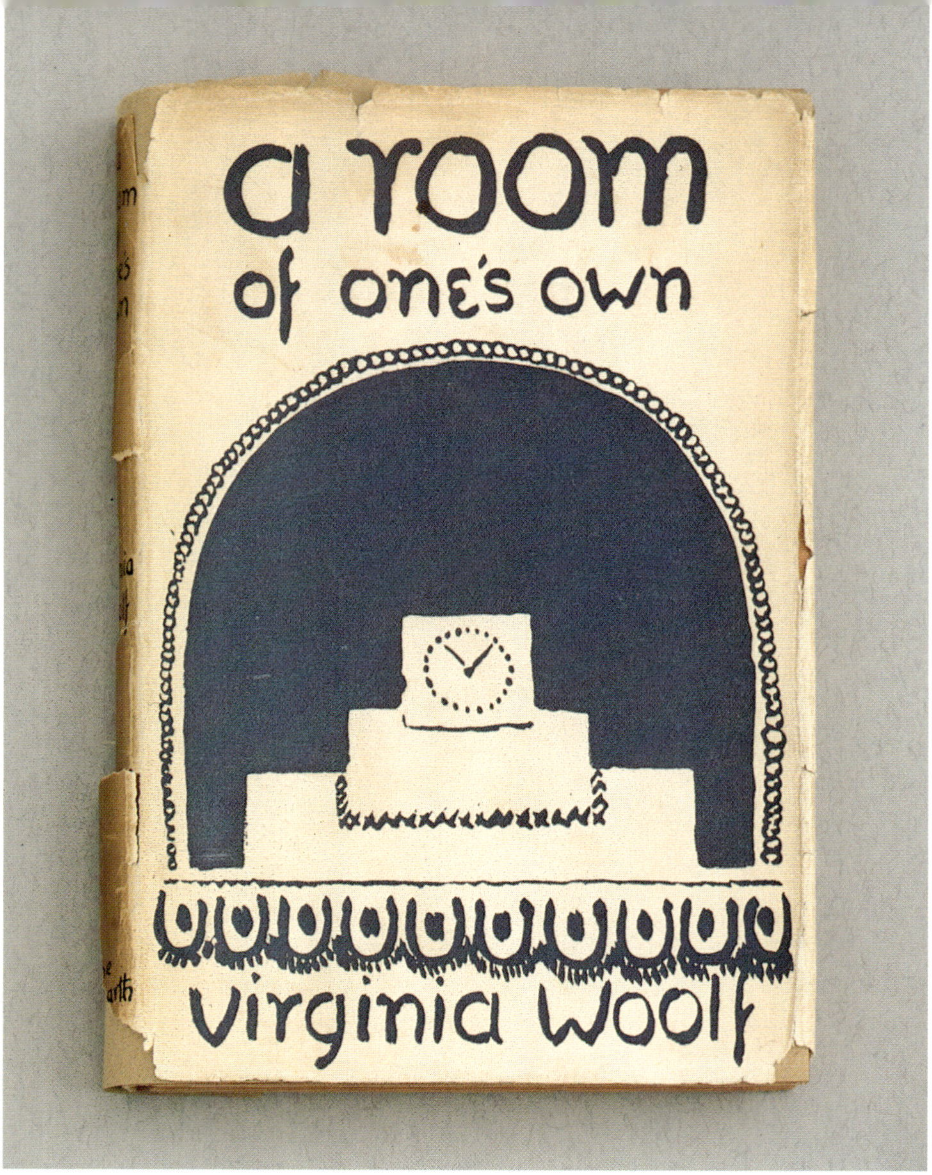

Vanessas Umschlag für
A Room of Ones Own
von Virginia Woolf, 1929

Virginia begann etwa um diese Zeit damit, Angelica eine jährliche Summe von 100 Pfund für Garderobe auszusetzen. Vielleicht erinnerte sie sich noch an ihre eigene Jugend am Hyde Park Gate und daran, wie schwierig es gewesen war, mit ihrer eigenen knappen Apanage auszukommen und dem Gespött von Gerald und George Duckworth über ihre Kleidung entgegenzuwirken, vielleicht hatte sie nur beschlossen, etwas mehr Geld für die schönen Dinge des Lebens auszugeben, für Bilder und Essen. Mittlerweile konnte sie mit einem 2000-Worte-Artikel für *Vogue* fünfzig Pfund verdienen – das Jahresgehalt ihrer Köchin – und sich trotz Leonards vorsichtigem Umgang mit Geld, der laut John Lehmann »für Virginia sehr hemmend gewesen sein muß«, da kleinliche Rechnungen »ihrem Naturell völlig fremd« waren, dazu entschließen, ein wenig verschwenderisch zu sein.

Die *Vogue* war zwar immer eine Modezeitschrift, aber unter Leitung der Herausgeberin Dorothy Todd gab sie sich literarisch wesentlich anspruchsvoller als heute. Lytton, Roger und viele von Virginias Freunden schrieben für die *Vogue*

oder wurden darin rezensiert. Clive Bell lieferte Kunstkritiken, Aldous Huxley war Mitglied der Redaktion und schrieb Theater- und Buchrezensionen. Dorothy Todd gab ihre Beiträge gern beim Lunch in Restaurants in Auftrag, erfuhr aber, daß Virginia Woolf wesentlich lieber in privaten Räumen bei und mit ihr bekannten Menschen aß. Dorothy war mit Marcel Boulestin befreundet, dem Musikkritiker von *Le Temps*, der gelegentlich in seiner eigenen Küche in der Southampton Row seine Lieblingsgerichte für sie kochte. Für Virginia arrangierten die beiden eine Lunchparty, die so gut gelang, daß die Gäste sich wünschten, Marcel hätte ein kleines Restaurant, in dem sie sich immer treffen und seine Küche genießen könnten. Glücklicherweise befand sich der wohlhabende Leo Myers unter ihnen, der Marcel das Geld für sein erstes Restaurant am Leicester Square vorstreckte. Madge Garland, Moderedakteurin der *Vogue*, erinnert sich an die Clubatmosphäre dieses Lokals, in dem es nur französisches Essen gab: »Wir kannten immer jeden, wenn wir hinkamen, und das gehörte zu seinen großen Vorzügen. Und so war es zum Teil Virginia und ihrer Abneigung gegen Lokale zu verdanken, daß Marcel sein eigenes, einzigartiges Restaurant führte, das Boulestin's, das später so berühmt werden sollte.«[7]

Mitte der zwanziger Jahre geriet Virginia unter den Einfluß von Vita Sackville-West, die Leonard als: »gutaussehend, elegant, aristokratisch, gebieterisch, beinahe arrogant«[8] beschreibt; eine Frau in der Blüte ihres Lebens, in die Virginia sich verliebte. Vita war auf vielerlei Weise gut für Virginia; das wichtigste war wohl, daß sie sie an sexuelle Leidenschaft heranführte und Virginias eigene stets gehegte Ansicht – die auch Leonard in seinem Roman *The Wise Virgins* verfocht –, nämlich, daß sie frigide sei, Lügen strafte. Vita überhäufte Virginia mit Lob, kümmerte sich eher um ihre Gesundheit als um ihre Krankheit und gab ihr das Gefühl, lebendig zu sein. Sie förderte ihre Vorstöße in die Gesellschaft, statt sie wie Leonard zu beschneiden oder zu rationieren, da sie im Gegensatz zu ihm begriff, wie wichtig sie für ihre Arbeit waren. Andere Menschen wirkten als ein wichtiges Stimulans für Virginia, deren fiktionales Werk wesentlich mehr auf Beobachtung als auf Imagination gründete. Wenn die Arbeit an einem Roman ins Stocken geriet, ging sie in London auf Wanderschaft, beobachtete die Menschen, belauschte ihre Gespräche und »schürte«, wie sie es Vita gegenüber nannte, »ihre Feuer«.

Virginia war von Vitas Glamour geblendet. »Sie hat«, schrieb sie im September 1924, »die Züge einer überreifen Traube, Schnurrbart, Schmollmund, Neigung zur Korpulenz; in der Zwischenzeit schreitet sie mit ihren schönen Beinen aus, in einem gut geschnittenen Rock … ich mag sie; könnte sie für immer an meine Equipage heften …« Im Dezember 1925, als beide Ehemänner verreist waren, begann in Long Barn, Vitas Haus bei Sevenoaks in Kent, ihr Liebesverhältnis.

Nach diesem Abend schrieb Virginia an Vita, um sie zu Weihnachten nach Charleston einzuladen, wo sie sich mit Vanessa, Duncan und Clive aufhielt: »Liebste Vita, es ist der einhellige Wunsch des Hauses, daß Du kommen sollst, und wir hoffen, Dich zu jeder beliebigen Zeit am Samstagmorgen zu sehen, Du sollst zum Lunch bleiben, zum Tee – was auch immer.« Vita, verlockt vom Angebot eines »gefüllten, mit Trüffeln gespickten Truthahns« und der Aussicht auf Virginias Gesellschaft, kam am zweiten Weihnachtstag zum Lunch.

Während der Zeit ihrer Liebesbeziehung, die sich nach dem Abklingen der Leidenschaft in eine dauerhafte Freundschaft verwandelte, schrieben beide Frauen sehr viel. Vita, die schon immer kommerziell erfolgreich gewesen war, achtete jetzt mehr auf literarischen Anspruch und erhielt für *The Land* den Hawthornden-Preis. Virginias Stärken als große Stilistin hatten nie in Frage gestanden, aber von nun an verkauften sich ihre Werke; sie wurde zur Bestsellerautorin. Bis zu diesem Zeitpunkt hatte sie ihre Einnahmen stets sofort an Leonard abgegeben, der den Geldsäckel ebenso zuhielt, wie ihr Vater es seinerzeit getan hatte. Obwohl es immerhin ihr Geld war, das den Haushalt über Wasser hielt, mußte Virginia Leonard bei jeder noch so geringfügigen Ausgabe um Erlaubnis fragen. Vita machte ihr klar, wie ungerecht das war, und ermutigte sie, eine Summe davon für sich zu behalten und nach Belieben darüber zu verfügen. Dieses Geld beschloß sie für Schönheit und Vergnügen auszugeben, für neue Einrichtungsgegenstände, Teppiche, Gemälde und einen Küchenherd. Sie ließ in Rodmell Wasserleitungen installieren und kaufte sich neue Kleider; es war ungeheuer befreiend für sie.

Orlando, das wunderbar leichtfüßige Buch, das sie im ersten Liebesrausch für Vita geschrieben hatte, war ausverkauft, eine dritte Auflage in Vorbereitung. In ihrem Tagebuch hielt sie fest: »Zum erstenmal seit ich geheiratet habe, 1912 bis 1928 – seit 16 Jahren, habe ich Geld ausgegeben. Der Spendiermuskel arbeitet noch nicht natürlich. Ich fühle mich schuldig; bin vom Kaufen abgestoßen, wenn ich weiß, was ich kaufen sollte; und doch habe ich ein angenehm luxuriöses Gefühl von Münzen in der Tasche, über die wöchentlichen 13 Shilling hinaus, die immer zur Neige gingen …«

In den dreißiger Jahren gab es Veränderungen bei der Hogarth Press. Nach vielen Höhen und Tiefen investierte John Lehmann im Jahr 1938 3000 Pfund, wodurch er Virginias fünfzigprozentigen Anteil erwarb. Als er vorschlug, darauf anzustoßen, antwortete Leonard etwas mürrisch, er habe »nur kaltes Wasser«, aber Virginia, die es dankbar aufnahm, jetzt »die Bürde« auf Johns Schultern legen zu können, versuchte, das taktlose Verhalten ihres Mannes wettzumachen, indem sie ein Festessen vorschlug. »Wie wäre es mit einem guten Dinner (nicht Englisch) bei Boulestin's oder in einem ähnlichen Lokal?« schrieb sie. »Sie sind hiermit gebeten, bei Virginia Woolfs Geist zu Gast zu sein – beim Hogarth-Geist: der sich, so laßt uns hoffen, woanders erhebt.«[9]

Die «schöne und elegante« Vita Sackville-West

Ein Jahr später brach der Zweite Weltkrieg aus, der in London das Unterste nach oben kehrte, obwohl Restaurants wie das Ivy noch tapfer den Schein wahrten. Frances Partridge ging gelegentlich mit Clive und Raymond Mortimer zum Lunch dorthin und traf im Lokal noch 1940 »wie immer auf wohlhabend aussehende Leute, die ein verdammt gutes Essen verzehrten, Fleisch, Kiebitze und köstlich sahnigen Pudding«, und das, obwohl die nahe St. Anne's Church von einer Bombe getroffen worden war.

1942 offerierte das Ivy Räucherlachs, kaltes Moorhuhn, *mousse au chocolat* und dazu Nuits-Saint-Georges, aber 1944 waren nur noch die Bomben reichlich; das Menü beschränkte sich auf ein paar Austern, ein »ziemlich altes Huhn« und algerischen Rotwein.

Eine schillernde Figur, die während des Krieges die trüben Geister aufmuntern konnte, war der russische Mosaikkünstler Boris Anrep, der seine Freunde im Mosaikfußboden im Haupteingang der National Gallery verewigt hatte. (Clive ist auf dem Treppenabsatz als Apollo zu sehen.)

Boris war oft in Ham Spray bei Frances und Ralph Partridge zu Gast, wo er sich eine Schürze um die üppige Mitte band und eine schöne selbsterfundene Mayonnaise rührte, während er Frances wegen ihrer zu hastig gehackten Petersilie aufzog. Frances erinnert ihn »in seinem Element, wenn er Kopf, Stelzen und Innereien unseres Schweins hackte, um Sülze herzustellen, die er sorgsam würzte und mit Kräutern verfeinerte ... unsere Sülzen waren noch nie so köstlich«. Seine Schwiegertochter, Annabel Anrep, beschreibt ihn als einen Mann, »der das Lachen, Feste, Spaß und die Spleens seiner Mitmenschen liebte«.

Annabel und ihr Mann Igor, der als Kind die kleine Schule besuchte, die Lyttons Schwester Marjorie am Gordon Square und im Sommer in Charleston betrieb, wohnten in Highgate Village. Sie erinnert sich, wie Boris mit einem »riesi-

DAS SCHULZIMMER
von Vanessa Bell, 1939

gen, aus Weide geflochtenen Fischkorb, wie man sie heute gar nicht mehr sieht«, eintraf, »seinen großen Arm hineintauchte und eine Zitrone hervorholte, ein Pfund schottischen Räucherlachs, italienische Mortadella, deutsche Leberwurst, fette grüne Oliven und eine marokkanische Cantaloupe-Melone, grau und zäh wie eine Lavakugel, aber süß duftend. Er hatte in der Charlotte Street bei Schmidt's and Bertoldi's eingekauft. Dann verlangte er eine große Schürze, die Olivenöldose, Schüsseln und Eier und ließ sich am Küchentisch nieder, um Mayonnaise zu machen, während er unablässig redete: von den Abenteuern, die er an jenem Tag in den Geschäften erlebt, von den Schlachten, die er vor so vielen Jahren in den Karpaten geschlagen hatte, oder von der Woche zuvor, in der ein Helfer den Zement, mit dem er ein Mosaik befestigen wollte, falsch angerührt hatte, so daß das Mosaik herunterfiel.«[10]

VIRGINIA UND LEONARD WOOLF AM TAVISTOCK SQUARE, 1939, Photo von Gisèle Freund

Das Leben ging auch während des Krieges weiter, aber es wurde schwierig, die Bomben und Verdunklungen zu ignorieren. 1940 bekam das neue Haus der Woolfs am Mecklenburgh Square einen direkten Treffer ab; viele der dekorativen Malereien von Duncan und Vanessa wurden zerstört (ein doppelter Schlag, da ein Großteil von Vanessas frühen Arbeiten einem Brand im Atelier in der Fitzroy Street 8 zum Opfer gefallen war).

Sie sahen sich gezwungen, alles, was vom Verlag zu retten war, nach Letchworth auszulagern und sich selbst in die relative Sicherheit von Rodmell zurückzuziehen. Es war das erste Mal, daß Virginia sich ohne Basis in London sah. Der Anregungen durch die Stadt beraubt und vom Chaos des Krieges niedergedrückt, verfiel sie in eine tiefe Depression. John Lehmann erinnerte sich, sie in einem Zustand großer nervöser Spannung gesehen zu haben, als sie zu ihm kam, um ihren neuen Roman *Between the Acts* (dt. *Zwischen den Akten*) bei ihm abzuliefern, aber vor lauter Begeisterung über das Buch schenkte er dem keine Beachtung. In St. Stephen's Tavern gingen sie zum Lunch. »Wir hatten einen Tisch am Fenster im ersten Stock«, schrieb er später, »mit Blick auf den Parliament Square und Big Ben, und ich erinnere mich noch sehr gut an den strahlenden Frühlingssonnenschein, in den die ganze Szene getaucht war.« Es war das letzte Mal, daß er Virginia sehen sollte.

8. EUROPA

»DER TRAUM VOM SONNENDURCH-GLÜHTEN LEBEN«

BLOOMSBURY AUF REISEN

Lytton und Ralph in Granada. Reisen mit Lytton waren anstrengend, wie Ralph und Dora Carrington erfahren sollten

Bloomsburyaner waren viel auf Reisen: fast alle entstammten einer privilegierten, kultivierten Schicht, die Muße und Mittel für dieses Vergnügen besaß. Als junge Frau war Virginia mit den Geschwistern in Spanien, Portugal, Italien und Griechenland gewesen, 1908 mit den beiden Bells in der Toskana, im Jahr 1909 hatte sie mit Adrian und Saxon Sydney-Turner Bayreuth besucht. 1911 eilte sie nach Konstantinopel, weil Vanessa dort erkrankt war, im Jahr darauf ging sie mit Leonard auf Hochzeitsreise nach Frankreich, Spanien und Italien. Sobald nach dem Ersten Weltkrieg das Reisen wieder möglich war, besuchte Vanessa mit Duncan und Maynard Rom und Florenz, um sich die Gemälde der so geliebten Renaissancemeister im Original anzusehen, und traf sich auf der Rückreise in Paris mit Braque und Derain, den französischen Malern, deren Werke sie in England vertraten.

Nicht alle Reisenden stellten sich gleich geschickt an. Clive Bell, den ein junger Kunstkritiker als »den Mann« bezeichnete, »der sich sein ganzes Leben lang nie beeilen mußte«[1], war stolz darauf, nie einen Zug verpaßt zu haben, während Duncan Grant ständig Gepäck, Tickets und Wechselgeld verlor und jeden Anschlußzug versäumte. 1921 begleitete Lytton Strachey die Carrington und Ralph Partridge auf eine sechswöchige Reise durch Spanien nach Yegen, in das winzige,

LINKS: *LANDSCHAFT IN DER PROVENCE von Vanessa Bell*

Ralph und Gerald beim Frühstück vor seinem Haus in Yegen, Südspanien, um 1924

abgelegene Dorf im Süden, wo Gerald Brenan sich niedergelassen hatte. Teilweise mußte man die Strecke mit Maultieren bewältigen, was Lytton ausgesprochen quälend fand, und die ungeliebte »grobe spanische Dorfküche mit den ewigen Kartoffelomeletts, dem gedörrten Kabeljau und dem ungereinigten Olivenöl« tat das Ihrige, ihm die Laune zu verderben. Der arme Gerald, der herumgerannt war, um sein einfaches Haus mit genügend Betten für all die Besucher auszustatten, stand jetzt vor der unlösbaren Aufgabe, mit seinem schmalen Budget einen dermaßen heiklen Gast zu verköstigen und bei Laune zu halten. Den Woolfs, die ein paar Jahre später die gleiche Reise planten, riet Lytton ab: »Es ist der TOD«, aber sie machten sich dennoch auf den Weg, fuhren mit dem Zug durch Frankreich bis Madrid und Granada, wo sie ein paar Tage bei Freunden verbrachten, und setzten die Reise per Bus und Maultier bis zu Geralds Haus in der Sierra Nevada fort. Der Besuch wurde ein voller Erfolg und vertiefte Virginias freundschaftliche Gefühle für den jungen, mittellosen Gerald, dem sie noch lange schriftlich mit Rat zur Seite stand.

Duncan und Vanessa fühlten sich besonders von Frankreich angezogen, das Land, das sie vor allem durch seine Maler wie Cézanne, Bonnard und Vuillard beeinflußte. Duncan hatte als junger Mann an der Académie Julian bei Jean Paul Laurens studiert, was nicht nur seinen künstlerischen Lebensweg prägte. Er erinnerte sich gern an das schnelle Brioche, das er zum Kaffee in einer nahen Crémerie zu sich nahm, bevor man um acht zu arbeiten begann, und an die Mittagessen mit Studienkollegen in einem Lokal am Boulevard Saint Germain (Duncans Lieblingsessen war Kartoffelsuppe, Rochen in brauner Butter und Marmelade), bevor man in den Louvre zum Zeichnen ging – zu jener Zeit kostete ein dreigängiges Menü mit Wein und Kaffee weniger als zwei Franc.

Clive Bell, der schon die unverheirateten Stephen-Schwestern in die Freuden des Pariser Café-Lebens eingeführt hatte, fuhr mit Vanessa auch auf ihrer Hochzeitsreise nach Paris. Vanessa entdeckte begeistert, daß die bildende Kunst in Frankreich genauso viel galt wie die Literatur in England, und entwickelte ein Faible für die Atmosphäre der Cafés, wo sie sich mit anderen Künstlern treffen konnte. Die Bells besuchten Paris noch oft und wohnten dann im Hotel de l'Univers et du Portugal, wo Duncan als Student untergekommen war, oder im Hotel du Londres in der Rue Bonaparte. Als sie 1921 die Segnungen des lichtdurchfluteten Midi entdeckten, wurde St. Tropez zu ihrem regelmäßigen Winterziel.

»Es gibt kaum was zu essen, was lästig ist, aber jede Menge von einem köstlichen Rotwein für einen Franc fünfzig, also ungefähr für Sixpence pro Flasche,

DER LION D'ARLES in den Alpilles, von Roger Fry. Der Einfluß von Cézanne, den Roger in England bekannt gemacht hatte, ist in diesem Landschaftsbild deutlich spürbar

ANSICHT EINES TALS IN DER PROVENCE von Roger Fry, 1913. Eine Arbeit für den Verkauf in den Omega-Werkstätten. Sie zeigt Rogers große Zuneigung zu Südfrankreich. Er fuhr immer wieder dorthin und kaufte sich gegen Ende seines Lebens ein Bauernhaus in der Provence

und das macht es wieder wett, daß man keine Orangenmarmelade kriegt, nach der ich mich ab und zu sehne«, schrieb Duncan an Bunny.[2] Der getreue Maynard Keynes rettete sie mit einem Proviantkorb aus den Army und Navy Stores, gefüllt mit Tee, einer großen Dose goldfarbenen Sirup und einer Großpackung Marmelade. Duncan und Vanessa hatten mit den Kindern und den beiden englischen Hausmädchen Nellie Brittain und Grace Germany La Maison Blanche bezogen, eine kleine Villa auf einem Hügel am Ortsrand mit Blick auf die Bucht. Die Villa gehörte der Galeristin Rose Vildrac; sie hatte Bilder von Derain, Vlaminck und Friesz darin aufgehängt. Eine französische *bonne* namens Louise kam täglich zum Einkaufen und Kochen. Grace fürchtete ihre Launen, aber Vanessa schrieb an Clive: »Die französische Köchin ist sehr gut, geht auf den Markt, kocht uns köstliche Mittagessen und erledigt sogar einen großen Teil der Wäsche. Sie ist sehr praktisch und sieht Grace, glaube ich, als hoffnungslose Amateurin an – was sie wohl auch ist, wenn sie mit ihren feinen, transparenten Kleidern und dem kleinen Kopftuch hier herumtappt – sehr anmutig und gänzlich inkompetent. Allerdings schnappt sie das eine oder andere französische Wort auf und verständigt sich mit Hilfe eines Wörterbuchs. Duncan ist selig mit den unbegrenzten Mengen an hervorragendem Wein, der uns wöchentlich etwa 6 Shilling kostet.«[3]

Vanessa

war in der weißen Villa ebenso selig. Sie mochte die praktischen Fliesenböden und die neuen Möbel, die Stapel von fleckenlosem Leinen und die Menge und Vielgestalt der Küchengeräte. »Im Vergleich zu Charleston bin ich recht neidisch auf die Sauberkeit«, schrieb sie in einem langen Brief an Maynard, der mit einer Bitte um eine Kiste voller ausgesprochen englischer, nicht gerade gourmethafter Nahrungsmittel begonnen hatte: Dosen mit Marmelade, *Quaker Oats*, Tee, Eipulver und Dosenfleisch.

Die Betten waren bequem, jeder von ihnen hatte einen großen, hellen Raum zum Malen, und Vanessa konnte Clive voller Zufriedenheit berichten: »... haben

Rechts: *LA BERGERE, CASSIS, PROVENCE von Vanessa Bell, 1930. Vanessa mietete das Haus – ein aufgelassenes Landarbeiterhaus – 1927 für zehn Jahre und schuf dort ein »Charleston in Frankreich«*

gerade unter einem Baum auf der Terrasse köstlich zu Mittag gegessen. Die Kinder sind glücklich und erholt und jagen Schmetterlinge«[4]. Es war ein einfaches, angenehmes Leben, noch angenehmer deshalb, weil »die Franzosen sich wie die Engel benehmen, wenn sie Kinder sehen, sie machen einem Platz und helfen überall«. Quentin, Julian und Angelica verbrachten ihre Ferientage mit Baden im warmen Meer und Französischunterricht bei einer rundgesichtigen ehemaligen Nonne namens Mlle Bouvet. Am Abend dinierten sie mit Roger Fry, der in der Nähe logierte, oder gingen hinunter zum Hafen, wo es »hübsche Matrosen und halbnackte junge Männer« gab. »Duncan«, schrieb sie, »ist sehr glücklich, mag das Leben und möchte gern hier mit dem Malen anfangen.«

Trotz der Schwierigkeiten, die das Reisen mit Kindern, Dienstboten und sämtlichen Malutensilien machte, war Vanessa immer zum Aufbruch bereit, besonders wenn es nach Südfrankreich gehen sollte. 1923 notierte Virginia neidvoll in ihrem Tagebuch: »Doch Nessa, die sich so leicht auf die Belastungen & die Umstände berufen könnte, bewegt sich viel freier als wir.« Die beiden Schwestern bereiteten ihre Reisen ganz unterschiedlich vor und reisten auch verschieden. Vanessa, die spontanere, richtete sich auch im Ausland gern häuslich ein und beteiligte sich am Leben der Einheimischen, während die Woolfs eher die typisch englische Haltung der beobachtenden Außenseiter einnahmen. Sie verreisten jedes Jahr, fuhren oft nach Griechenland, besuchten Schweden, Dänemark und Irland, blieben aber stets für sich. Als Virginia 1927 eine Einladung zu einer Vortragsreise nach Amerika erhielt, suchte sie Ausreden und lehnte das Angebot schließlich ab.

Vanessa schrieb aus Cassis: »... wirst Du wirklich herkommen und nicht nach Amerika gehen? Ich denke immer, daß es Dir gefallen würde, auch wenn man nicht voreilig erwarten soll, daß jemand anderer schön findet, was einem selbst gefällt. Duncan und ich spielen mit dem Gedanken, hier ein Haus zu kaufen, werden es aber wohl doch nicht tun. Neulich waren wir in einem sehr reizvollen Bauernhof mit einem tiefen Brunnen, in den man hineinsehen konnte, ringsum waren Felder voller Narzissen und Weinberge, und wir haben überlegt, daß man noch ein Atelier anbauen könnte, aber es ist nicht zu verkaufen ... Malen ist hier etwas ganz anderes, als was es im Winter in England sein kann. Es wird nie dunkel, auch wenn der Himmel dunkel ist ... Die Schönheit ist ein ständiges Vergnügen. Die Menschen sind sehr freundlich und hilfsbereit, und das Leben ist sehr billig«[5].

1928 war die Versuchung zu groß geworden: Vanessa mietete La Bergère, ein

FENSTER, SÜDFRANKREICH
von Duncan Grant, 1928

baufälliges Steinhaus inmitten der Weinberge von Fontcreuse bei Cassis, und machte sich daran, es in ein »französisches Charleston« zu verwandeln. Sie ließ ein Bad und ein Atelier für sich anbauen und gestaltete die Zimmer in ihrem unverwechselbaren Stil. Vanessa, die immer das Licht und die Farben des Mittelmeers geliebt hatte, wollte hier nur einen Ort schaffen, an dem sie und Duncan malen konnten, mußte aber bald (in einem Brief an Roger Fry) feststellen: »Sobald man ein Haus bewohnbar gemacht hat, und das manchmal, wie in Charleston, gegen alle möglichen Widerstände, dann fallen sie alle ein wie ein Heuschreckenschwarm und beschweren sich, daß sie nicht genug Platz hätten.«

An Besuchern herrschte kein Mangel. Lytton und Carrington kamen auf einer Provencereise zum Lunch vorbei. »Lytton hat eine unendliche Fähigkeit zum Fla-

»Ich schreibe, mit Schwierigkeiten, auf einem schattigen Balkon … Vanessa und Duncan malen die entzückendsten Bilder von Brötchen, Orangen, Weinflaschen. Im Garten, der mit Untertassen von Margeriten in Rot und Weiß und Stiefmütterchen übersät ist, hackt der Gärtner die vollständig trockene Erde. Dann ist da auch das Mittelmeer – ein paar kahlköpfige, graue Berge, auf die ich sehe, die in der Sonne rösten …«

Virginia Woolf an Vita Sackville-West, 5. April 1927, Villa Corsica, Cassis, Frankreich

nieren und Herumsitzen in Cafés« berichtete die Carrington aus Aix an Gerald. »Eine gute Stadt für Kuchen. In ein paar Tagen bin ich vermutlich sehr krank.«[6]

In einem Sommer durfte Angelica ihre Freundin Judith Bagenal mitbringen; vormittags begleitete Grace sie zum Französischunterricht in den Ort, nachmittags gingen sie zum Baden oder machten Ausflüge mit dem Boot. Quentin und Julian, inzwischen junge Männer von achtzehn bzw. zwanzig Jahren, kamen oft, und während der folgenden zehn Jahre verbrachten Vanessa und Duncan jedes Jahr mehrere Monate in La Bergère, das bei ihren Freunden bald »Bloomsbury am Mittelmeer« hieß, gaben aber weder London noch Charleston auf.

Virginia kam 1929 für eine Woche zu Besuch und mietete in der anfänglichen Begeisterung sofort das nur ein paar hundert Meter entfernte La Boudarde. Im Gegensatz zu Vanessa konnte sie sich aber nicht auf eine »ausschließlich sinnliche, unintellektuelle« Existenz einlassen und gab das Experiment bald wieder auf. Mit dem Traum von einem »sonnendurchglühten« Leben spielte sie in ihrem Tagebuch noch 1932: »In Ägina hatte ich die Vision von einer unzivilisierten, heißen neuen Saison, die in unser Leben käme – wie wir jedes Jahr herkommen, mit einem Zelt, aus England fliehen & die wohlanständige Haut abstreifen und all die Enge und Förmlichkeit von London & Ruhm und Reichtum, und wie wir zurückgehen und zu verantwortungslosen Existenzen würden, die von Brot … Butter und Eiern lebten, auf Kreta zum Beispiel.«[7] Für sie sollte es bei dem Traum bleiben.

Vanessa und Duncan teilten weiterhin ihre Zeit zwischen Charleston und London auf und fuhren einmal im Jahr nach Frankreich, unter anderem, um sich in Paris über die Arbeiten der Maler auf dem laufenden zu halten, die sie am meisten bewunderten: Picasso, Matisse und Derain. Duncan blieb sein Leben lang ein begeisterter Reisender; in den Jahren zwischen seinem siebenundsiebzigsten und seinem neunundachtzigsten Geburtstag besuchte er Spanien, Marokko, Zypern, Griechenland, Portugal, die Türkei und Amerika und bedauerte es noch kurz vor seinem Tod, er wurde dreiundneunzig, daß er nie im Fernen Osten gewesen war.

9. MONK'S HOUSE

EIN HAUS MIT VIELEN TÜREN

LEONARD UND VIRGINIA

Das Eßzimmer im Monk's House. Vanessa und Duncan entwarfen und bemalten Tisch und die Stühle, deren Lehnen sie mit Virginias Initialen versahen

Monks's House, ein zur Straßenseite hin holzverschaltes Cottage aus Back- und Feldsteinen, das sich etwa vier Meilen von Charleston und unweit von Asheham am Ortsende von Rodmell befindet, war Virginia Woolfs letztes Domizil. Das Haus, das 1982 vom National Trust für die Öffentlichkeit zugänglich gemacht wurde, kannten die Woolfs schon vor dem Kauf von Spaziergängen her. Ende Juni 1919 hatte Virginia das »unprätentiöse«, lange, niedrige Gebäude von innen gesehen und beschlossen, es zu kaufen, obwohl es, wie sie gegen sich selbst ins Feld führte, weder Wasser noch Bad und keine brauchbare Küche hatte – und außerdem »Mönche nichts Außergewöhnliches« seien. Aber »Größe & Form & Fruchtbarkeit & Wildheit« des Gartens mit den unendlich vielen Obstbäumen, den »gepflegten Reihen von Erbsen, Artischocken, Kartoffeln« und den Himbeersträuchern mit ihren »kleinen, blassen Fruchtpyramiden« hatten es ihr so angetan, daß die Woolfs Monk's House am 1. Juli für 700 Pfund ersteigerten. »Die Versteigerung war am Dienstag. Ich glaube, daß es in meinem Leben nicht viele fünf Minuten gegeben hat, die so randvoll von gespannter Erwartung waren. Es war fast, als würde ich auf das Ergebnis einer Operation warten, während ich der Operation gerade zusehe. Der Saal im Withe Hart war gedrängt voll. Ich schaute mir jedes Gesicht an & vor

LINKS:
VIRGINIA WOOLF IM LIEGESTUHL von Vanessa Bell. »Privat sind wir so zufrieden. Glück Tag für Tag. Zufrieden, das Dinner zu kochen, zu lesen, Boule zu spielen.«

Das grüne Wohnzimmer im Monk's House. Die Urkunden für das Haus gingen zurück bis auf das Jahr 1707. Leonard entdeckte, daß über die Jahrhunderte schon viele Familien darin gewohnt hatten, Mönche aber leider nie

allem jedes Jackett & jeden Rock nach Anzeichen von Wohlhabenheit & war froh, als ich keine entdeckte. Aber dann dachte ich mir, als ich L. danebenstellte, er sieht auch nicht aus, als ob er 800 Pfund in der Tasche hätte ... Wir durften in Zwanzigern bieten, dann in Zehnern, dann in Fünfern & immer noch unter 700 Pfund, so daß unser letztendlicher Schlag sicher schien.« Das Haus sollte an Stelle von Asheham (dort war ihnen gekündigt worden) das ländliche Gegenstück zum Hogarth House in Richmond werden. Seine Ausstattung war ebenso dürftig wie die von Charleston. Die Zimmer – unten hinter der Gartentür ein kleiner Eingangsflur, von dem links ein Eßzimmer und ein Wohnzimmer mit Eichenbalken, rechts die »unbefriedigende« Küche, eine kleine Vorratskammer und ein weiterer Raum abgingen, oben lagen die Schlafzimmer – waren klein, dunkel und im Winter so kalt, daß Morgan Forster einmal bei dem vergeblichen Versuch, sich vor dem mickrigen Kaminfeuer in seinem Zimmer aufzuwärmen, seine Hose in Brand steckte. Die Woolfs liebten ihr Haus trotz allem und hielten sich immer länger in dem stillen Dorf auf, das den nötigen Frieden für Virginias instabile Gemütszustände zu bieten schien. Zuerst wurde die Küche renoviert; solange es keinen Herd gab, kochte Mrs. Dedman, die Frau des Dorfküsters, bei sich zu Hause für sie mit: »Eintöpfe & Pürees & dunkelfarbige Gerichte in dicken Soßen mit Karotten & Zwiebeln«[1]. Im Sommer 1920 hatten sie einen Holzherd und konnten Gäste empfangen. Lytton kam im September, genoß seinen Anteil an Virginias stolzer Herbstausbeute von Marmeladen und Eingemachtem und fand die Atmosphäre trotz des schlechten Zustands des Hauses angenehmer und heiterer als das »Durcheinander« in Charleston – von wo im übrigen die Gäste oft zu den Woolfs hinüberkamen, um auf dem Rasen Boule zu spielen und Leonards »Riesenblumen« zu bewundern.

Frances Partridge erinnerte sich, wie Virginia »früher oder später, nachdem Clive sie ein bißchen angestachelt hatte, wobei es nicht viel dazu brauchte, mit einer ihrer brillanten Vorstellungen begann – das ist allerdings nicht das richtige Wort, denn sie waren ja völlig spontan« –, und daran, wie sie eines Tages »ihre ganze Magie auf mich richtete, mich mit ins Haus nahm, mir das Schwalbennest oben an der Haustür zeigte, um dessentwillen diese nie geschlossen werden konnte, und mir einen Mantel lieh. Ich war hingerissen«.[2]

Virginias Beziehungen zu ihren Dienstboten standen häufig unter einem weniger günstigen Stern. Nelly Boxall, die seit 1916 in ihren Diensten gestanden hatte, war ihr treu ergeben, langweilte sich aber auf dem Land. Es kam immer wieder zu emotionsgeladenen Szenen, die an Virginias Nerven zehrten: Entweder kündigte Nelly, um sogleich die Kündigung wieder zurückzunehmen, oder Virginia faßte sich ein Herz, kündigte Nelly und stellte sie gleich wieder ein. Leonards Knausrigkeit erwies sich dabei als wenig hilfreich. Die Woolfs waren in den zwanziger Jahren nicht gerade wohlhabend, aber sieben Jahre auf eine Lohnerhöhung von jährlich 5 Pfund warten zu müssen, kann selbst eine Heilige verärgern – dennoch blieb Nelly bis 1934 bei den Woolfs.

Nach einer Interimszeit mit Mrs. Dedman und Mrs. Thomsett aus dem Dorf kam im gleichen Jahr Louie Mayer zu ihnen, die dann 36 Jahre lang für Leonard sorgen sollte. Louie war die Tochter eines Arbeiters auf Rudyard Kiplings Gut in Burwash; sie hatte sich um die Anstellung beworben, weil sie freies Logis in einem der Cottages, die die Woolfs im Dorf besaßen, einschloß. Als Mutter von zwei kleinen Söhnen war sie selig, für sieben Shilling und Sixpence Wochenlohn bei den Woolfs zu arbeiten. Virginia bemühte sich eifrig, ihr Interesse an guter Küche zu wecken: »Mr. und Mrs. Woolf wollten keine großen Mahlzeiten, aber sie lebten gut und hatten Freude an gutem Essen. Wild mochten sie besonders gern – Moorhuhn und Fasan mit guten Saucen. Die Desserts mußten immer leicht und frisch sein, meistens waren es *crèmes* und *soufflés.* Kochen begann mich so zu interessieren, daß Mrs. Woolf mir vorschlug, im Technical College in Brighton Kochkurse für Fortgeschrittene zu belegen. Ich war begeistert, und sie schrieb mich für ein Jahr dort ein. Der Unterricht machte mir ungeheuer viel Spaß. Ich ging jeden Tag um elf in Rodmell los und kam spätnachmittags wieder, um das Dinner zuzubereiten und die Rezepte auszuprobieren, die ich kennengelernt hatte. Am Ende des Jahres konnte ich ziemlich komplizierte Gerichte zubereiten und ein gutes Menü zusammenstellen, wenn besondere Gäste kamen – das heißt, wenn es Mrs. Woolf so gut ging, daß ihre Freunde sie besuchen konnten.«[3]

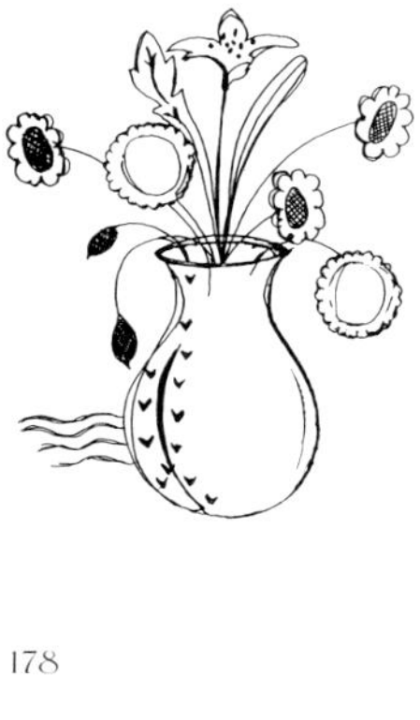

Virginia war häufig und lange krank, aber wenn es ihr gutging, war sie gern in Gesellschaft. Angus Davidson, der einige Jahre bei der Hogarth Press gearbeitet hatte, erinnerte sich: »Ein Wochenende in Rodmell zu verbringen, was ich mehrmals tat, war ein großes Vergnügen. Virginia war eine charmante Gastgeberin; im

Unterschied zu manchen anderen Hausherrinnen hatte sie die vernünftige Gewohnheit, den Gast viel sich selbst zu überlassen. Sie selbst arbeitete dann vermutlich und verschwand für ein Gutteil des Tages in ihrer Hütte am hinteren Ende des Obstgartens. Da gab es den schönen, von Leonard mit so viel Sachverstand angelegten Garten, in dem man sitzen und lesen konnte, oder man unternahm Spaziergänge ins Tal hinunter. Abends nach dem Dinner unterhielten wir uns, Virginia rauchte eine Zigarre. Es waren diese langen, dünnen Zigarillos, die es in Bündeln zu sechs oder acht zu kaufen gab; sie bot mir immer eine an. Und beim Abschied gab sie mir das ganze Bündel. Ich habe diese großzügige, aufmerksame Geste nie vergessen: Sie wußte, daß ich die Zigarren gern mochte, sie mir aber, weil ich keineswegs reich war, nicht für mich selbst gekauft hätte.«[4]

Virginia hatte sich in Gesellschaft junger Menschen stets wohl gefühlt. Der Dichter William Plomer, dessen Werk die Woolfs verlegten und den sie oft ins Monk's House einluden, erinnerte sich, daß sie »gute Gespräche, gutes Essen (mit viel Salz) und guten Kaffee mochte. Ich sehe sie mit einem großkrempigen Hut und sommerlichen Ärmeln, wie sie zwischen Feigenbäumen und Zinnien umherging; … ich sehe die nervösen Schultern, die schöpferischen Handgelenke, die unvergleichliche Skulptur der Schläfen und Augenhöhlen; ich sehe sie ernst und würdig oder in einem Anfall von fröhlichem Gelächter«[5].

»Richtiges Essen ist notwendig, und sie verstand es, in der Literatur und in ihrem Haus dafür zu sorgen«, schrieb E. M. Forster. »Bei ihr ist Essen kein literarischer Kunstgriff, um das Buch [To the Lighthouse] *realistisch wirken zu lassen. Sie nahm es mit hinein, weil sie es schmecken, weil sie Bilder sehen, weil sie Blumen riechen konnte, weil sie Bach hörte, weil ihre Sinne feingestimmt und katholisch waren …«*

Virginia mit ihrer Nichte Angelica im Garten

Virginias wachsende Berühmtheit und der Erfolg der Hogarth Press machten sich allmählich bezahlt. Mitte der zwanziger Jahre begannen die Woolfs mit einem Renovierungsprogramm. Für Virginia errichteten sie einen Pavillon oder Arbeitsraum mit Blick auf die Flußauen und die Downs. Außerdem wurde ein zusätzliches Schlafzimmer angebaut, das nur über den Garten zugänglich war. Auch diesen Raum bezog Virginia. Trotz vieler Biographien, die so sehr betonen, was Leonard alles für seine Frau getan hätte, fällt es schwer, sich über diesen konkreten Hinweis auf die Distanz zwischen den beiden Eheleuten hinwegzusetzen.

Im April 1925 vertraute Virginia ihrem Tagebuch an: »Ich habe vor, in diesem Sommer 300 Pfund mit Schreiben zu verdienen, um in Rodmell ein Bad & einen Boiler einzubauen.« Im folgenden Frühling installierte die Firma Philcox Bros. aus Lewes einen Heißwasserboiler, eine schmale Badewanne mit krummen Füßen, Waschbecken und Toilette. Außerdem wurde die Wand zwischen Wohn- und Eßzimmer durchgebrochen; es entstand: »unser großer kombinierter Wohn-Eßraum mit seinen 5 Fenstern, den Balken in der Mitte, & Blumen & Blättern, die ringsum zu uns hereinnicken.«[6] Besonders dieser Raum faszinierte Angelica. Er hatte etwas Geisterhaftes, Mysteriöses, da er unter dem Niveau des Gartens zu liegen schien und wie ein Fischteich in dämmriges Grün getaucht war. In einer Ecke stand tatsächlich ein Aquarium, und Angelica beobachtete gebannt, wie Leonard mit seinen zittrigen Händen Ameiseneier als Futter hineinstreute. »Noch ehe der Tee vorbei war«, erinnerte sie sich an ihre Tante, »zündete sie sich eine Zigarette

in einer langen Zigarettenspitze an, und je mehr sie Feuer fing in der Unterhaltung, desto mehr verschwamm sie selbst hinter den aufsteigenden Rauchwolken … und erhob sich dabei … zu den phantastischen Höhen ihrer von keiner Wirklichkeit mehr beschwerten Phantasie …«

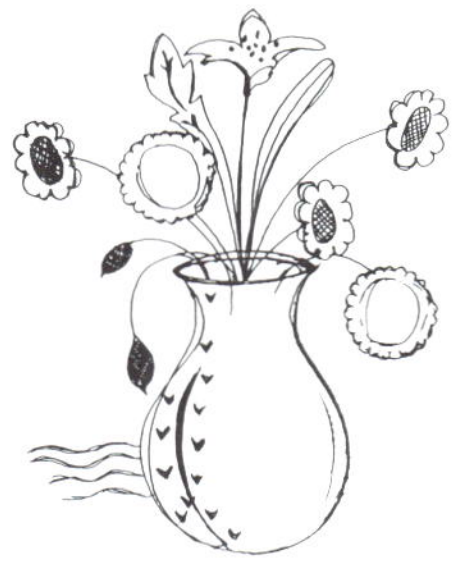

Leonards große Liebe galt seinem Garten. Im Jahr 1928 verdoppelten sie seine Größe durch den Zukauf von Pound Croft Field. Ein paar Jahre später stellten sie Percy Bartholomew als ständigen Gärtner ein und brachten ihn in einem weiteren Cottage unter, das sie im Dorf erworben hatten. Rose, seine Frau, half im Haus mit. Leonard hielt den Rasen am Monk's House tadellos gepflegt und war mit Recht stolz auf seine »unnatürlich großen« Rosen und Dahlien und die große Kartoffel- und Apfelausbeute, die er säckeweise zum Tavistock Square transportieren konnte.

TEICH IN RODMELL
von Vanessa Bell, 1930

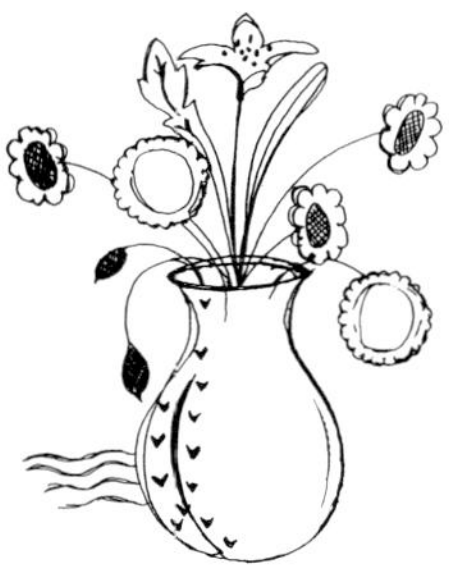

Virginia entspannte sich beim Lesen, auf langen, einsamen Spaziergängen oder in der Küche. Laut Louie buk sie wunderbares Brot. »Als ich ins Monk's House kam, war ihre erste Frage, ob ich Brot backen könnte. Ich hätte schon mal für meine Familie welches gebacken, sagte ich ihr, aber ich sei keine Könnerin. ›Ich komme in die Küche, Louie‹, sagte sie, ›und zeige dir, wie es geht. Wir haben immer unser eigenes Brot gebacken.‹ Ich war ganz überrascht, wie kompliziert der Vorgang war und wie exakt Mrs. Woolf ihn ausführte. Sie zeigte mir, wie man den Teig mit der richtigen Menge von Hefe und Mehl ansetzte und knetete. Drei- oder viermal am Vormittag kam sie wieder, um ihn noch einmal durchzukneten. Schließlich formte sie einen Bauernlaib daraus und buk ihn bei der richtigen Hitze.«[7]

1929 wurde der Holzherd durch einen Ölherd ersetzt, der Virginia sehr fortschrittlich erschien: »Im Moment kocht er mein Dinner in den Glasschüsseln, perfekt, wie ich hoffe, ohne Geruch, ohne Abfall und Verwirrung; man dreht Knöpfe, es gibt ein Thermometer. Also sehe ich mich jetzt freier, unabhängiger – & das ganze Leben ist ein Kampf um Freiheit – in die Lage versetzt, mit einem Kotelett in der Tasche hier anzukommen und allein zu leben. Ich gehe die Gerichte durch, die ich kochen werde – die kräftigen Eintöpfe, die Saucen. Die abenteuerlichen fremden Gerichte mit den Spritzern von Wein darin. Natürlich leistet Leonard Widerstand, & ich muß sehr vorsichtig sein wie ein Kind, daß ich beim Spielen nicht zu viel Lärm mache.«[8]

»Auf dem Land«, sagt Angelica, »schien sie am glücklichsten zu sein. In den Sommerferien war es immer unsere größte Freude, nach Rodmell zu ihr zum Tee zu gehen. Virginia saß am Teetisch im Eßzimmer, das auf niedrigerem Niveau als der Garten draußen lag. Das grüne Licht, das durch die Pflanzenblätter fiel, die sich draußen an die Scheiben preßten, verstärkte noch das Bild von der Königin einer durchscheinenden Unterwasserwelt; einer Welt allerdings voller Spaß, Heiterkeit und funkelnder Wärme. Es gab viel Neckerei und Gelächter, während Virginias Phantasie sich in immer unvorhersehbarere Höhen aufschwang. Nach dem Tee schwammen wir ins Freie zum Boule-Spiel auf dem Woolfschen Rasen, über dem die Dorfkirche aufragte und von dem aus wir den Blick über das Ouse-Tal genießen konnten, das sich weit hin bis zum Mount Caburn erstreckte.«[9]

Der Zweite Weltkrieg zwang wieder zu einem einfacheren und härteren Leben, das für die beiden Schwestern nicht ohne Reiz war. Ohne Dienerschaft im Haus

Virginia im Wohnzimmer von Monk's House, um 1930. »Ich mochte die unordentliche, warme, ungezwungene Atmosphäre des Hauses«, erinnerte sich John Lehmann, »mit Büchern und Zeitschriften, die in allen Räumen herumlagen, Holzscheiten, die neben den Kaminen aufgestapelt waren, mit bemalten Möbeln und niedrigen, kachelbelegten Tischen, die von Künstlern der Bloomsbury-Gruppe entworfen worden waren. Geschrieben wurde in sonnigen, blumengefüllten unordentlichen Arbeitszimmern. Ein Geruch von Holzfeuer und reifen Äpfeln hing über allem und vermischte sich mit einem schwachen Hauch von altem Buchbinderleim und altem Papier.«

fühlte Virginia sich trotz der vermehrten Hausarbeit zutiefst erleichtert: »Fisch vergessen, muß ein Dinner erfinden. Aber es ist alles so himmlisch frei & einfach – L. und ich allein.«[10]

Sie erntete Äpfel, füllte ihren eigenen Honig ab, buk Brot und machte Butter aus der Sahne, die sie von der rationierten Milch schöpfte. Der Tagebucheintrag vom 22. Oktober endet mit einer schlichten Aufzählung: »Und dann eine Decke, Lesen, Musik, Bett.« Das genügte ihr. Aber die Zerstörung hing wie eine Drohung über ihr und fand Eingang in ihren letzten Roman, *Between the Acts.* Im November war sie mit der ersten Fassung fertig. Ihre Zufriedenheit darüber formuliert sie im Tagebuch mit den Fachausdrücken des Butterns: »Wesentlicher als die anderen. Mehr Milch entrahmt. Ein fetterer Klumpen.«[11]

Die Zeit nach Abschluß eines Romans barg für Virginia immer Gefahren, und zu dem Verlustgefühl kam diesmal noch ihre tiefe Besorgnis über den Krieg.

»Um mir zu gefallen, kannst Du Dich gar nicht begeistert genug über Virginia äußern! Ich habe das Gefühl, sie ist einer der wenigen Menschen, die kennengelernt zu haben ein außerordentlich großes, einzigartiges Glück im Leben bedeutet. Ich bin sicher, daß es seit der Erschaffung der Welt nur wenige Frauen gegeben hat, die sich in bezug auf Esprit, Charme und eine ganz besondere, rare Schönheit mit ihr messen könnten.«

Brief von Dora Carrington an Gerald Brenan, 27. April 1923

Schon bald verschlechterte sich ihr Zustand. Trotz Leonards Ermutigung und John Lehmanns Begeisterung über den neuen Roman geriet sie deswegen in eine Depression.

Im März 1941 hörte sie wieder Stimmen und war überzeugt, daß sie wieder »verrückt« werden würde. Am 21. März verabschiedete sie sich schriftlich von Leonard und Vanessa.

An Leonard schrieb sie:

»Liebster,

ich möchte Dir sagen, daß Du mir vollkommenes Glück geschenkt hast. Niemand hätte mehr tun können, als Du getan hast. Bitte glaub mir das. Aber ich weiß, daß ich dieses nicht überwinden kann: Und ich vergeude Dein Leben. Niemand kann mich von dieser Überzeugung abbringen. Du kannst arbeiten, und es wird Dir ohne mich besser ergehen. Du siehst, daß ich nicht einmal dies ordentlich schreiben kann, was beweist, daß ich recht habe. Alles, was ich sagen will, ist, bis diese Krankheit über mich kam, waren wir vollkommen glücklich. Und das ist nur Dir zu verdanken. Niemand hätte so gut sein können, wie Du vom ersten Tag an bis heute gewesen bist. Jeder weiß das.«[12]

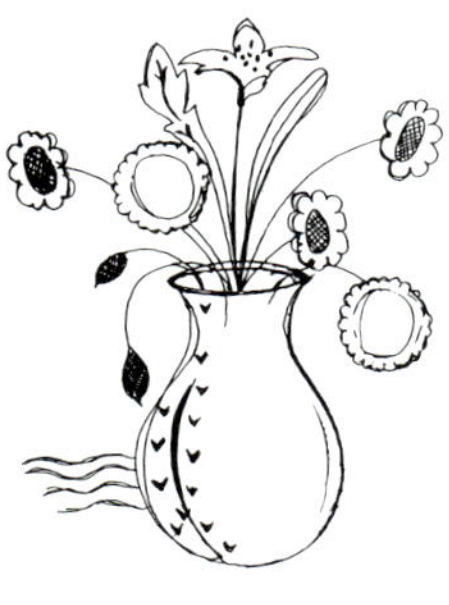

Sie nahm ihren Stock, ging zum Fluß hinunter, suchte sich einen großen Stein, zwängte ihn in ihre Tasche und ertränkte sich in der Ouse. Ihr Leichnam wurde erst drei Wochen später, weiter flußaufwärts, von ein paar Jungen gefunden. »Ihr Leben«, schrieb William Plomer, »war reich an Erfahrungen von Menschen und Orten.«

Leonard, der nach Virginias Tod noch achtundzwanzig Jahre im Monk's House blieb, verstreute ihre Asche im Garten unter einer der beiden Ulmen, die sie immer Leonard und Virginia genannt hatten. Ein paar Jahre später wurde sie von einem Sturm umgeweht.

EIN LETZTES POSTSKRIPTUM

Neulich abend war ich zu Fuß in Bloomsbury unterwegs: Ich ging vom Gordon Square – wo ich an einer Diskussion teilgenommen hatte, die sich mit den Problemen der Verkabelung eines denkmalgeschützten Gebäudes für das E-Mail-System am Kunsthistorischen Institut befaßte – über die Tottenham Court Road zum Fitzroy Square. Es war ein Donnerstagabend. Ungefähr zehn Uhr. Etwa die Stunde, um die vor neunzig Jahren Virginias Gäste einzutreffen begannen. Nach der Hektik der umliegenden Straßen schien der Fitzroy Square heiter und still. Die klassizistischen Fassaden waren angestrahlt und leuchteten in einem sahnigen Weiß. Das wunderschöne Eckhaus mit den Säulen, in dem einst die Omega-Werkstätten untergebracht waren, beherbergt heute das London Foot Hospital und die School of Podiatric Medicine. In Duncans altem Haus sitzt die diplomatische Vertretung von Mosambik. Am Fitzroy Square wohnt niemand mehr. Restauriert und fußgängerfreundlich umgestaltet, riecht die Umgebung jetzt nach Firmenerfolgen; Public-Relations-Firmen, Wirtschaftsprüfer und Unternehmensberater haben die Gebäude übernommen. Nummer 29 war dunkel bis auf eine Flurlampe, die mit schwachem Lichtschein die Erdgeschoßräume erhellte und die schemenhaften Umrisse langer Reihen schweigender Rechner erahnen ließ, die jetzt den Platz von Virginias »langbeinigen jungen Männern« und den anderer lärmender, buntschillernder Gäste einnahmen. Hörte ich ein Lachen von Virginia, als ich in die dämmrigen Räume spähte? Als ich mich abwandte, überfiel mich der Post Office Tower mit seiner erdrückenden Präsenz, der den stillen Platz einnahm wie ein aufdringliches Ausrufungszeichen der modernen Londoner Skyline, und, um es mit einer häufig verwendeten Wendung aus Virginias letztem Roman, *Between the Acts*, zu sagen, »das Lachen erstarb«.

BIBLIOGRAPHIE

Die deutsche Ausgabe der Tagebücher und die Gesammelten Werke von Virginia Woolf sind im S. Fischer Verlag, Frankfurt a. M. erschienen; Herausgeber: Klaus Reichert.

Acton, Eliza: *Modern Cookery for Private Families, Longman Brown,* Green and Longmans, 1856.

Alexander, Peter, F.: *Leonard and Virginia Woolf. A Literary Partnership,* Harvester Wheatsheaf, 1992.

Anscombe, Isabelle: *Omega and After: Bloomsbury and the Decorative Arts,* Thames & Hudson, 1981.

Asquith, Cynthia: *Lady Cynthia Asquith: Diaries 1915–1918,* hrsg. von E. M. Horsley, Hutchinson, London 1968.

Bell, Clive: *Art,* Chatto & Windus, 1914.

Bell, Clive: *Old Friends,* Chatto & Windus, 1956.

Bell, Quentin: *Elders and Betters,* John Murray, 1995.

Bell, Quentin: *Virginia Woolf, A Biography,* The Hogarth Press, 1972 (dt: *Virginia Woolf. Eine Biographie,* aus dem Engl. von Feinberg, Arnold, Suhrkamp TB, Frankfurt a. M. 1981).

Bell, Quentin und Virginia Nicholson: *Charleston, a Bloomsbury House and Garden,* Frances Lincoln Ltd. 1997; (dt: *Charleston, Ein englisches Landhaus des Bloomsbury-Kreises,* Frankfurt a. M., 1998).

Bell, Quentin, Angelica Garnett, Henrietta Garnett und Richard Shone: *Charleston Past and Present,* The Hogarth Press, 1987.

Bell, Quentin und Angelica Garnett: *Vanessa Bell's Family Album,* Jill Norman and Hobhouse Ltd., 1981.

Bell, Vanessa: *Sketches in Pen and Ink,* The Hogarth Press, 1997.

Blair Turnbaugh, Douglas: *Duncan Grant and the Bloomsbury Group,* Bloomsbury, 1987.

Boyd, Elizabeth French: *Bloomsbury Heritage. Their Mothers and Their Aunts,* Hamish Hamilton, 1976.

Carrington, Dora: *Letters and Extracts from her Diaries,* hrsg. von David Garnett, Oxford University Press, 1979.

Carrington, Noel: *Carrington, Paintings, Drawings and Decorations,* Thames & Hudson, 1978.

Caws, Mary Ann: *Women of Bloomsbury – Virginia, Vanessa and Carrington,* Routledge, 1990.

Collins, Judith: *The Omega Workshops,* Secker and Warburg, 1983.

Darroch, Sandra Jobson: *Ottoline. The Life of Lady Ottoline Morrell,* Coward, McCann & Geoghegan, Inc., New York 1975.

Dunn, Jane: *A Very Close Conspiracy, Vanessa Bell and Virginia Woolf,* Jonathan Cape, 1990.

Edel, Leon: *Bloomsbury: A House of Lions,* The Hogarth Press, 1974.

Fry, Roger: *Vision an Design,* Chatto & Windus, 1920.

Gadd, David: *The Loving Friends: A Portrait of Bloomsbury,* The Hogarth Press, 1974.

Garnett, Angelica: *Deceived with Kindness. A Bloomsbury Childhood,* Oxford University Press, 1984; (dt: *Freundliche Täuschungen. Eine Kindheit in Bloomsbury,* aus dem Engl. von Kyra Stromberg, Fischer TB, Frankfurt a. M. 1993).

Garnett, David: *Great Friends. Portraits of Seventeen Writers,* Macmillan, 1979.

Gaythorne-Hardy, Robert (Hrsg.), *Early memoirs of Lady Ottoline Morrell,* Faber and Faber, 1964.

Gillespie, Diane Filby: *The Sister's Arts, the Writing and Painting of Virginia Woolf and Vanessa Bell,* Syracuse University Press, 1988.

Gerzina, Gretchen: *A Life of Dora Carrington (1893–1932),* John Murray, 1989.

Heilburn, Carolyn G. (Hrsg.): *Lady Ottoline's Album: Snapshots and Portraits of her famous Contemporaries (and of herself). Photographed for the Most Part by Lady Ottoline Morrell, from the collection of her daughter, Julian Vinogradoff,* Alfred A. Knopf, NewYork 1976.

Higgens, Diana und Quentin Bell (Foreword): *Grace at Charleston. Memories and Recipes,* Privately printed, 1994.

Hill, Jane: *The Art of Dora Carrington,* The Herbert Press, 1994 (dt: *Dora Carrington, Leben zwischen Kunst und Liebe,* aus dem Engl. von Rita Seuss-Öczan und Heike Pressler, München 1995).

Holroyd, Michael: *Lytton Strachey,* Chatto & Windus, 1994.

Holroyd, Michael: *Carrington, Eine Liebe von Lytton Strachey,* Hamburg, 1995.

Hope, Annette: *Londoner's Larder. English Cuisine from Chaucer to the Present,* Mainstream Publishing, 1990.

Kennedy, Richard: *A Boy at The Hogarth Press,* Penguin, 1978.

King, Francis: *E. M. Forster and his World,* Thames and Hudson, 1978.

Lee, Hermione: *Virginia Woolf,* Chatto & Windus, 1996 (dt: *Virginia Woolf, Ein Leben,* aus dem Engl. von Holger Fließbach, S. Fischer Verlag, Frankfurt a. M. 1999).

Lee, Hugh (Hrsg.): *A Cézanne in the Hedge and other Memories of Charleston and Bloomsbury,* Collins and Brown, 1992.

Lehmann, John: *Thrown to the Woolves,* Weidenfeld & Nicholson, 1978.

Lehmann, John: *Virginia Woolf and her World,* Thames & Hudson, 1975.

Marcus, Jane (Hrsg.): *Virginia Woolf and Bloomsbury. A Centenary Celebration,* Macmillan Press, 1987.

Marler, Regina: *Selected Letters of Vanessa Bell,* Bloomsbury, 1993.

Marler, Regina: *Bloomsbury Pie, The Making of the Bloomsbury Boom,* Virago, 1997.

Marsh, Jan: *Bloomsbury Women: Distinct Figures in Life and Art,* Pavilion, 1995.

Mitchison, Naomi: *All Change Here, Girlhood and Marriage,* The Bodley Head, 1975.

Noble, Joan Russell (Hrsg. u. Einleitung): *Recollections of Virginia Woolf,* Peter Owen, London 1972 (dt: *Erinnerungen an Virginia Woolf – Von ihren Zeitgenossinnen,*

aus dem Engl. von Susanne Amrain, Daphne Verlag, Göttingen 1994).
The Omega Workshops 1913–1919. Decorative Arts of Bloomsbury, Ausstellungskatalog, Crafts Council Gallery, 1984.
Palmer, Alan und Veronica: *Who's Who in Bloomsbury,* The Harvester Press, 1987.
Partridge, Frances: *A Pacifist's War,* The Hogarth Press, 1978.
Partridge, Frances: *Memories,* Victor Gollancz, 1981.
Plomer, William: *At Home. Memoirs,* Jonathan Cape, 1958.
Rosenbaum, S. P. (Hrsg.): *The Bloomsbury Group. A Collection of Memoirs, Commentary and Criticism,* Croom Helm, University of Toronto Press, 1975.
Seymour, Miranda: *Ottoline Morrell. Life on the Grand Scale,* Hodder and Stoughton, 1992.
Shone, Richard: *Bloomsbury Portraits,* Phaidon Press, 1976.
Spalding, Frances: *Duncan Grant,* Chatto & Windus, 1997.
Spalding, Frances: *Vanessa Bell,* Weidenfeld & Nicolson, 1983.
Spender, Stephen: *World Within World,* Hamish Hamiton, 1951.
Stansky, Peter: *On or About December 1910: Early Bloomsbury and Its Intimate World. Studies in Cultural History,* Harvard University Press, 1996.
Stape, J. H.: *Virginia Woolf: Interviews and Recollections,* Macmillan, 1995.
Sutton, Denys (Hrsg.): *The Letters of Roger Fry,* 2 Bde., Chatto & Windus, 1972.
Wilson, Jean Moorcroft: *Virginia Woolf, Life and London. A Biography of Place,* Cecil Woolf, London 1987.
Woolf Leonard: *The Journey, Not The Arrival Matters (Autobiographie in 5 Bden.: Sowing (1880); Growing (1904–1911); Beginning again (1911–1918); Downhill al the Way (1919–1939),* The Hogarth Press 1960–1969) (dt.: Band II–V: *Mein Leben mit Virginia. Erinnerungen, hrsg. von Friederike Groth,* aus dem Engl. von Ilse Strasmann, Fischer TB, Frankfurt a. M. 1991).
Woolf, Virginia: *A Room of One's Own,* The Hogarth Press, 1929 (dt.: *Ein Zimmer für sich allein,* Fischer TB 2116).
Woolf, Virginia: *Paper Darts* (ausgewählt und eingeleitet von Frances Spalding), Collins and Brown, 1991.
Woolf, Virginia: *Moments of Being. Unpublished Autobiographical Writings of Virginia Woolf,* hrsg., eingeleitet und mit Anmerkungen von Jeanne Schulkind, The University Press, Sussex 1976 (dt: *Augenblicke. Skizzierte Erinnerungen,* Fischer TB 5789).
Woolf, Virginia: *Roger Fry,* The Hogarth Press 1940.
Woolf, Virginia: *The Diary of Virginia Woolf,* 5 Bde., hrsg. von Anne Olivier Bell, The Hogarth Press, 1976–1982 (dt. *Tagebücher 1 (1915–1919),* aus dem Engl. von Maria Bosse-Sporleder; *Tagebücher 2 (1920–1924),* aus dem Engl. von Claudia Wenner; (Hrsg. Klaus Reichert), Frankfurt/M.).
Woolf, Virginia: *The Letters of Virginia Woolf,* 6 Bde., hrsg. von Nigel Nicolson und Joanne Trautmann, The Hogarth Press, 1975–1980.

ANMERKUNGEN

Die vollständigen Angaben der Quellen sind der Bibliographie zu entnehmen.

Einleitung

1. *Frances Partridge, Memories, S. 77*
2. *Virginia Woolf, Not One of Us, geschrieben im Oktober 1927, in: Collected Essays, Bd. 4, S. 20*

Kapitel 1

1. *Angelica Bell Garnett: Vanessa Bell, Memoir III, in: Frances Spalding, Vanessa Bell, S. 43*
2. *Vanessa Bell, Hyde Park Gate Memoir, in: Sketches in Pen and Ink, S. 67*
3. *Virginia Woolf, Augenblicke, S. 215*
4. *Vanessa Bell, Hyde Park Gate Memoir, in: a. a. O., S. 72*
5. *Ebd., S. 71*
6. *Ebd., S. 70*
7. *Virginia Woolf, Augenblicke*
8. *Ebd., S. 217*
9. *Ebd.*
10. *Ebd., S. 225 f.*
11. *Clive Bell, Bloomsbury, in: Old Friends, S. 129*
12. *Vanessa Bell, Sketches in Pen and Ink, S. 102*
13. *Virginia Woolf, The Letters …*
14. *Jean Russel Noble (Hrsg.), Recollections of Virginia Woolf, S. 18 f.*
15. *Virginia Woolf, Augenblicke, S. 236*
16. *Ebd., S. 235*
17. *Robert Gaythorne Hardy (Hrsg.), Early Memoirs of Lady Ottoline Morrell, S. 178*
18. *Vanessa Bell, Memories of Roger Fry, in: Sketches in Pen and Ink, S. 126*
19. *Virginia Woolf in einem Brief vom 1. Januar 1910 an Janet Case, in: The Letters …, Bd. 1, S. 421*
20. *Virginia Woolf, The Letters …*
21. *Leonard Woolf, Mein Leben mit Virginia, S. 67*
22. *Vanessa Bell, Sketches in Pen and Ink, S. 134*
23. *Ebd., S. 145*

Kapitel 2

1. *Jean Russel Noble (Hrsg.), Recollections of Virginia Woolf, S. 152*
2. *Ebd., S. 80*
3. *Vanessa Bell in einem Brief vom 2. Juli 1915 an Roger Fry*
4. *Naomi Mitchison, All Change Here …, S. 114*
5. *Lady Ottoline Morrell, Memoirs, Bd. 2, S. 129*

Kapitel 3

1. *Jean Russell Noble (Hrsg.), Recollections of Virginia Woolf*
2. *Ebd., S. 150*
3. *John Lehmann, Thrown to the Woolves*

KAPITEL 4
1. *Jean Russell Noble (Hrsg.), Recollections of Virginia Woolf, S. 115.*
2. *Dora Carrington, Letters ..., S. 420*
3. *George Rylands in einem Interview aus dem Fernsehfilm der BBC »A Night's Darkness, A Day's Sail«, in: Jean Russell Noble (Hrsg.), Recollections of Virginia Woolf, S. 144ff.*
4. *Frances Partridge, Memories, S. 90f.*

KAPITEL 5
1. *Vanessa Bell, Selected Letters, S. 201*
2. *Virginia Woolf in einem Brief vom 22. August 1911 an Vanessa Bell*
3. *Quentin Bell in seinem Vorwort, Grace at Charleston: Memories and Recipes*
4. *Vanessa Bell in einem Brief vom 23. Mai 1934 an Grace Higgens, in: Selected Letters*
5. *Frances Partridge, Memories, S. 163f.*
6. *Virginia Woolf in einem Brief vom 3. September 1927 an Lytton Strachey*
7. *Vanessa Bell in einem Brief vom 25. August 1945 an Angelica Garnett, in: Selected Letters, S. 498*
8. *Henrietta Couper, Visits to Charleston: Portrait of Vanessa Bell, unveröffentlichte Memoiren*

KAPITEL 6
1. *Virginia Woolf, Tagebucheintrag vom 3. Dezember 1917, in: Tagebücher 1*
2. *Gerald Brenan, Personal Record, 1920–1972 (1974), S. 24*
3. *Dora Carrington in einem Brief vom 5. Juli 1921 an Gerald Brenan, in: Dora Carrington, Letters ...*
4. *Dora Carrington in einem Brief vom 19. August 1923*
5. *Dora Carrington in einem Brief vom 11. Juli 1927 an Gerald Brenan, in: Dora Carrington, Letters ...*
6. *Dora Carrington in einem Brief vom 7. Oktober 1929 an Julia Strachey, in: Dora Carrington, Letters ..., S. 426*
7. *Virginia Woolf, Tagebucheintrag vom 12. März 1932, in: The Diary ..., S. 81f.*

KAPITEL 7
1. *Virginia Woolf, Tagebucheintrag vom 22. September 1925, in: The Diary ...*
2. *Virginia Woolf, Tagebucheintrag vom 15. Oktober 1923, in: Tagebücher 2, S. 394f.*
3. *Angelica Garnett, Freundliche Täuschungen*
4. *John Lehmann, Thrown to the Woolves, S. 32*
5. *Joan Russell Noble (Hrsg.), Recollection of Virginia Woolf, S. 30*
6. *Virginia Woolf, Bin ich ein Snob?, in: Augenblicke, S. 188*
7. *Madge Garland (zwischen 1920 und 1940 Moderedakteurin der Vogue), zitiert in: Joan Russell Noble (Hrsg.), Recollections of Virginia Woolf*
8. *Leonard Woolf, Mein Leben mit Virginia ..., S. 215*
9. *Virginia Woolf in einem Brief vom 22. April 1938 an John Lehmann*
10. *Annabel Anrep, Unveröffentlichte Biographie über Boris Anrep*

KAPITEL 8
1. *John Russell*
2. *Duncan Grant in einem Brief vom 29. Oktober 1921 an David Garnett*
3. *Vanessa Bell in einem Brief vom 21. Oktober 1921 an Clive Bell*
4. *Vanessa Bell in einem Brief vom 12. Oktober 1921 an Clive Bell*
5. *Vanessa Bell in einem Brief vom 5. Februar 1927 an Virginia Woolf*
6. *Dora Carrington in einem Brief vom 10. Mai 1928 an Gerald Brenan*
7. *Virginia Woolf, Tagebucheintrag vom 8. Mai 1932, in: The Diary ...*

KAPITEL 9
1. *Virginia Woolf, Tagebucheintrag vom 7. Januar 1920, in: Tagebücher 2, S. 17*
2. *Joan Russell Noble (Hrsg.), Recollections of Virginia Woolf, S. 76*
3. *Ebd., S. 158*
4. *Ebd., S. 58*
5. *Ebd., S. 107*
6. *Virginia Woolf, Tagebucheintrag vom 9. Juni 1926, in: The Diary ...*
7. *Joan Russell Noble (Hrsg.), Recollections of Virginia Woolf*
8. *Virginia Woolf, Tagebucheintrag vom 25. September 1929, in: The Diary ...*
9. *David Garnett, Great Friends, S. 119*
10. *Virginia Woolf, Tagebucheintrag vom 12. Oktober 1940, in: The Diary ...*
11. *Virginia Woolf, Tagebucheintrag vom 23. November 1940, in: The Diary ...*
12. *Leonard Woolf, Mein Leben mit Virginia ..., S. 305*

BILDNACHWEIS

S. 1: John Hillelson Agency © Giselle Freund; S. 2: Arts Council Collection, Hayward Gallery; S. 3: Privatsammlung; S. 6 NPG; 14 Keynes Library, Birkbeck College, University of London; S. 17: TGA; S. 18: NPG; S. 21: Tate Gallery; S. 23: Williamson Art Gallery & Museum; S. 24: Charleston Trust; S. 25, 26: Hulton Getty; S. 28: Anthony d'Offay Gallery; S. 29: Tate Gallery; S. 31: TGA; S. 32: Hulton Getty; S. 33: NPG; S. 34: Christies ; S. 37, 39: Tate Gallery; S. 41: NTPL/Monks House/Roy Fox; S. 42: NPG; S. 43: Privatsammlung; S. 44: TGA; S. 46: © Photo RMN, Musee d'Orsay; S. 47: Witt Library, Courtauld Institute of Art; S. 48: Cheltenham Museums und Art Gallery; S. 49: NPG; S. 50: TGA; S. 51: Sothebys; S. 53, 54: NTPL, Monks House/Roy Fox; S. 55: Christies; S. 57: Privatsammlung; S. 59: Crane Kalman Gallery, London; S. 60: Anthony d'Offay Gallery; S. 61: Witt Library; S. 63, 64: Adrian und Philip Goodman; S. 65: NPG; S. 66: Sothebys; S. 69: Adrian und Philip Goodman; S. 70: Leeds Museums & Art Galleries (City Art Gallery)/BAL, London/New York; S. 72: NPG; S. 73: Victoria & Albert Museum/BAL, London/New York © Privatbesitz G. A. Wyndham-Lewis; S. 75, 77: Bloomsbury Workshop; S. 78: Courtauld Gallery/BAL, London/New York; S. 79: NPG; S. 81: University of Hull Art Collection; S. 82: Courtauld Gallery; S. 83: Hulton Getty; S. 85: Sothebys; S. 86: Witt Library; S. 87: TGA; S. 88: Victoria & Albert Museum, London; S. 90: Christies; S. 91: Privatsammlung, Abdruck in: Rachel Tranter, Vanessa Bell – A Life of Painting, Cecil Woolf, London 1998; S. 92: Christies Images; S. 95: Towner Art Gallery, Eastbourne; S. 96: Sheffield Galleries & Museums Trust; S. 97: Charleston Trust; S. 98: Sothebys; S. 99: Christies; S. 101: Ulster Museum, National Museums & Galleries of Northern Ireland; S. 102: Christies; S. 105: Williamson Art Gallery & Museum; S. 106: Privatsammlung; S. 107: Charleston Trust/Susanna Price; S. 108: Charleston Trust; S. 109: Bloomsbury Workshop; S. 113: Bolton Museum und Art Gallery; S. 115: Laing Art Gallery, Newcastle upon Tyne; S. 116: Hulton Getty/Frances Partridge Coll.; S. 117: Keynes Library, Birkbeck College, University of London; S. 118: TGA; S. 119: NPG; S. 121. Arts Council Collection, Hayward Gallery; S. 123: Sothebys; S. 124: Corporate Art Collection, Readers Digest Assoc. Inc.; S. 125: Bloomsbury Workshop; S. 126: Privatsammlung; S. 127: Howard Grey; S. 128: Witt Library; S. 129: Edgar Astaire Collection; S. 131: TGA; S. 133: Privatsammlung; S. 132. Privatsammlung; S. 134: Privatsammlung/Photographie Jane Hill; S. 135: Privatsammlung/Photographie Jane Hill; S. 136: Courtauld Gallery; S. 137: Charles E. Whalley/Photographie Jane Hill; S. 139: NPG; S. 141, 142: Hulton Getty/Frances Partridge Coll.; S. 143: Sothebys; S. 144: NPG; S. 146: Anthony d'Offay Gallery; S. 147: Hulton Getty; S. 154: Anthony d'Offay Gallery; S. 155: NTPL/Monks House/Roy Fox; S. 157: Privatsammlung/BAL; S. 158: Bloomsbury Workshop; S. 161: Hulton Getty; S. 162: Anthony d'Offay Gallery; S. 163: John Hillelson Agency © Giselle Freund; S. 164: Bonhams; S. 165: NPG; S. 166: Hulton Getty/Frances Partridge Coll.; S. 167: Sothebys; S. 168: Anthony d'Offay Gallery; S. 171: Christies; S. 172: Manchester City Art Galleries; S. 174: Sothebys; S. 175: Howard Grey; S. 177, 179: NTPL/Monks House/Eriç Crichton; S. 180: NPG; S. 181: The Bloomsbury Workshop; S. 183: Koch Collection, Harvard Theatre Museum;

Umschlag S. 1: NTPL/Monks's House/Roy Fox; S. 4 und hintere Klappe: Adrian und Philip Goodman.

BAL= Bridgeman Art Library: NPG = National Portrait Gallery: NTPL= National Trust Photographic Library; TGA = Tate Gallery Archives.

DANK

Viele Personen haben bei der Entstehung dieses Buches mitgewirkt. Besonderer Dank gebührt Colin Webb, der bei der Gestaltung half, und David Fortkam, durch dessen Ausstattung das Buch so schön geworden ist. Dank schulde ich Mary Jane Gibson für ihren Rat und ihre Hilfe bei der Suche nach Bildmaterial, ebenso den vielen Bibliothekaren und Bibliothekarinnen besonders in der London Library der British Library und den Senate House und Birkbeck Libraries an der Universität London, die meine Arbeit so wohlwollend unterstützt haben. Ich möchte all den vielen Autoren und Wissenschaftlern danken, die den Blooms-bury-Pfad vor mir beschritten haben. Leser, die sich eingehender mit den Hintergründen von Bloomsbury beschäftigen möchten, finden eine Bibliographie am Ende des Buches. Unter all jenen, die meine Arbeit an diesem Buch unterstützten, gilt Annabel Anrep besonderer Dank; sie gewährte mir Einblick in ihre gerade entstehende Biographie über Boris Anrep und gestattete mir, daraus zu zitieren. Ihrem Ehemann Igor Anrep danke ich dafür, daß er mir seine persönlichen Erinnerungen an seine Kindheit in Bloomsbury mitgeteilt hat. Überdies danke ich allen Inhabern von Rechten für die Erlaubnis, Fotos, Zeichnungen und Gemälde abbilden zu dürfen. Zu tiefem Dank verpflichtet bin ich meiner Familie und schließlich Anna Watters, meiner Lektorin bei Pavilion, für ihr sanftes Antreiben und ihre Anteilnahme während der gesamten Entstehungszeit dieses Buches.

REGISTER